林靜怡・著

中西格律詩與自由詩的審美文化因緣比較

序

　　成就一件事往往需要天時、地利和人和的相互配合，這從我碩士論文的完成就可以得到印證。從沒想過大學之後還會回到校園，更沒想過會是當了媽媽之後，很多人的想法是結完婚有孩子後，如果不是忙著上班就是好好在家相夫教子，哪來的時間進修？所以當初贊成我念研究所的外子就是我第一個要感謝的人，剛開始並不知道自己的課業對他產生了什麼影響，直到論文寫完的某一天，他突然高興地說：「你不趕論文後，我們家的飯菜比較好吃了，而且家裡也乾淨多了。」雖然我們一起為這個論點發笑，但我知道在這段時間內，我真的疏忽了許多家裡的事物，也更謝謝他對我的包容。

　　碩一升碩二的那個暑假，本來我和我的家人決定到西雅圖定居，所以就想直接放棄不辦休學了，因為真的沒有回來的打算，也就無所謂休不休學。只是身邊的師長朋友覺得很可惜，周慶華教授直叮嚀我辦好休學手續，董霏燕學姊與同學顏孜育這對母女更是不厭其煩地為我跑了幾個處室完成手續。有了他們的熱心幫忙，我才能在返國後順利銜接二年級的課程。雖然回來後一同修課的同學我都不認識，但是在他們親切的態度下，我與韻雅及美雲成了互相打氣加油的夥伴，每天在研究室中互相勉勵，紓解寫論文的壓力以

求達到預定的進度，沒有她們的提醒與鼓勵，我想我是沒辦法這麼順利的。

　　除了親人與同學，最該感謝的仍是我的指導教授周慶華，Google 學術搜尋的首頁上標明：「站在巨人的肩膀上」。這用來形容我對老師的感覺是最適切不過的，在接觸中西格律詩與自由詩前，我對詩的了解其實是懵懂的，跟老師討論的過程中，老師每每為我指引了一個明確的方向，讓我不在這廣闊的詩海中迷航，越深入也就更明白自己的不足，也更明白老師已在我之前下了多少的工夫。當自己懈怠時，只要想到老師還在為他的新書振筆直書就更羞愧，不免「努力加餐飯」來挑燈夜戰，所以他更像是一座燈塔、一個指標，讓學生們看到他就知道該回去用功了。一年級下跟他定的師生之約，中間隔了一年再來履行，讓我感到非常的榮幸，老師的好每個讓他指導過的學生都知道，我更佩服老師的是他的治學態度，那股認真的樣子永遠深刻在學生心裡。

　　當然要謝的人還有很多，例如研究所中及其他系所的老師：陳光明、施能木、洪文瓊及洪文珍。因為他們的課開闊了我的視野，讓我受益良多。研究生生涯的結束卻是我將所學運用在生活中的開始，我很慶幸自己來到了這個所、寫了這個論文題目，因為這一切的機緣將讓我對未來更有信心對自己更有自信，也更要感謝未提到名字的親朋好友，因為你們的參與才有現今快樂畢業的我。

林靜怡　謹誌　2010.06

目　次

圖　次

第一章 緒論

第一節 研究動機

「詩，是『詩的內容』採用『詩的形式』的東西。」（荻原朔太朗，1956：4）詩的內容就是情感，詩的形式在詩的狹義表現是文字。情感是自人類誕生以來就存在的，無論中西方的地理位置有多大的差異，在文學的表現上詩都是敘述著內心的喜怒哀樂與日常生活經驗。在詩的本質裡，它所訴說的是人對於自然宇宙萬物的認識經驗，包含了人們進化成長時所培養的觀物思想；在它的外在表現形式上則隨著文字的發達與人們對於美的追求而變化。《詩經》是中國最早的文學總集，為便於文字發明前的記憶傳唱，裡面篇章由韻文寫成，內容表現出當時的社會生活及人民的想法，也對中國往後詩的發展產生很大的影響。另外，西方的文學源頭──希臘史詩，也是起於吟唱詩人的傳唱之後記載為文字。由此可見，詩在中西方的文化裡都扮演著文學的源頭的角色，也因為人類記憶的需要而在內容上都是採用韻文的形式。

在中國，詩最早由《詩經》的四言韻文，繼而發展為兩漢魏晉的五言詩。其中因佛教的傳入與翻譯佛經的需要而使聲韻研究萌芽，隨著文字發展的成熟而在創作上強調詩的文字意義的對仗、平仄相調、押韻等，也發展出格律嚴謹的律詩與絕句。在西方雖然也

有講求音韻格律的格律詩，但是只有十四行詩嚴謹的格律與我們的
近體詩相近。在這裡我們只看到中西方近體詩與十四行詩在格律上
的要求雷同，但是它們之間其實也有其他可探求的特點。葉維廉在
比較文學叢書的總序中提到透過比較文學，「企圖在跨文化、跨國
度的文學作品及理論之間，尋求共同的文學規律（common poetics）、
共同的美學據點（common aesthetic grounds）的可能性……希望從
不同文化、不同美學的系統裡，分辨出不同的美學據點和假定，從
而找出其間的歧異和可能匯通的線路；也就是說，絕不輕率地以甲
文化的據點來定奪乙文化的據點及其所產生的觀、感形式、表達程
序及評價標準。」（葉維廉，1986：1）也就是透過比較，希望能夠
藉由詩作中的異同來探求中西不同文化對詩的內容與形式的影
響，以增進中西方對彼此文化的了解，達到互相欣賞與激勵創作的
目的。

　　在這裡從比較文化的角度來作一整體的認識。「文化」一詞是
指人類生活的總體表現，它包含了哲學、科學、倫理、道德、宗教、
文學、藝術以及政治、經濟、社會制度等的人類活動與思想。由此
歸納出五個系統：終極信仰、觀念系統、規範系統、表現系統和行
動系統。其中文學屬於表現系統下的一支。從比較文化的觀點來探
討格律詩與自由詩，才能對西方長久以來受古希臘哲學傳統和基督
教信仰的影響有正確的認識，也才能明白中西方各自對美的看法有
何不同。西方文化認為人是神依自己的形體所創造，提倡個人主
義，形成西方創造觀型文化；在中國，認為人是偶然氣化而成，以
血緣遠近分親疏，以家庭為組成社會的單位，就成氣化觀型文化。
（沈清松，1986；周慶華，2004a）不同的文化下，對於同一個主

題在詩作中的表現也有不同。例如中西方以愛情為主題的詩,「西方關於人倫的詩大半以戀愛為中心。中國詩言愛情的雖然很多,但是沒有讓愛情把其他人倫抹煞。」(朱光潛,1982:131)西方在創造觀型文化下,強調上帝造人,每個人都是獨立的個體,主張個人主義,愛情在個人生命中佔最重關係,所以詩歌所吟唱的主題多以愛情為主。例如:

Cantus Troili   Geofferey Chaucer

If no love is, O God, what fele I so?

And if love is, what thing and whiche is he?

If love be good, from whennes comth my wo?

If it be wikke, a wonder thinketh me,

When every torment and adversitee

That cometh of him, may to me savory thinke;

For ay thurst I, the more that I it drinke.

And if that at myn owene lust I brenne,

Fro whennes cometh my wailing and my pleynte?

If harme agree me, wher-to pleyne I thenne?

I noot, ne why unwary that I faynte.

O quike deeth, o swete harm so queynte,

How may of thee in me swich quantitee,

But if that I consentes that it be?

And if that I consente, I wrongfully

Compleyne, y-wis; thus possed to and fro,

Al stereless withinne a boot am I

Amid the see, bytwixen windes two,

That in contrarie stonden evermo.

Allas! what is this wonder maladye?

For hete of cold, for cold of hete, I dye.

特羅勒斯的情歌　　　　　　　杰弗雷・喬叟

假使愛不存在，天哪，我所感受的是什麼？

假使愛存在，它就竟是怎樣一件東西？

假使愛是好的，我的悲哀何從而降落？

假使愛是壞的，我想卻有些希奇，

哪管它帶來了多少苦難和乖戾，

好以生命之源，竟能引起我無限快感；

使我愈喝得多，愈覺得口裡燥乾。

如果我已在歡樂中活躍，

又何處來這愁訴和悲號？

如果災害能與我相容，何不破涕為笑？

我要請問，既未疲勞，何以會暈倒？

啊，生中之死，啊，禍害迷人真奇巧，

若不是我自己給了你許可，

你怎敢重重疊疊壓在我心頭。

可是我若許可了，我就不該

再作苦訴。我終日漂蕩，

像在無舵的船中浮海，

無邊無岸，吹著相反的風向，

永遠如此漂逐，忽下又忽上。

呀，這是一種什麼奇特的病徵，

冷中發熱，熱中發冷，斷送我生命。

（孫梁編選，1993：2）

在這裡，愛情是一個人生命的泉源，少了愛情生命何以延續？有了愛情再多的苦難都可迎刃而解；但是在以家庭為主的中國社會受儒家思想的教育薰陶，文人都是抱著入世為官的理想，重視功名事業，在人際交往中最重視的反而是同僚及文友，而疏於男、女情愛。再加上中國的婚姻關係，結婚之後才是男女雙方了解的開始，過程少了互相愛慕吸引的追求過程，當然就不會有西方詩中表現出來對愛慕對象的想望與描寫了。也由於如此，在中國最好的愛情詩常是惜別悼亡之作或訴「怨」，例如：李白的〈春思〉：

春思

燕草如碧絲，秦桑低綠枝。當君懷歸日，

是妾斷腸時。春風不相識，何事入羅帷？

（清聖祖敕編，1974：1710）

中詩的委婉與西詩的直率，由以上詩的用字及描寫可以看出。西方常把「愛」字直接寫出，而在中詩則是藏於字背後的。在這裡就不能說中國人不注重愛情，在不同的社會環境下對愛情的需求程度不同，詩裡行間的表現就有差異。

在自然的描寫方面，中西都有山水詩。這裡所謂山水詩是指以山水為詩的主題，例如：陶潛的〈歸田園居〉：

歸田園居

采菊東籬下，悠然見南山。

山氣日夕佳，飛鳥相與還。

此中有真意，欲辯已忘言。

（逯欽立輯校，1964：998）

詩人已與大自然融為一體，不需要語言文字的存在所以「忘言」。為何會有如此的觀念？這該追溯到道家的思想，道家認為一切人為的假定和概念都是假象，「天不產而萬物化，地不長而萬物育」（王先謙，1983：83），天地萬物始成於氣，氣無形體，無法以人為方法來規定限制，萬物自蘊而生。表現於詩，則是不以言害意，「語之所貴者意也，意有所隨。意之所隨者，不可以言傳也」（同上，87），脫離了種種思想的累贅以後，才能感受物的本性，在這種詩中，「靜中之動，動中之靜，寂中之音，音中之寂，虛中之實，實中之虛……原是天理的律動，所以無需演繹，無需費詞，每一物象展露出其原有的時空的關係。」（葉維廉，1983：157）這裡也提到包含中方對美的定義的由來，都是從終極信仰中對天的敬仰導出。

西方詩的表現恰與中國詩的空間時間化相反，是為時間空間化。（王建元，1988：136-138）「當亞理士多德為維護詩人之被逐出柏拉圖的理想國，而提出詩中『普遍的結構』『邏輯的結構』作為可以達致的『永恆的形象』，但這樣一來，仍是把人與現象分離，而認定了人是秩序的主動製造者，把無限的世界化為可以控制的有限的單元，如此便肯定人的理智命名界說囿定的世界代替了野放自然的無垠……基督教義的興起，所有關於無限的概念必須皈依上帝……山水自然景物因此常被用來寓意，抽象化、人格化、說教化。」（葉維廉，1983：167）在這裡的最大不同，在於兩文化終極信仰對物我的界定的不同。

　　談論詩不談到美學，就無法明確知道詩之所以為詩的理由，也等於入寶山空手而回。詩是圓滿、和諧、深具美感的文學作品，如果只從比較文化的角度來認識分析它，難免有將它肢解的可能，也可能喪失它帶給讀者單純的愉悅的美感經驗的特點。黃永武在《中國詩學・設計篇》中說到「一首優美的詩，它給人的印象，絕不是一種概念性的理論意識，而往往是一幅鮮明動人、似乎令人可以觸及的真人真物。」（黃永武，1987a：3）因為這種種感知的因緣，所以要試著來一探中西方格律詩與自由詩的過去與現在的成就，進而思考未來的詩的發展。

第二節　研究目的與研究方法

一、研究性質

　　本研究採取理論建構的方式探討「中西方格律詩與自由詩的審美文化因緣」，藉由中國格律嚴謹的近體詩與西方社會中有固定格律的十四行詩的代表性作品，利用中西方詩中表現的差異探討中西社會文化的不同。不同的社會文化表現在詩作中呈現出怎樣的特色？另外，在自由詩方面除了作同樣的探討，也因為中國後來的自由詩除了受本身文化的影響外，它也深受西方文化的影響產生與近體詩截然不同的形式與語言表現的多樣性。在形式上除了不受格律的限制外，在內容上受西方學術的影響後又有什麼樣的發展？在此利用理論建構的方式對二文化進行深入的了解，釐清其中的糾葛來幫助學習者對中西方的詩有更深一層的認識。周慶華《語文研究法》中的「理論建構撰寫體例」說到：

> 理論建構，講究創新。大致上從概念的設定開始，經由命題的建立到命題的演繹及其相關條件的配置等程序而完成一套具體系且有創意的論說。（周慶華，2004：329）

根據以上說法，在此將本研究的「概念設定」、「命題建立」、「命題演繹」一一說明：從研究題目「中西方格律詩與自由詩的審美文化因緣比較」來看，內容意涵涉及「中國格律詩、中國自由詩、西方

格律詩與西方自由詩」的概念，在這裡就形成了概念一；另一個從題目中發展出的概念是「中國格律詩的文化因緣、中國格律詩的審美因緣、西方格律詩的文化因緣、西方格律詩的審美因緣、中國自由詩的文化因緣、中國自由詩的審美因緣、西方自由詩的文化因緣、西方自由詩的審美因緣」，以上為概念二。

　　概念確立之後，接下來就以理論建構的方法建立研究需要的命題。從詩的形式來看，中西方文化都有格律詩與自由詩的發展，所以有關格律詩的發展為命題一；有關自由詩的發展就成為命題二；自概念一中延伸至命題三及命題四，命題三是中西方格律詩彼此的差異；命題四是中西方自由詩彼此的差異；命題五是中國格律詩的審美因緣；命題六是西方格律詩的審美因緣；命題七是中國自由詩的審美因緣；命題八是西方自由詩的審美因緣；命題九是中國格律詩的文化因緣；命題十是西方格律詩的文化因緣；命題十一是中國自由詩的文化因緣；命題十二是西方自由詩的文化因緣，自命題五至命題十二主要都是由概念二延伸而來。最後經由本研究建立的理論可以提升詩在語文教學中的功效，這是演繹一；可以提供詩創作者與接受者作為詩的創作和接受向度的選擇，這是演繹二；可以作為中西方詩跨文化的交流參考，這是演繹三。

　　綜合以上的論點，以下將本研究的「概念設定」、「命題建立」、「命題演繹」的關係架構以圖示的方式展現：

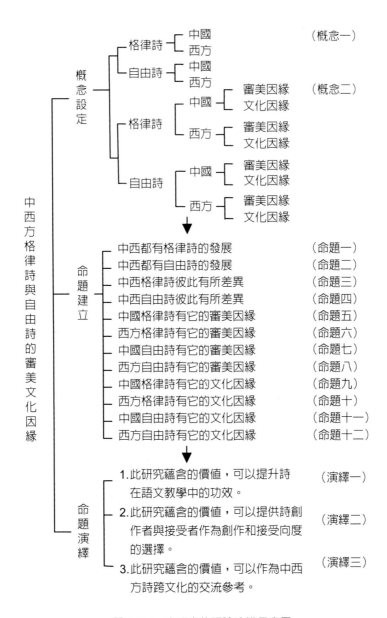

圖 1-2-1　本研究的理論建構示意圖

　　西方格律詩有它的文化因緣，中國格律詩與西方格律詩除了在格律上同樣有嚴格的限制外，「美感不同幾乎是不證自明的，沒有人會懷疑中西方文學批評的差異是緣自彼此美感的不同。我們想要知道的是為什麼中國傳統文學批評不用分析性、演繹性的論說，而是片斷的、印象的表達？」（周慶華，2003：27）中西方文化中的終極信仰表現在詩作上又呈現出什麼樣的特色？中國自由詩如何受到西方文化的影響？它在接受西方思潮時如何融入本身的文化特質？在西方文化的強大壓力下，我們的詩又該往什麼方向發展？這裡的問題都是本研究想要深入探討的。

二、研究目的

　　在網路無國界的理念與交通工具的發達下，國與國之間的距離縮短了，文化之間的差異性在某一方面也顯模糊，臺灣人不管信不信西方宗教也跟著慶祝聖誕節；西方人不論認不認識中國文化也嘗試著吃中國菜，人們因對不同文化存有的好奇心而試著親近與自己平常不熟悉的事物，除了從日常生活的食衣住行著手外，也對不同文化的文學作品有更多的需求，例如：中文格律詩的西譯與英文詩的中譯。在此本研究會深入了解中西方格律詩與自由詩中隱藏的不同文化觀下審美角度的差異。中國社會深受儒家的影響，詩成為一項重要的社交工具，在《論語‧季氏篇》說道「不學詩，無以言。」（刑昺，1985：150）也在〈陽貨篇〉提到「小子何莫學夫詩？詩可以興，可以觀，可以群，可以怨。邇之事父，遠之事君，多識於鳥

獸草木之名。」（同上，156）後世詩人也有許多應酬的詩作，例如王維的〈酬郭給事〉「禁裡鐘疏官舍晚，省中啼鳥吏人稀」（清聖祖敕編，1974：1296）有奉承時世太平的意思。但是除了儒家之外，另一個重要的影響來自道家。道家強調順依自然。《道德經・第一章》：「道可道，非常道；名可名，非常名。」（王弼，1983：1）強調一切的真都無法言喻。中國經由兩家學說的互相激盪影響豐富了詩的內容；相對於此，詩在西方的社會性就不那麼濃厚，它在一開始就是吟唱詩人為了娛樂觀眾而讚揚英雄事蹟，其後在表現上承襲亞里士多德的模仿說而崇尚模象美。從這裡就知道，詩的發展在雙方文化中起於不同的立足點。因此，唯有透過對文化根源的探討才能以同理心互相欣賞，才不會拘泥在誰優於誰的狹隘觀點，並藉由對方的長處為自身文化作一番重新審視找到新的詮釋。

在這個前提下，本研究首先要探究的是中西方文化審美觀的不同，以及中西方格律詩與自由詩審美觀的形成與演變在文化體系中表現在詩的特色。例如：為什麼中國沒有西方的史詩？中國的愛情詩為什麼沒有西方發達？經由理論建構的方式從文獻回顧中去探尋中國的審美觀與西方的審美觀的生成背景，對不同時期審美觀的演變發展與詩中的表現進行分析，以期對中西方的審美觀有深刻的了解，讓中西方在討論詩的時候有一明確的基準，此為研究目的之一。此外藉由中西方格律詩與自由詩的作品探討中西方的文化差異，則為研究目的之二。中國詩的特色之一是空間時間化，例如：李白的〈早發白帝城〉：

早發白帝城

朝辭白帝彩雲間，千里江陵一日還。

兩岸猿聲啼不住，輕舟已過萬重山。

（清聖祖敕編，1974：1844）

經由空間景色的變化帶給讀者時間流動的感受，在猿聲還不絕於耳時，這一片輕舟已經穿過重重高山到達寬闊的河面。當此詩結束時帶給讀者心裡印象中對江面景象的無限想像，令人回味無窮。西方詩的特色則是時間空間化，這從葉慈的其中一首詩可以窺見這一點：

The Dew Comes Drooping　　露水點點滴落

The dew comes dropping　　露水點點滴落

O'er elm and willow　　在榆木，柳樹

And soft without stopping　　纖柔持續不停

　As tear on pillow——　　　如淚墜枕頭——

Yea softly falls　　就那樣纖柔流著

　As bugle calls　　如號角吹響

　On hill and dell　　在山崗，幽

Or liquid note　　　或如歌韻流利

　From the straining throat　　發自創傷的咽喉

　　Of Philomel.　　　自菲洛玫耳。

As the dew drops dart　　露水如鑣急落

Each one's a thought　　點點無非思念

From heaven brought　　從天上帶來

　To the evening's heart.　　　到夜晚心頭。

（楊牧編譯，1997：7）

這首詩利用譬喻的手法把露水低落的情況比成女性夜晚在枕頭上落淚的悽美景象，詩中所作的幾項譬喻都是對露水的深入描寫，作者善用修辭技巧將這個時間正在發生的事如影片定格般的留在當下，極盡所能地描寫露水低落時的情景，在這裡就如同將時間空間化了。造成這差異的是文化中的哪些方面？經由深度的探討，將中西方的詩放在各自文化的框架中來解讀，並利用跨文化的比較以擴展詩寫作的深度與發展面向，也希望能提供詩創作者、教學者與接受者一些參考資源。讓詩的創作者從異國文化中吸取新鮮的知識觀點與自身文化資源結合創作出新時代的詩；在教學者方面也希望提供他們不同的思考途徑，增加教學的趣味性與新意；而對接受者來說，更希望擴展他們欣賞不同領域範圍的詩的視界，這是研究目的三。只有透過詩創作者、教學者與接受者互相刺激才能讓詩的發展更為蓬勃與健全。

三、研究方法

　　本研究採理論建構的方式，期望透過特定的研究方法達到設定的研究目的。以下將此研究會運用到的方法依章節條列出來，幫助讀者對本研究的研究方法有更清楚的了解。本研究共分為八章，依序會涉及的研究方法包含「現象主義方法」、「發生學方法」、「比較文學方法」、「比較美學方法」、「比較文化學方法」及「社會學方法」。以下就對各研究方法作一概述：

　　「現象主義的現象觀，它指的是『凡是一切出現者，一切顯示於意識者，無論它的方式如何。』」（趙雅博，1990：311；周慶華，

2004：95）它不同於一般現象學方法解析語文作品內蘊的意識作用，而是將意識所及的對象都當作「現象」，所以「文學現象」在現象主義中包含了作品中的人、事、物及其中相互作用下產生的意識關係。本研究將在第二章的文獻探討中利用「現象主義方法」的「現象觀」，從他人的相關著作中進行我的能力所及的分析整理，以便從相關文獻中了解中國的格律詩與自由詩和西方的格律詩與自由詩的生成發展關係、中西格律詩與自由詩的審美因緣與中西格律詩與自由詩的文化因緣所帶出的文化意識的差異，為以下的研究奠定一個明確的遵行方向。第三章採取發生學方法來界定格律詩與自由詩，「發生學方法，是透過分析語文現象或以語文形式存在的事物的發生及其發展過程，來認識該語文現象或以語文形式存在的事物的規律性的方法。它的基本思想是：從作為被研究對象的語文現象或以語文形式存在的事物的起源的某種初始狀態出發，逐一探索整個過程的各個階段的特徵和規律性」。（王海山主編，1998：9；周慶華，2004：51）從格律詩與自由詩的起源與發展到現今詩壇的發展，一一探求每個發展階段格律詩與自由詩的特徵和規律性。本研究的第四章「中西格律詩與自由詩的差異」探索的是中西格律詩與自由詩在類型、形式、技巧及風格的差異，在此就會用到比較文學的方法。比較文學方法研究跨系統文學的相互影響或平行對比的情況，在格律詩方面是以平行對比的方法找出其中可以互相比較的現象，在自由詩中除了平行對比外也會對二文化的互相影響的淵源及過程作探討。

　　第五章採用的是比較美學方法。「所謂『美學的』這個詞有廣義和狹義的用法。它可以用來指稱某件藝術作品相對於它的內容的形式或構成，指涉一貫的藝術哲學，或是指整體文化的藝術向度。『美學』

則是指對於上述任何一項或全部事物的研究。不過，傳統上美學主要
關切的是美的本質、感知及判斷」（周慶華，2007：251 引），「審美取
向的方法論類型，則是說相關的語文研究從某些特定的形式結構來進
行論斷；研究者會認為語文可以成就一個美的形式，所以必須合情
化；它的目的乃在求『美』。由於語文成品凡是藝術化後『都具有一
定的形式；這一定的形式的構成，一般稱它為美的形式。由於不是一
切的形式都是美的形式，所以對這一美的條件的探討就屬於美學的範
圍』」。（姚一葦，1985：380；周慶華，2004：134）「而承載或身為文
學作品的美的形式卻不得不關聯『意義』（內容）。以至大家所指稱的
文學作品的美可能就是表露於形式中的某些風格或特殊技巧（表達方
式）」。（周慶華，2004：134）「基於論說的方便，姑且以到後現代為
止所被規模出來的『優美』、『崇高』、『悲壯』、『滑稽』、『怪誕』、『諧
擬』、『拼貼』等七大美感類型作為美學的對象。這些對象，或者被統
稱為『境界』，或者被稱為『意境』，或者被稱為『風格』，或者被統
稱為『美的範疇』」。（周慶華，2004：138）在這裡的方法運用承接上
一章的比較文學方法，只是側重在美的範疇的探討，利用平行對比的
方式探究二文化中格律詩與自由詩類型、形式、技巧和風格的差異。

　　繼而使用比較文化學方法進行第六章的研究。「文化是一個歷史
性的生活團體（也就是它的成員在時間中共同成長發展的團體）表現
它的創造力的歷程和結果的整體，當中包含了終極信仰、觀念系統、
規範系統、表現系統和行動系統等」。（沈清松，1986：24；周慶華，
2004：123）所謂文化學方法所預設的文化學內涵，就是以上述（經
過重新界定）的文化觀及其實踐為研究對象所展開的學問。這只就單
一文化體系下的文學研究方法與方向，那在跨文化的比較中則需要先

對各自文化系統有所界定。周慶華在《身體權力學》中提出現存世界上三大文化系統為「創造觀型文化」、「氣化觀型文化」和「緣起觀型文化」，各類型文化下包含以上提到的五個次系統：終極信仰、觀念系統、規範系統、表現系統和行動系統。以圖示列出各自特徵：

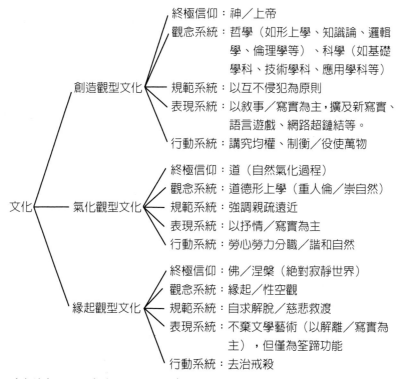

創造觀型文化
終極信仰：神／上帝
觀念系統：哲學（如形上學、知識論、邏輯學、倫理學等）、科學（如基礎學科、技術學科、應用學科等）
規範系統：以互不侵犯為原則
表現系統：以敘事／寫實為主，擴及新寫實、語言遊戲、網路超鏈結等。
行動系統：講究均權、制衡／役使萬物

文化

氣化觀型文化
終極信仰：道（自然氣化過程）
觀念系統：道德形上學（重人倫／崇自然）
規範系統：強調親疏遠近
表現系統：以抒情／寫實為主
行動系統：勞心勞力分職／諧和自然

緣起觀型文化
終極信仰：佛／涅槃（絕對寂靜世界）
觀念系統：緣起／性空觀
規範系統：自求解脫／慈悲救渡
表現系統：不棄文學藝術（以解離／寫實為主），但僅為筌蹄功能
行動系統：去治戒殺

（資料來源：周慶華，2005：226）

圖 1-2-2　三大文化及其次系統圖

藉著以上的文化系統模式，對跨文化的文學比較有一清楚可尋的規律準則。

　　第七章「相關研究在現實中的應用」，主要希望藉由中西方格律詩與自由詩的審美文化因緣的理論建構，提升詩運用推廣的層面，因此利用社會學方法來進行探討。社會學方法是指研究語文現象或以語文形式存在的事物所內蘊的社會背景的方法。（周慶華，2004：87）它已經不是經過「觀察」、「調查」和「實驗」等方式進行，而是經由「解析」來取得證明依據。它主要有兩個層面：一個是解析語文現象或以語文形式存在的事物是如何的被社會現實所促成；一個是解析語文現象或以語文形式存在的事物又是如何的反映了社會現實，所以本研究將採用這個方法，以反映目前社會背景下詩的精神，也以社會現實環境為參考，找出跨文化交流、文學創作和推廣教育發展的有利的途徑。綜合以上的說明，本研究架構與方法是藉由格律詩與自由詩在中西方社會歷史發展中的起源與進展，探討中西方不同的審美價值觀與文化意涵，將研究的結論作為詩應用推廣的參考依據。現代學術的研究方法多樣，每一種方法都有其自身的特性與限制，本研究採用的方法僅是一種策略的運用，沒有絕對性。因此，在研究方法的選擇上會依研究需要採取權宜性的更動，以求研究成果趨於完善。

第三節　研究範圍及其限制

一、研究範圍

　　詩的分類上可以有一圖如下：

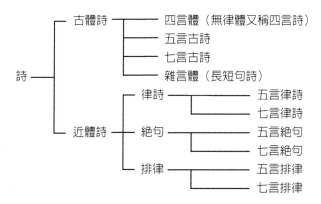

（資料來源：林靜怡，2009）

圖 1-3-1 詩的分類

圖中除了律詩與絕句外，並無句數上的限制，但排律通常指句數在十以上。其中律詩與絕句在對仗、平仄、押韻、句式等都有一定的格律，不能任意更改。何謂格律？在辭書的解釋是「指詩詞歌曲關於對仗、平仄、押韻等方面的格式和規律。古典詩歌中的近體詩特別講究格律嚴整，因稱格律詩。」（辭源編輯部，1990：1567）唐代是格律詩的黃金時期，在這時段詩的質與量都達到顛峰，除了本身詩的成就外更是國際間中國文化的代表。因此，本研究將中國格律詩的範圍限定在唐代的律詩與絕句為主要研究對象；在西方的格律詩方面，十四行詩的結構嚴密和中國格律詩一樣格律謹嚴。當中又以莎士比亞的十四行詩最為後人所喜愛研究，因此以莎士比亞的十四行詩為西方格律詩的主要研究範圍。

在自由詩方面來說，則是不求平仄、押韻、句數、對仗的詩，能按詩人自己的意思來創作，打破格律的法式、標準。這從以下文學的表現圖中可清楚看到雙方文學創作的發展進程：

文學的表現

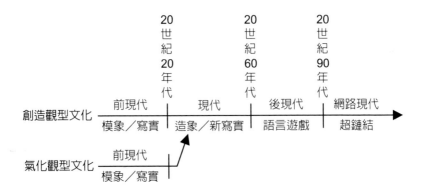

（資料來源：周慶華，2007：175）

圖 1-3-2　文學的表現

由上圖可清楚看出中國的文學轉而向西方文學取經。在橫的移植西方各種詩的理論後，讓自由詩一開始發展時有所遵循。在模仿的過程中，中方的自由詩又保留了幾分自我文化？與西方的自由詩又有什麼分別？本研究也將從兩方自由詩的共時發展來探討。

二、研究限制

　　詩是自人類歷史發展以來就存在的文體。在詩的研究上，從古至今已經累積數不清的著作成果，歷來的詩論、詩話為數可觀。本研究無法周延的盡數搜集全部的作品，只能盡己所能在有限的時間與精力下，蒐集可利用的研究成果與有代表性的詩作，期望達到最

大值的研究範圍。從文化體系來談，文學主要在表現終極信仰、觀念系統和規範系統，可能因為文化體系的龐大而有遺漏；再加上西方的詩作受限於研究者外文能力與文化的隔閡，在論述上可能有不足的地方。並且在解讀作品時難免帶進自己的先備經驗、價值意識與權力意志（周慶華，2009：55-56），恐怕難免表現出某程度的主觀性。礙於相對的主觀性，加上我個人對西方文化、歷史的認識有限，因此在研究上仍然有許多的困難點與限制。如：詩人運用於詩作中的創作技巧。中詩的創作技巧可以從聲律、韻腳、對仗和意象等來探討，我將在第四章第三節中討論中西方格律詩與自由詩的技巧差異，著重的方向是差異的部分，因此也就不再對舉例的詩一一探討作者運用在詩作中的寫作技巧。

　　除了創作技巧以外，作者創作時的心理因素也不在此研究的範圍。作者創作時的心理因素受到社會大環境與個人感情生活中人事物的影響，經由生活中的刺激引發靈感的產生進而成詩。什麼是靈感？許多詩人試著去捕捉與描述它產生時的狀態，「例如二十世紀偉大詩人之一聶魯達，他說他之所以寫詩，那是心中常有一股莫名的騷動，一直在推動他去寫。他曾以詩如是說：某樣東西在我的靈魂內騷動／狂熱，或遺忘的羽翼／我摸索自己的路／為了詮釋那股／烈火／我寫下了第一行微弱的詩句」（旅人，2008）但是靈感也不是憑空而來，是創作者平時累積的生活經驗與學識涵養，「古今之成大事業、大學問者，必經過三種之境界：『昨夜西風凋碧樹，獨上高樓，望盡天涯路』，此第一境也。『衣帶漸寬終不悔，為伊消得人憔悴』，此第二境也。『眾裡尋他千百度，回頭驀見，那人正在燈火闌珊處』，此第三境也。」（王國維，1981：11）靈感的產生是

因為有對學問的執著的第二階段，才會過渡到在偶然的情況下獲得新知的第三境界，成為一個創新的動機。這當中作者創作的心理歷程與靈感的激發包含了許多不確定的感情因素與主觀性，我們無法以作者個人的主觀意見來代表整個民族的情感。為了避免以偏概全的情形發生，所以在此不涉及作者的創作心理因素。例如：元稹哀悼他夫人的詩〈遣悲懷〉的三首之一：

遣悲懷

昔日戲言身後事，今朝都到眼前來。

衣裳已施行看盡，針線猶存未忍開。

尚想舊情憐婢僕，也因曾夢送錢財。

誠知此恨人人有，貧賤夫妻百事哀。

（元稹，1983：98）

這首詩描寫的是他懷念已故妻子的情景，使用白描的手法敘述妻子去世後自己的生活感受，利用不捨與不忍而遲遲不敢開她生前的針線盒的心情表現他對妻子的深情與依戀。這首詩就可看出中國社會對愛情的含蓄，因為我們生活中就常見「愛你在心口難開」的現象。整首詩的用字看不出明顯表示情感的字眼，甚至是在對方死後才由一個針線盒來顯現作者對於妻子的深情。相較於西方對愛情積極地追求表現，兩文化對愛情在詩中的表現就有顯著的不同。從愛情這一共同的人類情感尋找表現於詩作中的差異，再由差異探討文化影響下對詩作中美的表現的成因。隨著時間的演變與社會的發展，人們對於美的要求也有所不同。詩的創作是與社會的脈動連結在一起的。現今社會的多元化對詩的影響也表現

在詩的多元化創作當中，邁過了前現代那些固定的思路，取而代之的是城市焦躁、紛亂與疏離的氣息，表現在詩中可能就是讀者不解的怪誕、拼貼或晦澀的詩作。但這也只是萬花當中的一叢，為詩壇添一番熱鬧。詩的出路與發展應該與讀者的需要息息相關的，畢竟詩人是社會的觀察者與發聲者，沒有讓自己達到為民發聲的功能是會被讀者所遺忘的。在這裡並沒有要研究詩在社會上的傳播與接受的問題，因為它並不是目前研究的重心。

綜合這些暫時不予探討的創作技巧、創作的心理因素和傳播及接受的社會背景等，可能會給人「細膩不足」的印象，但對於這一限制所留下的遺憾，我會儘量以隨機添加的方式作些許的彌補，以便在整體上可以保有「還是在談詩」的感覺。再說本研究主軸不在細較這些創作技巧、創作的心理因素和傳播及接受的社會背景等，即使有遺憾，也可以俟日有餘力再闢題別為探討，以致相關的限制就成了提醒我自己和有興趣的同好還有一個值得努力的方向。

第二章 文獻探討

第一節 格律詩與自由詩

　　由於本研究的第三、四、五、六章內容都緊扣研究主題「格律詩」與「自由詩」來討論，所以本節就先對「格律詩」與「自由詩」的相關論述作一整理，以便了解前人對「格律詩」與「自由詩」的研究。

　　在黃永武的《中國詩學・鑑賞篇》中對於詩的研究鑑賞方式有一番說明：

> 現代的詩歌研究，無論是詩的設計、鑑賞、考據、思想，莫不注意方法：考據須遵循科學的方法，設計須了悟藝術的原則，思想須辨析義理的條理，而鑑賞則須將科學性、藝術性、思想性的法則兼備並用。每一首詩，可以從多種角度作為鑑賞的著眼點，如歷史故實的考求、社會背景的研究、作者心理的分析，這些是鑑賞作品的前提，都有其科學的方法；又如章句結構的析論、音響美感的探索、境界層次的闡述，也是鑑賞作品的要點，都有其藝術的法則。（黃永武，1987b：1）

本研究的研究方向是從格律詩與自由詩所表現出的文化特點為起點，試圖利用比較文化學、比較美學與社會學方法，探討中西方文化中的異同與表現差異，因此對於詩的歷史故實考察、作者心理的

分析與章句結構的析論，就不屬於探討論述的範圍；而在音響美感的探索、境界層次的闡述與社會背景的研究則視需要來帶出。

　　格律詩在這裡指的是唐代盛行的律詩與絕句兩種詩體，張雙英的《中國歷代詩歌大要與作品選析》中，在〈「近體詩」的名稱述略〉中說明近體詩是：

> 指完成於唐初，在形體上完成格律化的詩歌體式。它是拿來與唐朝之前的「古體詩」相對的一個籠統名稱。事實上，唐朝時期的人對詩體的稱呼是頗為明確的，如稱「絕句」、「律詩」等。（張雙英，1996：670）

我在格律詩方面採用的是格律規定最嚴謹的絕句與律詩為代表，探討詩中所呈現的中國文化傳統與審美價值。

　　在周慶華《語文教學方法》中將文體類型分為前現代、現代和後現代。當中前現代：「是指現代出現以前的時代，它約略以西方十八世紀所出現的工業革命為分界線（甚至再早一點到十四世紀至十六世紀的文藝復興時期）。至於東方，則遲至十九世紀末開始接受『西化』以前，都屬於前現代。」（周慶華，2007：163）在李怡《中國現代新詩與古典詩歌傳統》的導論中說：「在所有的文學體裁當中，以詩歌與本民族傳統文化的關係最深、最富有韌性。從審美理想來看，詩與小說、戲劇等敘事性文學不同，它拋棄了對現實圖景的模仿和再造，轉而直接袒露人們最深層的生命體驗和美學想望……正如艾略特所說：『詩歌的最重要的任務就是表達感情和感受。與思想不同，感情和感受是個人的，而思想對於所有的人來說，意義都會相同的。用外語思考比用外語來感受容易些。正因為如此，

沒有任何一種藝術能像詩歌那樣頑固地恪守本民族的特徵。』」（李怡，2006：12）綜合以上的觀點，利用前現代的格律詩來體察中西方傳統文化的異同，進而達到互相了解與溝通，是一個明確的方向。文化是一個龐雜的體系，在本研究中，我希望能對文化的討論形成一個有系統的體系，因此將借用周慶華對文化研究所構設的架構來為往後研究的參考依據。他根據沈清松的條理而將文化分為終極信仰、觀念系統、規範系統、表現系統和行動系統等五個次系統：

> 所謂終極信仰，是指一個歷史性的生活團體的成員由於對人生和世界的究竟意義的終極關懷而將自己的生命所投向的最後根基……觀念系統，是指一個歷史性的生活團體的成員認識自己的方式，並由此而產生一套認知體系和一套延續並發展他們的認知體系的方法……所謂規範系統，是指一個歷史性的生活團體的成員依據他們的終極信仰和自己對自身及對世界的了解而制定的一套行為規範，並依據這些規範而產生一套行為模式……表現系統，是指一個歷史性的生活團體的成員用一種感性的方式來表現他們的終極信仰、觀念系統和規範系統等……行動系統，是指一個歷史性的生活團體的成員對於自然和人群所採取的開發和管理的全套辦法。（周慶華，2007：182～183）

詩是表現系統中的一支，以意象表意。顏元叔在其主編的《西洋文學辭典》中對於意象的功用有一說明：

> 研究一文學作品的意象語，可以集中於作品語言所呈示的物質世界；或集中於能造成作品中義喻的手法或修辭格；或是

> 產生作品而賦予作品特定的暗中含義的心理狀態；也可以集
> 中於意象格式能夠加強（偶或反駁）作品中陳述、情節、動
> 作等之表面意義的方法；抑或是集中於能夠激起造成原始類
> 型與神話感情力量的民族性潛意識發出共鳴的意象。（顏元
> 叔主編，1991：387）

指出意象除了修辭方面的作用外，最主要應該是體現文化內涵，也
就是體現終極信仰、觀念系統與規範系統等。黃永武在《中國詩學·
設計篇》中的〈談意象的浮現〉，對於李賀〈賈公閭貴婿曲〉「今朝
香氣苦，珊瑚澀難枕」（清聖祖敕編，1974：4415）說是：

> 香氣怎麼會苦？因為香氣代表了美人的脂粉，今朝跳出愛慾
> 的苦海，發現豔色如土，鼻中的馨香，轉為口中的苦味了。
> 珊瑚枕的滑膩也變成苦澀的針氈了。這兩句詩還借重矛盾逆
> 折的語法，使「苦」「澀」二字顯得更新美。（黃永武，1987a：
> 20～21）

我認為這裡的解讀只是對於詩中的表面意義加以解說，有關深層的
集體文化意識的認識卻沒有開展。大多人對於自身文化的了解都是
「不識盧山真面目，只緣身在此山中」（蘇軾，1985：1219），唯
有加深對自身文化的認識，才能在創作中發揮優點。如在此詩中表
現出中國人受佛教影響的部分思想，它是：「以為宇宙萬物的出現
和消失，都是因緣和合所致。也就是說，有造成宇宙萬物存在的原
因或條件，才能夠促使宇宙萬物的實際存在；反過來說，沒有造成
宇宙萬物存在的原因或條件，也就不能促使宇宙萬物的實際存在

（或者當造成宇宙萬物存在的原因或條件消失了，宇宙萬物也要跟著消失）。而由此『衍生』出人生是一大苦集，最後要以去執滅苦而進入絕對寂靜或不生不滅的涅槃（佛）境界為終極目標。」（周慶華，2007：167）

　　在格律詩的研究上，對於文化方面的影響論述都難看到一利用完整的文化體系來比較說明，大多著作研究都從詩的格律與格律的發展演進談起。例如：曹逢甫的《從語言學看文學》，是從語法的觀點切入，從音韻、對偶、造句法和詩句的起承轉合的關係來欣賞（曹逢甫，2004），這個方式最終只是對於個人的詩的欣賞創作有幫助，但是對於文化認識卻沒有多大助益。另外，在詩的賞析上也大多是從聲韻及意象安排著手。例如：李金坤〈物我諧和的唐詩自然生態世界〉將唐代詩人與自然和諧相處的詩歌形態表現分為十大類：

> （一）與物諧樂；（二）以物為友；（三）頌物以美；（四）感物惠德；（五）賞物生趣；（六）悲物憫人；（七）由物悟理；（八）托物寄懷；（九）假物以諷；（十）護物有責。（李金坤，2009）

這當中只是在每一項目下舉詩為例，可能是限於篇幅對於這十類的分類原因卻沒有解釋，從文章本身也看不出端倪。如果是以本研究所帶出的中國氣化觀型文化體系來統攝，對於中國詩歌為何會有這十大類的表現作深入探討，就能開闊詩的欣賞視界，也能了解中國文化中儒、釋、道三家的影響與表現在詩作中的特性。

　　以上是針對格律詩方面，那在自由詩的文獻探討上先對自由詩再一次界定。在王力的《漢語詩律學》對自由詩的界定與介紹如下：

　　五四運動以後，白話文盛行，同時白話詩也盛行。白話詩是
　　從文言詩的格律中求解放，近似西洋的自由詩（free
　　verse）……現在為敘述的便利起見，姑且把近似西洋的自由
　　詩的叫做白話詩，模仿西洋詩的格律的叫做歐化詩。簡括地
　　說，凡不依照詩的傳統的格律的，就是自由詩……分析地
　　說，西洋的自由詩和普通詩的不同有下列三點：（一）普通
　　詩是有韻的，自由詩是無韻的；（二）普通詩每行的音數或
　　音步是整齊的，自由詩每行的音數或音步是不拘的；（三）
　　普通詩每段的行數是整齊的，自由詩每段的行數是參差的。
　　（王力，2002：850～851）

如果對於這三點只有一點或兩點和普通的格律違反，可認為相對的
自由詩；如果同時具備了這三個特徵，就算是絕對的自由詩了。這
當中對於自由詩的範圍限制不夠嚴謹，五四運動中的文學革命是要
求語言文字和文體的解放。胡適在〈談新詩〉一文說：

　　新文學的語言是白話的，新文學的文體是自由的，是不拘格
　　律的。初看起來，這都是「文的形式」一方面的問題，算不
　　得重要。卻不知道形式和內容有密切的關係。形式上的束
　　縛，使精神不能自由發展，使良好的內容不能充分表現。若
　　想有一種新內容和新精神，不能不先打破那些束縛精神的枷
　　鎖鐐銬。因此，中國近年的新詩運動可算得是一種「詩體大
　　解放」。因為有了這一層詩體的解放，所以豐富的材料，精
　　密的觀察，高深的理想，複雜的感情，方才能跑到詩裡去。
　　五七言八句的律詩決不能容豐富的材料。二十八字的絕句決

> 不能寫精密的觀察,長短一定的七言五言決不能委婉達出高
> 深的理想與複雜的感情。(胡適,2003:160)

這段話指出他們當時急欲打破格律的限制,追求詩創作的絕對自
由,以這樣的精神來作詩怎能忍受一丁點舊詩格律的影子,又怎麼
能把只有一點或兩點違反普通的格律的詩視為自由詩?自由詩除
了沒有格律束縛之外,它的另一個條件便是使用白話。胡適的《嘗
試集》序中說到:

> 要作真正的白話詩,若要充分採用白話的字,白話的文法,
> 和白話的自然音節,非作長短不一的白話詩不可。這種主張
> 可以叫作詩體大解放。詩體大解放就是把從前一切束縛自由
> 的枷鎖鐐銬,一切打破:有什麼話,說什麼話;話怎麼說,
> 就怎麼說。這樣方可有真正白話詩,方才可以表現白話學可
> 能性。(胡適,2003:193-194)

徐芳在《中國新詩史》對新詩的解釋是:

> 新詩是詩體中最新的一種,它是推翻舊詩的格式,平仄和押
> 韻而另創了一個新體:它是用現代的語言,自由的形體,自
> 然韻律來表現人們的複雜的生活和情感的。(徐芳,2006:3)

在自由詩中,我們也是朝著以詩當中所表現出的文化特性著手,每
個社會團體的文化都有一個連貫性。在臺灣就算受到日據時代五十
年的統治,但是在日據初期仍是古典詩在文壇上佔主要地位,在五
四運動後也跟大陸一樣鼓吹白話文寫作,我們現在所看到的詩呈現
多元化,但是在潛意識下的文化內涵也跟格律詩一樣地表現在詩

中。古繼堂《臺灣新詩發展史》中對這點也清楚的點出與說明臺灣
新詩與大陸文學的關係：

> 中華民族就是一個詩的民族，它具有悠久的詩的傳統。詩
> 經、楚辭、漢樂府、唐詩、宋詞、元曲和「五四」新詩貫穿
> 下來的那條苗壯、健碩、充滿生機的詩根，深深地扎在我們
> 民族的心靈中，潛入每個炎黃子孫的意識中。臺灣的新詩從
> 五〇年代以來有過幾次凸出的發展，有過幾次詩人群的崛
> 起。比如：第一次是五〇年代中期到六〇年代初期現代派詩
> 人的出現……臺灣一批知識分子轉而向西方尋求文化營
> 養。一方面使用現代派隱喻、暗示等表現手法，把不便明說
> 的心曲歌唱出來。（古繼堂，1997：5）

從這裡可看出臺灣的文化承接著中國傳統文化，在詩的表現上也同
樣有這樣的文化特點。但是在本研究中，新詩的發展史與流變不是研
究重點，所以對各個詩的流派也不一一細分。在古氏的書中依年代介
紹了許多當時的代表性詩人及詩作，對於詩作的評析大多採用句法
分析及詩的意義解釋，如他對杜國清的〈手指〉這首愛情詩的評論：

> 杜國清長期生活在臺灣和美國那樣開放的社會中，接觸的
> 是開放的女性和男人，但杜國清的筆下為什麼還是這樣一個
> 封閉式的古典愛情王國？這一事實告訴我們，現實生活雖然
> 是創作的一個泉源，但它並不是唯一的泉源。（古繼堂，
> 1997：397）

這裡的提問其實是因為他對文化的認識不深：

文化及其產生的美感感受並不因外來的「模子」而消失，許
多時候，作者們在表面上是接受了外來的形式、題材、思想，
但下意識中傳統的美感範疇仍然左右著他對於外來「模子」
的取捨。（葉維廉，1986：17）

也因為文化是文學表現的根柢，因此唯有從這來探討詩中的美學表
現，才能對一文化體系下的詩作有一深度的了解，也才能知道在外
來文化的衝擊下，我們應該努力保存的文化優點在哪裡。

第二節　中西格律詩與自由詩

　　在比較文學這一領域當中，最令人詬病的是利用西方學科術語
對中國文學的強加硬套，我在中西格律詩與自由詩這一部分的文獻
探討就得避免這一問題，「北美華裔學者於使用文評方法時，構築
新論還得因承傳統的論說和推斷，現代詮釋之創造轉化也須仰賴傳
統的概念和術語，可見傳統與現代的研究方法仍有其互補之處，絕
非只是二元對立的文學理論而已。」（王萬象，2009：19）基於文
學批評與傳統的不可分割，我也利用其他學者對中西詩學的研究成
果為基礎來開展研究的方向。從中西詩的翻譯過程談起：

勒弗維爾（Andre Lefevere）認為「一般譯詩都有兩個特定
（和毛病）：它們既引申了原詩，又壓縮了原詩。所謂『壓
縮』，就是指譯詩裡用了一些複詞或釋意的詞句，來替代原

> 文有創意的表達方式。所謂『引申』，就是譯詩誇張了原詩
> 的語態、加入了補充資料，把含蓄的話清清楚楚說出來。這
> 兩種特色都不免歪曲了原詩的藝術，不能代表原詩的真正面
> 貌。」（王萬象，2009：56）

這裡最根本的問題在於對於原詩傳統文化背景的了解不夠深切：

> 能夠分辨得出原作時間空間傳統的成分之中，那些是文化的
> 問題，那些是結構的問題，好把關於文化的改成現代式，把
> 關於結構的保存原貌，在譯文裡好好解釋；又假如譯入語的
> 文化有類似的成分，讀者容易聯想得起，便保存下來。（引
> 自王萬象，2009：75）

其中，兩方文化的深入比較是必須的：

> 有時候，只是關於一個名詞的問題，或者一個動詞的問題，
> 甚至省略的主詞是誰？等等「瑣碎」的問題。這些用我們本
> 國的語言來解釋本國的文學時，原本一點都沒有問題，或看
> 似沒有問題的地方，經由外文的翻譯，卻有時會意外地讓我
> 們重新反省深思，而有更徹底的了解。至於外國學者的研究
> 角度，固然可以供我們補充一些盲點或忽略之處，但有時不
> 免於失諸偏頗或矯枉過正之虞。但無論如何，檢討得失及其
> 緣由，也是可以讓我們多一層重新思考，反駁、修正，或加
> 添信心的機會。（林文月，2008）

中西方的語法本就不同，表現在詩裡，中文的文言詩作因詞意的未
定性而可以有寬廣的想像空間。余寶琳認為中國古典詩的語法特點：

古代漢語本身的若干特點也有助於詩歌功能的發揮。在此，名詞沒有性、格、數的屈折變化（inflections），動詞也沒有數和時態的屈折變化……這些特點，再加上細部結構所必備的連接成分的省略，創造了一種僅僅依賴詞序和語境的孤立語法，一種使意象無所依傍的性質得以強化的句法。（周發祥，1997：106）

高友工和梅祖麟也對中文的「孤立語法」的形成條件提出三點：

（一）非連續，即詩句裡只有名詞或名詞短語前後連屬，而無其他成分；

（二）歧義，即一句內同時存在著兩個或兩個以上的語法結構；

（三）詞語錯置，即詩句內正常詞序被打亂，或在其中插入其他成分。（周發祥，1997：106）

這點在中國格律詩與西方格律詩的美感呈現上，語法上的比較是一個可供參考的地方。但是這樣的說法止於對現象的說明，對於更深一層的發生原因沒有辦法解釋，只停留在對於一個現象的了解與滿足，對於其背後為何會有這樣的現象的發生原因無法深究。語言是屬於文化體系中的表現系統下的文學表現工具，它同樣也承載著民族文化的特點，談到為何會有這樣的語法表現時，我們同樣可以在氣化觀型文化的五個次系統下來討論。中國文化受儒、釋、道三家交互影響，在道家的哲學思想，認為一切人為的假定和概念都是假象，「天不產而萬物化，地不長而萬物育」（王先謙，1983：83），天地萬物一開始都是由精氣化成，氣無形體與定性，沒辦法以人為

方法來規定限制。在這樣的意識下，對於語言的使用也會同樣受到影響，表現在語法上，就會產生詞性沒有明確的界限，名詞可當動詞或者是詞語的錯置的特點，在詩歌創作中更增添想像的豐富性：

> 固有的中國本土哲學傳統贊同一種基本上是一元論的宇宙觀：宇宙之原理或道也許能超越任何個體現象，但是道完全存在於這一世界萬物之中，並沒有超感覺的世界存在，在自然存在這一層面上，也不存在高於或與其不同的超感覺世界。真正的現實不是超凡的。而是此時此地。這就是世界，而且，在這一世界中，宇宙模式（文）與運作以及人類文化之間，存在著根本的一致性。（王曉路，2000：82）

> 中國文學傳統往往不把一首詩看成是虛構的，它的陳述也被認為是完全真實的。詩的意義不通過比喻表達，即文本語言不指向超越字面的其他東西。相反，展現在詩人面前的是一個經驗的世界，而他所作的就是把它顯現出來。（王曉路，2003：27）

在中國傳統詩作表現上與西方詩作的差異：

> 中國詩學傳統中的意象有別於西方的隱喻系統，它並非關涉與具體世界不同的虛構世界，或者在可感之物和超驗之物中間重新建立對應關係。這些關聯已經存在，它們為詩人所發現，而非創造出來。（王萬象，2009：451-452）

> 不同的文化是互相獨立的主體，而一系統的標準也不應以另一系統的標準來作衡量。中國詩歌對此世之真實和盤托出，

與西方的韻文迥然不同，歐美詩歌則是尋求表現一個形而上的真實。西方詩學傳統重在摹仿、解釋和寫實，詩人的重責大任便是溝通虛與實兩個世界，其目的在於創造惟妙惟肖的圖像。可是，如果中國的想像是字面的，而西方的想像是隱喻的，那麼這二者的關係絕非對稱的，因為隱喻的形式可以包含字面的意思，而字面的意思卻無法解隱喻的深層義涵。就像其他任何的文學一樣，隱喻也是根植於某一特殊的文化傳統之中，並不能從異質文化的隙縫裡去尋求謀合之處。（同上，477-478）

　　以上所看到的研究成果都是針對傳統詩作的比較，隨著時代的變遷與科技的進步，中西文化的交流也愈見頻繁與顯著，這也同樣表現在近代的詩作當中，其間最顯著的應該算是新詩的興起與發展。在新詩興起時的語言變革，由文言文書寫轉為白話文書寫，在詩的寫作方式也引用西詩的分行寫法，內容上也出現多變性，除了中詩受西詩影響外，西方詩人的創作也同樣受到中國詩的啟發。但是在新詩的研究文獻上，我們可以發現，在臺灣通常致力於流派演變或新詩史學的探討，在詩的文學比較上看不到以中文白話詩來與西方詩作的比較成果，在自由詩上對於兩文化詩作的共時比較上沒看到任何博碩士論文。這也是一個值得探討的問題，難道新詩發展到現在沒有任何值得與西方文學對話的作品？在黃郁婷的碩士論文《現代詩論中「詩語言」的探討》，她企圖找出現代詩與古典詩的相通之處（黃郁婷，1995），這點是本研究可以參考的部分，但是她的其他部分的研究仍是只在自身文化體系的範圍。

在王鍾陵主編的《二十世紀中國文學史文論精華・新詩卷》的序中說道：

> 任何創作都必然要採取某一種文體，對於文學理論的發展，
> 必然深入到具體的文體中，才能了然。過去那種脫離文體的
> 文藝概念式的研究方式，已經證明是容易導致空疏與僵化
> 的。此外，由於中國的新文學運動是在西方哲學與文學的強
> 烈影響下產生、發展、變化的，因此需要單獨設立一本，以
> 反映西潮東漸的概貌，以見出中國新文學理論所受到的外來
> 的影響，這對於將中國 20 世紀文學理論放在世界性的坐標
> 上加以認識是必要的。（王鍾陵，2000：9）

雖然中國新詩受西方影響很大，但他也說：

> 雖然中國各體文學幾乎都承受了西方思潮的強烈影響，甚至
> 長時期地邯鄲學步於西方之後，並由此形成了許多文學流
> 派；但中國思想、學術發展的主流，畢竟是在自己特定的河
> 床中流向前方的。西方影響是刺激中國現代文體產生的動
> 力，但這種文體的生根、抽芽，既然是在中國這塊大地上，
> 那麼它就必然既受到這裡的陽光雨露之滋育，同時也一并領
> 受其狂風暴雨的摧殘。母體的憑藉與新知的借鑒，造成了差
> 異眾多的治學的、藝術的取向。（王鍾陵，2000：5）

在此研究中感興趣的部分是：在西方影響下，我們的文化傳統在因
應時代變化時，詩又是如何表達傳統文化？在吸收西方思潮時，又
有什麼樣的特色出現？文曉春的看法：

現代詩的本質，究竟是「現代的中國詩」？還是「中國的現代詩」？這一基本觀念，實有加以澄清的必要。從某些詩人的詩論中，甚至在他們的創作中，我們發現：他們是極力主張現代詩就是「現代的中國詩」。換句話說，「現代」是處於主導的地位，「中國」只是「現代」的附庸。而什麼又是他們心目中的「現代」？簡單地說，就是世紀以降的西洋文學思潮……他們也偶而吹吹「回歸中國」的口哨，但是……他們的所謂「回歸中國」，充其量只是做客性質，他的眼睛仍然注視著「西方」。這也許就是為什麼某些現代詩縱然並不怎麼晦澀，也不能得到讀者喜愛的根本原因吧？（引自王鍾陵，2000：413-414）

這當中臆測現代詩不受歡迎的原因是因為缺乏自身文化的精神，缺少自身文化的詩怎能讓自家人欣賞？我們也發現受人喜愛的新詩常見中國傳統哲理的運用，例如，余光中的〈獨坐〉：

> 一整個下午電話無話
> 最後是再也分不清楚
> 是我更空些還是空山更空
> 只隱然覺得
> 晚春，只剩下一片薄暮
> 薄暮，只剩下一隻布穀
> 用那樣的顫音
> 鍥而不捨
> 探測著空山的也是我的深處

（余光中，1996：185）

這首詩的開頭，可感覺出作者利用莊周夢蝶的典故，重塑一個類似的情境，運用同樣的問法，懷疑是自己更空又或是山更空，讓讀者有更深一層的想像空間與熟悉感。

在西方，無論格律詩或是自由詩都有特定的格律：

> 白話的新詩歌從舊格律中解放出來，韻腳、每行字數都比較自由，但並沒有形成那種可以和英國伊麗莎白時代的素詩體相對應的、不押韻、不規定每行字數，但又受內在格律制約的詩體。（方平、屠岸、屠笛譯，2000： 456）

這是中西方自由詩不同的地方。西方的詩也同樣因為文化交流的影響而有許多創新，但是它所受的影響是中國的格律詩的意象創造和中文的「孤立語法」，有名的例子如龐德的詩。比較起來，中國自由詩受西方的詩的影響大於西方詩受中國文化影響的程度，這是一個不爭的事實，也是我們該省思的地方。我希望藉由各方學者對於中西詩的研究，探討中西詩作各自的文化與表現的特點，建立一個平等對話的平臺。

第三節　中西格律詩與自由詩的審美因緣

> 文學作品的美固然也限於「形式」部分，但它跟其他藝術品（非語文成品本格的類語文成品）的美卻稍有不同；其他藝術品的美可能顯現在比例、均衡、光影、明暗、色彩、旋律

等等法則上，而承載或身為文學作品的美的形式卻不得不關連「意義」（內容）。以至大家所指稱的文學作品的美可能就是表露於形式中的某些風格或特殊技巧（表達方式），而這些風格或特殊技巧始終都是關涉文學作品的形式和意義的。（周慶華，2007：247-248）

　　對於詩的審美，各家所預設的美的內涵不盡相同，在黃永武的《中國詩學‧鑑賞篇》對於詩的形式就從結構、辭采、聲律與神韻四個方向來探討；在詩的內容上探討詩中的時間與空間變化的巧妙，情與景、情與理之間的融合。試舉他以石樹唱和寒山的一首詩說明詩當中的理：「讀書可不死，讀書可忘貧，至若不讀書，便是貧死人！」他說：

> 同樣是說教，但石樹的詩，在意義上較為曲折，尤其「讀書可不死」，粗看彷彿與常理不合，但細想立言可以不朽，反感有味。「讀書可忘貧」是純說理的，但至末尾二句說：不讀書的人，已經是既貧又死的活死人了，這話就翻出一個新意來，甚有新趣。所以一樣是闡理說教、，必須造意曲折，或者比擬生動，才能稍有詩境。（黃永武，1987b：107-108）

在此是就詩本身的意境與情感來鑑賞，這樣的方式舉出我們是從作者造意曲折與比擬生動來感覺到純粹的美感，它除了對個人欣賞詩有所幫助外，對於大眾認識自我文化的審美價值的特點與利用特點來創作沒有多大的幫助。為了跳脫前人對詩的印象式與個人情感的欣賞模式，有效認識傳統與現代文學表現上的特色，我在此利用周

慶華對美學對象的分類來進行往後的研究，他將美的形態依時間，
就是前現代、現代、後現代和網路現代（參見圖 1-3-2）分為九大
美感類型，如下表：

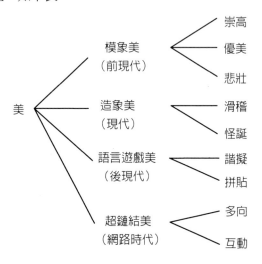

（資料來源：周慶華，2007：252）

圖 2-3-1　美感類型

當中優美，指形式的結構和諧、圓滿，可以使人產生純淨的快感；
崇高，指形式的結構龐大、變化劇烈，可以使人的情緒振奮高揚；
悲壯，指形式的結構包含有正面或英雄性格的人物遭到不應有卻又
無法擺脫的失敗、死亡或痛苦，可以激起人的憐憫和恐懼等情緒；
滑稽，指形式的結構含有違背常理或矛盾衝突的事情，可以引起人
的喜悅和發笑；怪誕，指形式的結構盡是異質性事物的並置，可以
使人產生荒誕不經、光怪陸離的感覺；諧擬，指形式的結構顯現出
諧趣模擬的特色，讓人感覺到顛倒錯亂；拼貼，指形式的結構在於

表露高度拼湊異質材料的本事，讓人有如置身在「歧路花園」裡；多向，指形式的結構連結著文字、圖形、聲音、影像、動畫等多種媒體，可以引發人無盡的延異情思；互動，指形式的結構留有接受者呼應、省思和批判的空間，可以引發人參與創作的樂趣。這不論彼此之間是否有衝突（按：在模象美中偶而也可以見到滑稽和怪誕，但總不及在造象美中所體驗到的那麼強烈和凸出；同樣的，在造象美中偶爾也可以見到諧擬和拼貼，但也總不及在語言遊戲美中所感受到的那麼鮮明和另類），都可以讓我們得到一個架構來權衡去取。（周慶華，2007：252-253）

此外，在李澤厚與劉綱紀主編的《中國美學史》中將中國的美學特徵分為六點：

（一）高度強調美與善的統一。

（二）強調情與理的統一。

（三）強調認知與直覺的統一。

（四）強調人與自然的統一。

（五）富於古代人道主義的精神。

（六）以審美境界為人生的最高境界。（李澤厚、劉綱紀，2004：26-39）

從當中對於各點的解說看來，他們只是舉出中國美學的特徵現象，對於為何會有這樣的現象？卻找不到背後的發生原因，以至於在一些中西方的比較上得出的結論就有所偏頗。例如：

但由於中國美學所主張的情感的表現長期被束縛在奴隸社會、封建社會的倫理道德的範圍之內，這又使得中國藝術對

> 廣大外部世界的觀察和描寫受到限制，所表現的情感也常常
> 顯得相當狹窄。就整體而言，在對複雜的多方面的社會生活
> 的反映上，在大膽揭露社會生活中各種尖銳劇烈的矛盾衝突
> 上，在現實感的強烈逼真上，在無顧忌地抒寫個性和表達情
> 感上，在深沉的悲劇感上，中國藝術多不及西方。（李澤厚、
> 劉綱紀，2004：30-31）

這樣的措詞對本身中國的美學與藝術成就有貶低之嫌！所以會發
生這樣的問題，應該是他們對中國傳統文化的認知不深，而且在比
較上也不夠客觀。在第四點特徵的論述中就說到：

> 但由於中國哲學所講的天人合一主要是強調人順應、符合自
> 然的一面，並且主要是從道德精神的修養來講的，忽視了人
> 對自然的實際的變革改造，因而又使得中國藝術常常忽視了
> 現實社會中劇烈複雜的矛盾歧異，偏於表現個體內在心靈與
> 自然的和諧統一的美。（李澤厚、劉綱紀，2004：36）

其實第四點的特徵論述的引文，就可以用來解釋為何中國人沒有像
西方有強烈的個人情感抒發的作品。但是我們無法滿足於這樣表層
的解釋，我們還可以更深入地探討，直接利用中國氣化觀型文化的
五個次系統來將他們零星解釋的內容加以統攝。在氣化觀型文化
下，道家哲學崇尚人與自然合而為一、強調「無為」。在儒家的影
響下注重詩在現世界的功能性，詩的美與個人內心修養是成正比
的，詩文中的情感表現要合乎仁並受禮的規範，在這樣的前提下，
要發展出像西方社會中強烈表達個人意志的詩作恐怕是有難處

的。同樣的情感在不同的文化下的表現方法有明顯的差異。在他們的研究中雖然有很多可參考的,但是在中國美學特徵的探討上仍有可著力的地方。

張鈞莉〈曹丕文氣說的美學意涵──美的價值自覺與審美意識的覺醒〉說到:「就美學的發展說,《典論‧論文》也是第一篇走出了先秦兩漢長期以來美學附屬於經學道學的原始畸形狀態,放下政教實用觀點的目的論,而專就藝術(在該文中為文學藝術)與『美』的本體價值、審美主體的內在特性、審美對象的美感風格、各種文藝類別的內部規律和審美特徵,以及審美判斷的標準等等美學範疇作探討的美學專著。這樣的專著出現,說明文藝美學也同樣從倫理哲學的範疇中分離出來,獲得了獨立學科的地位和價值,不再只是穿插在政治、哲學等著作中的零星片段,以作為倫理教化的宣揚手段而已……從向外部對象世界的認同和附和中拉了回來,成為純粹是內在主體世界的反映和顯揚。從而也就將審美的理想從先秦兩漢側重寫形、寫實的模擬再現論的傳統中轉移了出來,跨入了側重寫神、寫意的主觀情感表現論的領域……此乃標誌著人的『才性主體』從被『道德性主體』長期同化的附庸情境中掙脫出來,產生自覺。」(張鈞莉,2008)她闡述曹丕文氣說的「氣」,在美的表現上因為氣的清濁、不齊和巧濁,表現在藝術或文學的美就有差別與等級。這裡談的是傳統上美學的發展與定義,我們只能看到中國傳統上美學脫離實用功能的發端,對它的探討與用詞仍停留在抽象的傳統文學的美學用詞。

從本體論來比較中西詩學的異同,也是一種對於中西審美文化的探源,在汪濤的〈中西詩學本體論比較研究〉中提到:

「中國文化之開端,哲學觀念之顯現,著眼點在生命,故中國文化所關心的是『生命』,而西方文化的重點,所關心的是『自然』或『外在對象』,這是領導線索」。正是由於文化傳統、哲學重心的不同而形成了東西方不同的詩學取向,即:中國文化重「生命」的本質,進而產生中國詩學重道德本體的詩學取向;而西方則關注「外在對象」,因而產生以認識論為中心的本體論,進而在詩學上體現出以認識論為主導的趨向。(汪濤,2008)

這裡說到文化的開端,中西文化的開端應該是從人受造開始,繼而有人與自然的關係。在中國,人是由精氣化生而成,與自然的關係是和諧共處的,最高的修養境界是達到天人合一,強調人是自然的一員與自然萬物一體,因此也就不須要汲汲營營求於外在世界,只要自求於心就可達到精神生命的安頓。在西方的造物主觀念下,宇宙萬物是由一位造物主巧妙製造的,任何事物的背後都有一套運行密碼,也因為這樣的觀念促成了西方創造觀型文化馳騁想像力的特點,在詩的創作上就有許多的長篇鉅作。

中西方的格律詩的審美特點在各自的文化發展並形成一套美學規範,但是中國自五四運動開始就明顯的受到西方文化的影響。胡適推動白話文學時對於白話文書寫是文學的必經歷程時說:

居今世而言文學改良,當注重「歷史的文學觀念」,一言以蔽之曰:一時代有一時代之文學。此時代與彼時代之間,雖皆有承先啟後之關係,而絕不容完全相襲,其完全相襲者,

絕不成為真文學。愚惟深信此理，故以為古人已造古人之文
學。今人當造今人之文學。（胡適，2003：30）

現今人們應當創造的今人文學同樣也是要在本身的文化體系下發
展才是，文學有承先啟後的特點，斷沒有憑空出現的道理。在中
國自由詩的發展初期，強調廢除舊詩的一切，這個時期對美的探
討重點就有不同的見解。宗白華的〈新詩略談〉提及：「詩的內容，
可以分為兩部分：就是『形』同『質』。詩的定義，可以說是：『用
一種美的文字……音律的、繪畫的文字……表寫人的情緒中的意
境。』這能表寫適當的文字，就是詩的『形』；那表寫的意境，就
是詩的『質』。換一句話說，詩的形，就是詩中音節和詞句的構造，
詩的質，就是詩人的感想情緒。所以要想寫出好詩、真詩，就不
能不在這兩方面注意……現在先談詩的形式問題：詩形的憑藉是
文字。而文字能具有兩種作用：（一）音樂作用。文字中可以聽出
音樂式的節奏與協和。（二）繪畫作用。文字中可以表現出空間的
形象與彩色。所以優美的詩中，都含著有音樂，含著有圖畫。它是
借著極簡單物質材料……紙上的蹤跡……表現出空間、時間中，極
複雜繁複的『美』。」（引自王鍾陵，2000：22）這裡論述的美也跟
舊詩一樣是講求詩的音樂性與意象，只是舊詩有調譜與韻腳當基
準，而新詩在去除格律的前提下是要重新尋找詩的音樂性的表達
方法。

　　這裡因為是新詩發展的早期，對於新詩仍是處於摸索階段，我
們可以知道這階段的詩人們急於排除任何有關舊詩傳統的影子。在
徐芳《中國新詩史》中對於新詩的定義：

> 新詩是詩體中最新的一種，它是推翻舊詩的格式，平仄和押
> 韻而另創了一個新體：它是用現代的語言，自由的形體，自
> 然韻律來表現人們的複雜的生活和情感的……如果將舊詩
> 中的老調子寫到自由的形體中算不得新詩，因為它的形式雖
> 新，其內容卻是陳舊。如果將電燈、火車放入詞曲中，也算
> 不得是新詩，因為它的內容雖新，形式仍是舊的。所以我更
> 要補充一句：要有新的內容，同時要有新的形式，才能算是
> 新詩。（徐芳，2006：3）

在她的定義下，新詩的範圍應該比她所列舉的大的多，而且說到詩
史這兩個字，應該包括各面向的探討，但是書中對於西方學派對新
詩表現的影響卻不見提及。例如各西方學派傳到中國後，是如何被
詩人吸收消化及運用在詩中？這當中提到西洋詩體的引用也只是
介紹詩人們常引用的詩體：商籟體（Sonnet）、白韻詩（Blank
Verse）、自由詩（Free Verse）。徐芳將西方自由詩傳到中國後的發
展稱為象徵詩，但是她只說到它的難懂並沒有再往後探求它後來的
演變。從她對詩的評論中看不到一個評論的準則，太偏於自己的喜
好觀感，因此看不到她所謂的好詩到底好在哪裡。

　　常見的西方格律詩與自由詩通常是藉由賞析的方式呈現，在南
方朔《給自己一首詩》中提到當代英美女詩人丹妮絲‧萊佛朵芙
（Denise Levertov）在 1923 年所寫的〈井中之砂〉中的一節：「這種
神祕／如此決然／的清澈，真的是水／或空氣，或光線？」說到：

> 她的這首詩有點難，但其實也不太難。因為她由井中之砂的
> 混濁與沉澱，想到了感覺以及事物間的相對性以及彼此的互

為一體。水的清澈是在空氣和光之中，而非由水自己決
定……在看砂不是砂裡，真正要做的，乃是從詩裡張望世界
與人生。（南方朔，2001：151-153）

這裡也同樣是從編者個人的主觀喜好為主，可惜的是他用中國人的
思維來挑詩，但是卻無法對中西方的詩有更深一層的比較認識。他
這篇的篇名是〈看砂不是砂〉，明顯的是從「看山不是山，看水不
是水」這樣的思維模式引伸而來。在傳統文化的審美觀下，「看山
不是山，看水不是水」是因為心已經和自然合而為一，對於萬物泰
然處之的生活美學。這在文學當中可以是優美的表現，從中西方相
同的美學範疇下來探討，會讓人對詩的了解更加透徹也更能體會中
西方審美文化的異同，這樣的方式無論對個人欣賞或是增進社會文
化的了解較有貢獻。

　　意象的探討一直是詩歌理論的重點，在郭美藍、臧永紅、田俊
〈從詩話角度看中西詩歌意象〉中對《英美名詩一百首》中的五十
首主要描述自然的詩中表示剛性的意象與柔性美的意象作一統
計，發現表現剛性崇高美的意象是柔性美的兩倍：

從統計看來，中、英詩歌中關於山、水、夜晚和風的意象都
較多。但透過那些修飾詞及相應意象則可看出：它們往往只
是相同或相近的象表達了完全不同的意。中國詩歌中的山往
往是深山和隱隱青山，撩起人的無限幽思……而英文詩歌往
往是巍峨聳立、居高臨下的山的形象。（郭美藍、臧永紅、
田俊，2006）

他們找到中西詩歌中的某些共同的規律：

> 其一是表象符號化，詩的意象是詩人將形象思維的種種表象
> 以特定的語言符號加以顯示。其二是比興象徵性，詩人為表
> 達一定的情緒意念的需要，往往選用能引發某種聯想的具體
> 事物來展示其內心世界，有所寄托從而顯示出某種象徵意
> 蘊。其三是模糊多義性，詩歌意象很難用明確、嚴格、清晰
> 的語言界定其意義，它總是模糊的、含蓄的、寬泛的、多義
> 的，給讀者留下豐富的想像和創造餘地，有的甚至形成歧解
> 或悖論。其四是復現傳承性，許多意象在不同時代被詩人們
> 反復運用以表現類似的思想情感從而沉澱為某種原型，而對
> 這種原型意象的運用在一定意義上是詩人集體無意識的某
> 種表徵。（郭美藍、臧永紅、田俊，2006）

在這裡他們所要證成的是因意象的固定化而凝結的文化特色，但
是他們又沒有對統計的意象探討它們與本身文化的關係作說明。
他們提出中西文化各代表的柔性美與剛性美也是我未來研究會觸
及到的重點，我將以探討溯源的方式找出會有這樣美感不同的終
極原因。

有論者把新詩作為跟舊詩（格律詩）相對的詩體，現代詩是指
現代主義者寫的詩：

> 臺灣現代詩之所以能應運而生，有著和西方現代主義文學極
> 為類似的社會心理背景，亦詩人普遍心理上都存有所謂的
> 「不確定感」（the sense of uncertainty）。這種心理的不確定

感雖然係由於「不確定的外在現實」所導致，但卻深化到詩人的內在精神，而不確定的內在感受使得詩人進一步有脫離外在現實的傾向，反過來把創作的重點擺在「不確定的內在現實」，以「內在現實」（inner reality）的自由對抗「外在現實」（outer reality）的不自由。西方現代主義詩人反的是異化的社會，臺灣的現代主義詩人反的則是異化的政治。（孟樊，1998：100-101）

在詩學和詩藝上，現代主義者基本上堅持表現內心真實，聽任想像馳騁，力主標新立異。他們反對傳統詩學的模仿說，強調用想像力使客觀事物變形的方法來曲折地表達自己的思想情緒。他們廣泛運用自由聯想、內心獨白、時空蒙太奇、樂曲結構、油畫色彩、象徵手法來寫詩，甚至獨創新詞、破壞語法，求助圖象，以表達現代西方人的心態。（袁可嘉，1991：9110）

袁可嘉說的雖然是西方現代主義詩人的心態與表現手法，實際上也可以說是臺灣寫作新詩的詩人的現象，從他們的詩作當中，或多或少可以找到西方現代主義各個詩派的影子。從上面對臺灣現代詩的起源與發展來看，臺灣的現代詩可以說就是模仿西方現代詩而成。但是這樣說也有失公允，畢竟我們可以有西詩的外在形式但又有中國傳統的意境。只是因為社會環境的變遷，人們對詩的需求不同，因而產生了各詩派，但是人對於美的追求的心是不變的。在簡政珍的《臺灣現代詩美學》中介紹了多種美的形態，例如：空隙中的美學、不相稱的美學等……讓人一看真是眼花撩亂，這應該是因應現

代詩的多樣性而發展出來的美學規範，但是這樣的分類方式太過繁瑣而沒有一個系統，這是值得商榷的。

在王力堅《魏晉詩歌的審美觀照》中說到西方的美與東方的美的不同，在西方：「即寫詩就是寫詩，沒有其他任何目的。也即英國的 Oscar Wilde（1854-1900）所云：『藝術除了表現自身，從不表現其他任何東西。』（Art never expresses anything but itself.）但這並不意味西方唯美詩是完全無目的的，相反，其目的非常明確：『目的何在？旨在求美』只不過這種唯美的目的是有強烈的排它性，它排斥任何實用價值：『只有無用，才是真正的美。』（Nothing is really beautiful unless it is useless.）更排斥任何道德功利性：『一切藝術都是無道德的。』（All art is immoral.）可見，西方唯美詩人的態度十分激進而堅定：維護藝術的純潔性，悍衛藝術的獨立性！相比之下，魏晉唯美詩人的態度則顯得較為溫和，甚至曖昧……詩以言志、以善為美、高臺教化等歷史文化因襲和民族心理積澱，規定了魏晉詩人唯能以這種溫和、曖昧的心態與方式，去開拓文學自覺的坎坷路途。」（王力堅，2000：6）在這裡，造成西方與東方唯美詩不同於彼此的是中西方文化下對美的需求不同，西方在創造觀型文化下凡事探求物的本質；中國在氣化觀型文化下受儒家思想影響，講求詩教的功能性。這樣以一個時代的審美特點來談論中西方的審美差異是值得利用的方式，但是缺少整個對歷史文化演變的觀照。從中西方前現代的優美、崇高的文學特色經過時間的作用，在西方表現出另一派的純粹美，這方面的美感要求的轉變應該不是這樣簡單一語可以帶過的。

第四節 中西格律詩與自由詩的文化因緣

　　中西方的文化本就有許多的差異，這從翻譯界積極探討中西方文化的研究可明顯感受到它的迫切性。在傳統中國「詩言情」的基礎上，中國詩的情就夾雜著許多的社會功能，而不是單純的情感上的抒發。在西方，詩人則是盡己之能事充分利用修辭的技巧表達直接的情感，這當中造成這種表現的差異是文化的因素。但是在討論中西方文化時，大多數人趨於對表象的闡述，只認為是因為西方是二元對立的哲學思想而中國是一元論的宇宙觀，在這點之後就沒有再往後一層的推論。這樣的論點顯得空泛，沒有說到最終造成差異的原因，總令人心中存一個未完的缺憾。李青在〈生態視角下中國古代山水詩與英國浪漫主義詩歌的比較〉中對於中西方山水詩的異同也傾向條列式說明，在人與自然的和諧與對立的論點上說明中國人的「天人合一」與「物我交融」的最高哲學時說道：「中國古代山水詩很好體現了中國文化人與自然的和諧關係，而這種和諧關係又歸功於中國古代哲學。儒、道、佛是中國古代哲學三大主流：儒家避開天講仁，弘揚人道理性，推崇『中和之美』；道家推崇『人法地，地法天，天法道，道法自然』，這裡的『自然』指自然而然的狀態，世間萬物皆按其本來面目而存在，依其自身固有規律而變化，無需任何外在條件和力量；佛禪重自然，追求平靜、清幽的境界，禪宗喜歡講大自然，喜歡與大自然打交道。它追求那種淡遠心境和瞬刻永恆，經常藉大自然來使人感受和領悟……西方受基督教義的影響，人們習慣於將自然放在人類的對立面，作理性客觀的分析和推理。山水等自然景物一直被視為外在的、巨大的令人恐懼的

異己力量……即使是鍾情讚美自然的浪漫主義詩人,仍受到西方文化中天人分離、人與自然對立觀的影響。」(李青,2008)

在這裡還可以再推問:中西方為什麼有這樣的哲學思想?在中國傳統下:

> 以為宇宙萬物為陰陽精氣所化生(自然氣化的過程及其理則,稱為道或理),所謂「道生一,一生二,二生三,三生萬物。萬物負陰而抱陽,沖氣以為和」……中國傳統所見這種世界觀既然以宇宙萬物為精氣所化生,那麼宇宙萬物的起源演變就在「自然」中進行;這無不暗示了人也該體會這一「自然」價值,不必做出違反自己之理的事。(周慶華,2007:166)

以上是中國傳統的「自然氣化宇宙萬物觀」終極信仰形成的原因與解釋,用它來對照李青的論點就可以發現:以中國傳統自然氣化宇宙萬物觀型文化來解釋表現系統下的詩的特徵,是在有主幹下的系統性探討,而不是零星解釋詩中看到的現象。唯有利用一個架構作全方位的觀照,才能找出龐大體系的文化的發展脈絡,也才能有效地進行對比。

> 中國人的文化觀念中不存在完全超驗的精神,我們不認為世界的萬物除了物質的特徵外還有不屬於物質的另一種精神性的東西。我們面前的世界是單層面的,物資和精神不相分離,精神是物質的精神,物質是體現著特定精神的物質,你肯定了它的物質也就同時肯定了它的精神,你肯定了它的精神也就意味著肯定了它的物質,美的就是美的,醜的就是醜的,牡丹花是美的,它的物質和精神就都是美的,它自身不具有

任何禁錮美、限制美的粗糙物資性外殼，因而人直觀中的牡丹花本身就是美的；烏鴉是醜的，它的醜既是物質性也是精神性的，它自身不具有任何被禁錮著的美，人在直觀中便能感受它的醜。人自身也是這樣。西方人從物質和精神的二元對立中不認為在此岸世界的人會是至善至美的人，而中國的文化則告訴我們，人在現世就可以成為聖人或真人，你不能做到這一點是因為自己努力不夠，因為自己沒有嚴格約束自己，因而你的任何不屬於真善美的東西都應由自己負責，都是應當感到羞恥的事情。必須看到，中外這種不同的文化觀念也凝結在彼此的語言中。（李怡，2006：王富仁序9）

中國格律詩與自由詩之間雖然好像遭到西方文化的影響而切斷相連的文化臍帶，但是在撥除文字的表層後，中國格律詩與自由詩仍是有相同的部分。例如：余光中的〈鄉愁〉「小時候／鄉愁是一枚小小的郵票／我在這頭／母親在那頭／長大後／鄉愁是一張窄窄的船票／我在這頭／新娘在那頭／後來啊／鄉愁是一方矮矮的墳墓／我在外頭／母親在裏頭／而現在／鄉愁是一灣淺淺的海峽／我在這頭／大陸在那頭」（余光中，1992：270）鄉愁是古今詩人們喜愛表現的主題，也是大部分人類所共同的生活經驗與情感，這樣淡淡悲傷的愁緒不論是以格律詩或自由詩來書寫，所表達的情感並沒有不同，以自由詩的形式來寫同樣也會有傳統格律詩含蓄的特點、整個結構與句法勻稱，可以說是從傳統詩作當中演化產生。這也是它被人喜愛的原因之一。可見對於中國格律詩與自由詩之間文化的傳承應是現今人們所該探討詩的重點之一，而不是只停留在文字的表面意義上追尋。就像是《2005年文史哲中西文化講座專刊》

上的〈中國的詩與音樂〉和〈西洋傳統的詩與音樂〉的介紹，同樣是僅在中西格律上所造成的音樂性上打轉，在文化上的闡述是以西方日神阿波羅為詩與音樂之神和情詩女神愛若多（Erato）抱的豎琴與主司抒情詩的女神游透琵（Euterpe）握的笛來說明西方的詩與音樂的傳統，也只由字義上的演變提出西方的詩在內容上或形式上是互相融合難以區分。（東海大學中國文學系編，2006：66）但是這樣解釋西方傳統的詩與音樂的關係對我們認識西方文化並沒有助益，在詩的文化討論上也做不到對比的工作；在沒有比較下的說明都顯得鬆散，因為進不到裡子去。

在中西詩的比較上很多都做的不完全，傅述先《比較文學賞析》中有一篇〈李白詩中的月亮〉，以李白的〈玉階怨〉比較中西詩中對自然的描寫：

> 我國傳統詩話中的情景交融，可以和西方文學傳統中的抒情精神（Lyricism）互為參證。二者的定義都可歸納成「自我與精神的和諧」……在東方的抒情詩中，自然為主，自我為賓，不至於喧賓奪主。在我國的《詩經》與《楚辭》的傳統中，情景的明暗哀樂，可以一致，更可以相反相成，陰陽互化，用美景良辰來加強個人的哀怨幽情……除此之外，本詩也融合了審美與倫理：情景相融使皎潔的秋月對佳人的寂寞起了種淨化作用。這種作用正合我國傳統中溫柔敦厚的詩教。（傅述先，1993：2）

在東西方對人與自然的態度上的不同沒有交代清楚，其中說的是中國傳統詩的特色，可是在為何會有這樣的特色的原因隻字不提，並

且對西方的自然又是如何表現也一片模糊，讓人「只聞其聲不見其人」，有隔靴搔癢的感覺。

　　唐文標《天國不是我們的》中對於新詩的批判，認為新詩最大的問題在於詩人逃避社會現實與背離傳統。（唐文標，1979）也許這本書出版的時間距今已有一段距離，但是他所探討的論點一直都是受人矚目。在傳統的解釋上，傳統詩的理論是主張詩和時代息息相關，詩是人民喉舌為民發聲，因此詩人要能體察社會狀況作有用的詩。中國詩的沒落是因為它成為個人發洩情感的工具，走偏了《詩經》體察人事與國家政治的路子，而只是紓發個人逃避社會自憐的語言。雖然文字優美，但是對國家社會及個人沒有任何助益。我對他所提到詩人應該為反映社會而創作的說法表示認同，但是認為他說到傳統的這一個論說仍有許多的討論空間。詩是一門文字藝術，相信任何人都能贊同這一說法，在這門藝術當中每位詩人使用的文字技巧不盡相同，所記錄的社會現象也是形形色色，我們沒有辦法要求每一首詩都具有談論國家社會的使命感，畢竟中國文化在詩中的表現不只是如此而已。文化是一種繁複巨大的有機體，每個人都可以是文化的代表，因為所處的環境就算是在同一城市也會有個人經驗的差異，在詩的內容上我們應該尊重多元化。而在文化特色上，中國詩也不只是《詩經》中的功能性而已，在文字的內涵上所表現的特點更是我們應該著力的地方。在中西方翻譯文學作品中愛情方面的主題一直為人們所喜愛，追求愛情是人類的共性，但是中西方對愛情的表現因為文化而有不同：「西方關於人倫的詩大半以戀愛為中心。中國詩言愛情的雖然很多，但是沒有讓愛情把其他人倫抹煞。」（朱光潛，1982：

131）西方在創造觀型文化下，強調上帝造人，每個人都是獨立的
個體，主張個人主義，愛情在個人生命中佔最重關係，所以詩歌
所吟唱的主題多以愛情為主。例如：

Cantus Troili　　　　　　　　　　　Geofferey Chaucer

If no love is, O God, what fele I so?

And if love is, what thing and whiche is he?

If love be good, from whennes comth my wo?

If it be wikke, a wonder thinketh me,

When every torment and adversitee

That cometh of him, may to me savory thinke;

For ay thurst I, the more that I it drinke.

And if that at myn owene lust I brenne,

Fro whennes cometh my wailing and my pleynte?

If harme agree me, wher-to pleyne I thenne?

I noot, ne why unwary that I faynte.

O quike deeth, o swete harm so queynte,

How may of thee in me swich quantitee,

But if that I consentes that it be?

And if that I consente, I wrongfully

Compleyne, y-wis; thus possed to and fro,

Al stereless withinne a boot am I

Amid the see, bytwixen windes two,

That in contrarie stonden evermo.

Allas! what is this wonder maladye?

For hete of cold, for cold of hete, I dye.

特羅勒斯的情歌　　　　　　　杰弗雷·喬叟

假使愛不存在，天哪，我所感受的是什麼？
假使愛存在，它究竟是怎樣一件東西？
假使愛是好的，我的悲哀何從而降落？
假使愛是壞的，我想卻有些希奇，
哪管它帶來了多少苦難和乖戾，
好以生命之源，竟能引起我無限快感；
使我愈喝得多，愈覺得口裡燥乾。

如果我已在歡樂中活躍，
又何處來這愁訴和悲號？
如果災害能與我相容，何不破涕為笑？
我要請問，既未疲勞，何以會暈倒？
啊，生中之死，啊，禍害迷人真奇巧，
若不是我自己給了你許可，
你怎敢重重疊疊壓在我心頭。

可是我若許可了，我就不該
再作苦訴。我終日漂蕩，
像在無舵的船中浮海，
無邊無岸，吹著相反的風向，

> 永遠如此漂逐，忽下又忽上。
>
> 呀，這是一種什麼奇特的病徵，
>
> 冷中發熱，熱中發冷，斷送我生命。
>
> （孫梁編選，1993：2。按：此詩已見引於第一章第一節）

中國社會雖以家庭為主，但是在儒家思想的教育薰陶下，文人都是抱著入世為官的理想，重視功名事業，因此人際中交往最頻繁的反而是同僚及文友，而疏於男、女情愛了。再加上中國的婚姻關係，結婚之後才是男女雙方了解的開始，當然就不會有西方詩中表現出來對愛慕對象的想望與描寫了。也由於如此，在中國最好的愛情詩常是惜別悼亡之作或訴「怨」，例如：李白的〈春思〉：

春思

> 燕草如碧絲，秦桑低綠枝。當君懷歸日，是妾斷腸時。
>
> 春風不相識，何事入羅帷？
>
> （清聖祖敕編，1974：1710。此詩也已見引於第一章第一節）

中詩的委婉與西詩的直率由詩的用字及描寫可以看出。西方常把「愛」字直接寫出，而在中詩則是藏於字背後的。（林靜怡，2009）

詩的功能不只是為國家社會服務，因為人的需求不是只有那麼狹隘的面向，從人類的共性來擴大了解自身文化比因一時一地的需要來要求詩人的創作方向會更有幫助，畢竟在為新詩從傳統中找到新的出路的同時如果對於自身傳統文化都一知半解，那麼新詩未來究竟要走向哪裡去就會是個無解的問題。

第三章 格律詩與自由詩的界定

第一節 格律詩的特性

詩是自有人類以來就存在的文學，說它古老是因為它的產生年代久遠，但它又是現今廣為人們喜愛的創作方式，因此在內容表現上也充滿了現代性。現今詩的創作五花八門，在類別上的分類也多樣，例如：象徵詩、現代派詩、後現代詩……但是在這麼多的名稱之後所代表的形式卻可以分為兩種，也就是現代格律詩與自由詩，格律詩與自由詩如何區分？從字面意義上了解就是有格律的詩是格律詩，沒有格律的詩稱為自由詩，但是這只是最粗淺的說法，以下就其他的相關著作來對格律詩作界定。聞一多在討論詩的格律時舉了以下的例子，說到：

> 可以拿下棋來比作詩；棋不能廢規矩，詩也就不能廢除格律。（格律在這裡是 form 的意思。「格律」兩個字最近含著了一點壞的意思；但是直譯 form 為形體或格式也不妥當。並且我們若是想起 form 和節奏是一種東西，便覺得 form 譯作格律是沒有什麼不妥的了）……詩的所以能激發情感，完全在於它的節奏；節奏便是格律……從表面上看來，格律可從兩方面講：（一）屬於視覺方面的；（二）屬於聽覺方面的。這兩類其實又當分開來講，因為它們是息息相關的。譬如屬

於視覺方面的格律有節的勻稱，有句的均齊。屬於聽覺方面的有格式、有音尺、有平仄、有韻腳，但是沒有格式，也就沒有節的勻稱，沒有音尺，也就沒有句的均齊。（引自鄭建軍，2000：100-103）

這裡談到的格律主要表現在詩的音樂性和結構的勻稱。詩的格律表現在音樂的美（音節）、繪畫的美（詞藻）和建築的美（節的勻稱和句的均齊）。在他自己詩作當中也具體的表現出他認為的格律，試從聞一多的〈死水〉來看他所提的格律：

死水

這是一溝絕忘的死水，清風吹不起半點漪淪。
不如多扔些破銅爛鐵，爽性潑你些賸菜殘羹。

也許銅的要綠成翡翠，鐵罐上鏽出幾瓣桃花；
再讓油膩織一層羅綺，黴菌給他蒸出些雲霞。

讓死水酵成一溝綠酒，飄滿了珍珠似的泡沫；
小珠笑一聲變成大珠，又被偷酒的花蚊咬破。

那麼一溝絕望的死水，也就誇得上幾分鮮明。
如果青蛙耐不住寂寞，又算死水叫出了歌聲。

這是一溝絕望的死水，這裡斷不是美的所在，
不如讓給醜惡來開墾，看他造出個什麼世界。

（引自范銘如，2006：121）

在他這首詩中每一節固定有四行，每一行有九個字；在聲律上，每一節著重韻腳的使用和每一句「頓」的儘量一致；在詞彙上，使用許多華美的語詞，例如：羅綺、翡翠、雲霞、桃花等，另外「鐵罐上鏽出幾瓣桃花」中的「鏽」，雖然是自然中會發生的氧化作用，但是也借著與「繡」同音的關係，讓人連想到「繡花」的美感，藉著字音的聯想更能加深意象的生動表達。從他對格律的主張與他自己的創作，知道他所表達的格律其實就是詩的一套創作準則。

另外，在楊昌年《新詩賞析》中對於格律的說法是：

> 格律的解釋並不是指詩作形式上的一些範限（如人為的韻腳的整齊），而是一種不受限制，而又方便於表現的方法（妙手偶得之）漸被承認、肯定而使用……在文體風格遞嬗進展的歷史中，許多特殊精美甚至具備巔峰價值的佳篇產生於大天才，一流詩人之手，所具的價值就是他們獨特的、突破性的，妙手偶得的新方法。在當代，成為人所遵循之途，成為規格；即使到後世，他們所留下的方式規格價值影響仍然不減……可知「優秀作家的特殊風格」就是格律。（楊昌年，1982：30-31）

他提出格律生成的主要原因是優秀作家的創作經驗的累積，認為格律並不是人們一般所認為的詩的公式，而是經由大家一致認定詩的優秀表現的方法，這其中應該包含詩的形式和內容。所謂詩的形式是由字、詞、句排列組合而成的特定格式，內容方面才是屬於楊昌年這裡所說的「優秀作家的特殊風格」。當中自然在兩方面的分界上沒辦法畫出明顯的界限，畢竟詩的音樂性與意義是緊密結合的。

詩的起源只能就詩的起因來探討，沒有辦法找到誰是最先的創作者。在現今對舊詩的研究中的分類方式就有多種，如黃永武在《中國詩學‧鑑賞篇》對詩的形式欣賞面向就有結構美、辭采美、聲律美和神韻美等。（黃永武，1987：120、139、163、196）在這樣分類前，必有許多詩人遵循模仿共同喜愛的風格與創作方式，才能形成後來人們寫詩的創作方法。葉文福在〈格律詩與格律〉一文說到「所謂格律，是漢字獨特的特點自然和必然要形成的語言和文字的規律。某種意義上說，是天然與人工的精妙結合形成的語言和文字的必然規律。它既是人為的，又是漢字語言本身規律之所為，是一代一代漢語詩人沿著漢語詩的音韻規律探索的必然結果……漢語詩的所謂格律，其實就是音樂性的集中表現。換言之，沒有音樂性就沒有格律可言，就沒有格律詩可言，就沒有漢語詩。」（葉文福，2005：3）這說明了中國詩的格律形成是必然會發生的現象。

　　在最初的年代，詩因漢語一字一音與四聲平仄的特性而自然產生一種人們的作詩規則。詩的格律，由自然至人為刻意制定。因此，格律生成的經過，最合理的應該是由最先的優秀作家的特殊風格表現，引發人們爭相模仿後所制定出的公式條件。而優秀的表現手法則會因時代的不同、審美觀的差異與文化水準的提高，進而出現形式不同或表現方法不同的詩。在中國詩的發展歷程中，由《詩經》的四言詩為發展基礎進而出現各個詩體的演變過程，其中歷經樂府、古詩、近體詩等……可以發現它是從順應自然的平仄與自由韻腳的使用到複雜的格律變化。到唐代之後，詩的形式有三言、四言、五言、六言及七言雜體，還有樂府歌行體及近體詩，在唐代詩的形式種類到達一個高峰。聲律的研究起

於沈約對四聲的提出與佛教的傳入影響,「梵音的輸入是促進中國學者研究字音的最大動力。中國人從知道梵文起,才第一次與拼音文字見面,才意識到一個字音原來是由聲母(子音)和韻母(母音)拼合成的。」(朱光潛,1982:225)自此以後,才是屬於刻意講求聲律的時期。在中國的傳統文化當中,優秀作家的特殊風格並不適合用來指稱格律,格律指的生成是集體創作所凝聚而成的固定詩體,例如詩聖杜甫、詩仙李白的詩,我們可以說他們各自的風格是寫實與浪漫,但這並不能說是一種格律,因為那是以詩的內容分類而不是以詩的形體特徵為分類標準,所以在人們對於格律詩的格律解釋指的應該是以形式為探討的對象。

　　詩的格律的形成過程,在朱光潛的《詩論》當中也有一番說明:

> 從歷史與考古學的證據看,在各國詩歌都比散文起來較早。原始人類凡遇值得留傳的人物事蹟或學問經驗,都用詩的形式記載出來。這中間有些只是應用文,取詩的形式為便於記憶,並非內容必須詩的形式,例如醫方脈訣,以及兒童字課書之類。至於帶有藝術性的文字,則詩的形式為表現節奏的必需條件,例如原始歌謠。我國最古的書大半都摻雜韻文,《書經》、《易經》、《老子》、《莊子》,都是著例。(朱光潛,1982:3)

這裡指出最早的詩的形式是韻腳的使用,提到格律指的是章句的整齊。章句的整齊主要是配合樂舞的需要,「因為它與樂舞原來同是群眾的藝術,所以不能不有固定的形式,便於大家一致……詩歌所保留的詩樂舞同源的痕跡後來變成它的傳統的固定的形式。」(朱

光潛，1982：15-16）這裡的形式因為是要與樂舞配合，所以也強調節奏。在中國詩的節奏表現通常是透過四聲的變化與頓的使用；在西方，英詩的格律在節奏上的表現是以音步來凸顯，利用輕重音來表現節奏的長短強弱。在王力對於格律詩這一中西方共有的文體的說法是：

> 韻腳是格律詩的第一要素，沒有韻腳不能算是格律詩。格律詩的第二要素是節奏。節奏的問題比韻腳的問題還要複雜得多。（引自鄭建軍，2000：354）

這裡構成格律詩的主要條件是韻腳與節奏的有無，韻腳的使用在中國詩當中是必須的條件，它的來源可以追溯到自有人類以來，詩歌在遠古時代就是與音樂和舞蹈結合，韻在詩歌的作用有點明樂調和提示舞步停頓，維持音節的一致。（朱光潛，1982：15）因此，在詩的格律中，韻的使用是最早的。

從中國詩的源頭《詩經》中的〈秦風·蒹葭〉可以看出當時韻的使用情形：

> 蒹葭蒼蒼，白露為霜。所謂伊人，在水一方。溯洄從之，道阻且長；溯游從之，宛在水中央。
>
> 蒹葭淒淒，白露未晞。所謂伊人，在水之湄。溯洄從之，道阻且躋；溯游從之，宛在水中坻。
>
> 蒹葭采采，白露未已。所謂伊人，在水之涘。溯洄從之，道阻且右；溯游從之，宛在水中沚。
>
> （孔穎達，1985a：241～242）

從以上的詩看出韻的使用在當時雖然沒有一個固定的創作方式，但是卻可以說是人們共同的表現共識。經過這段不自覺的格律生成的初期，韻的使用由自由再到後來的韻書出現對於近體詩的用韻有嚴格的限制，整個詩的形成歷程到五四運動時用白話文作詩為止，真可以說是無韻不成詩了。在西方，韻腳的使用也同中詩一樣的古老，它同樣也是詩的格律條件之一，在英詩的韻方面，韻腳的押韻情形與中詩類似，它的韻腳是以每行的最後一個重母音與子音結合成韻，發相同的音就以同一個代號表示。試看莎士比亞十四行詩中的第十八首，它在韻腳中的表現是 ababcdcdefefgg 的格式：

Sonnet 18

Shall I compare thee to a summer's day?

Thou art more lovely and more temperate:

Rough winds do shake the darling buds of May,

And summer's lease hath all too short a date:

Sometime too hot the eye of heaven shines,

And often is his gold complexion dimm'd;

And every fair from fair sometime declines,

By chance or nature's changing course untrimm'd

But thy eternal summer shall not fade

Nor lose possession of that fair thou owest;

Nor shall Death brag thou wander'st in his shade,

When in eternal lines to time thou growest:

So long as men can breathe or eyes can see,

So long lives this and this gives life to thee

莎士比亞十四行詩第 18 首

我該把你比擬做夏天嗎？

你比夏天更可愛，更溫婉：

狂風會把五月的嬌蕊吹落，

夏天出租的期限又太短暫：

有時天上的眼睛照得太熱，

他金色的面容常常變陰暗；

一切美的事物總不免凋敗，

被機緣或自然的代謝摧殘：

但你永恆的夏天不會褪色，

不會失去你所擁有的美善，

死神也不能誇說你在他陰影裡徘徊，

當你在永恆的詩行裡與時間同久長：

只要人們能呼吸或眼睛看得清，

此詩將永存，並且賜給你生命。

（陳黎・張芬齡譯，2005：50）

中西方格律詩的共同點就是用固定的規範來表現詩的音樂性，在這裡除了韻的使用，還牽涉到許多的細節，在中國就有四聲平仄的使用規則、對仗與句式的限定。試舉一首五言絕句來看中詩的格律：

　　　　晚過水北　　　　　　　　　　　　　歐陽修

含川銷積雪，凍浦漸通流。

日暮人歸盡，沙禽上釣舟。

　　　　　　　　　　　（王雲五主編，未著出版年：107）

　　全首的格律平仄為：平平平仄仄，仄仄仄平平。仄仄平平仄，平平
仄仄平。完全符合平仄格律，並且押韻。

　　在英詩的格律表現是以音步來凸顯節奏，以輕重音來表現節奏
的長短強弱。英詩的格律是由音節構成，一個母音搭配一個子音就
成為一個音節。在輕音節部分稱為抑格；而重音節方面稱為揚格。
一個抑格與一個揚格搭配就成為音步（meter），英詩就因為有不同
音步的組合方式而有許多不同的格律名稱，例如：抑揚格（Iambus）、
揚抑格（Trochee）、抑抑揚格（Anapaest）和揚抑抑格（Dactyl）。抑
揚格是英格律詩當中最常見的，它的詩行包含的音步可以有一步到七
步，所以又可以分為一步抑揚格、二步抑揚格、三步抑揚格、四步抑
揚格、五步抑揚格、六步抑揚格、七步抑揚格。另外，揚抑格、抑抑
揚格和揚抑抑格也因為音步的數量不同有它們各自的格律名稱。「所
以詩的節奏在不同的語言中各有它的不同的具體內容。『音步』就是
節奏在各種語言中的具體表現，因此各種語言的詩律學中所謂『音
步』也就具有不同的涵義。在希臘和拉丁的詩律學裡，長短音相間
構成音步，因為這兩種語言的每一個元音都分長短兩類；在德語和英
語的詩律學裡，輕重音相間構成音步，因為這兩種語言的音節都有
重音和非重音的分別……詩的格律不是詩人任意『創造』出來的，
而是根據語言的語音體系的特點，加以規範。」（鄭建軍，2000：355）

　　王力在〈中國格律詩的傳統和現代格律詩的問題〉中對於格律詩的說法是廣義的:「只要是依照一定的規則寫出來的詩,不管是什麼詩體,都是格律詩。舉例來說,古代的詞和散曲可以認為是格律詩,因為既然要按譜填詞或作曲,那就是不自由的,也就是格律詩的一種。韻腳應該認為是格律詩最基本的東西。有了韻腳,就構成了格律詩;僅有韻腳而沒有其他規則的詩,可以認為是最簡單的格律詩。」(引自鄭建軍,2000:342)綜合今人與前人對格律詩的看法,可以知道格律詩的特色是有音樂節奏性與以一定的形式所寫的詩。在王力的廣義的格律詩中我取近體詩中的絕句與律詩來探討,畢竟在詩的發展中,韻腳的使用是最多也最常見的。基於中國詩大多是有韻的詩與本身能力的限制,因此未來研究的格律詩就取格律要求嚴謹並具有一定字數與句數的絕句與律詩。例如:劉禹錫的七言絕句〈楊柳枝〉:「春江一曲柳千條,二十年前舊板橋。曾與美人橋上別,恨無消息到今朝!」(清聖祖敕編,1974:4129)在西方的格律詩方面,是以符合輕重音、音步與押韻的詩為探討對象。最符合格律的詩體可說就是西方的十四行詩了。現舉莎士比亞第七十八首十四行詩為代表,

LXXVIII

So oft have I invok'd thee for my Muse

And found such fair assistance in my verse

As every alien pen hath got my use

And under thee their poesy disperse.

Thine eyes, that taught the dumb on high to sing

And heavy ignorance aloft to fly,

Have added feathers to the learned's wing

And given grace a double majesty.

Yet be most proud of that which I compile,

Whose influence is thine, and born of thee:

In others' works thou dost but mend the style,

And arts with thy sweet graces graced be;

But thou art all my art, and dost advance

As high as learning my rude ignorance.

七八

我常常乞求你做我的詩神，

筆下果然獲得很多的靈感，

於是每個文人都學我的竅門，

在你的眷顧之下發表詩篇。

你的眼睛曾教啞吧高聲歌唱，

曾教笨重的冥頑翱翔於天空，

居然把羽毛加在學者的翅上，

使得尊貴的人得到雙倍威風。

請以我的作品為最值得驕傲，

那是受你的啟發，那是你的產物：

在別人作品裡你只是潤飾筆調，

用你的威儀來裝點他們的學術；

但你是我藝術的全部,你把我的愚頑

高高的抬舉到和學者一般。

（莎士比亞,1999：114-115）

在對比研究上,幾乎不可能在兩文化當中找到完全相同的事物來比較,因為差異才有機會探討差異的成因。在中西格律詩的共同特色就是以一定規則所寫的詩,在各語言環境所產生的規則也有所不同,中西方格律的一定規則所說的是表現詩的音樂性的一種手段,中詩以四聲平仄、押韻和對仗為格律的表現方式;西詩以音步、輕重音和韻腳來表現節奏。詩的音樂性離不開意義,詩的形式與意義也是一體的,這裡界定格律詩強調的是它的外在形式特徵,以它來跟其他的詩作一區隔,因為不同的詩體承載的內容可以相同。就如可以用詩或詞的形體來創作讚嘆自然的作品,因此內容部分留到後面的章節再處理。

第二節　自由詩的特性

格律詩的反義就是自由詩,在王力《漢語詩律學》對自由詩的說法是:

簡括地說,凡不依照詩的傳統的格律的,就是自由詩。（王力,2002：850）

　　他對自由詩的界定只有一個標準就是格律的有無，我在這裡對自由詩的論點依據也同樣採用這個觀點。在漢語詩的發展歷史上，格律詩佔的比例最多，這可以從詩的發展史上清楚看出，從最早的《詩經》、古詩、樂府、近體詩、詞和曲的作品上得出，在中國悠久的歷史長河中，直到五四運動前，格律詩一直是創作的主流，直到五四運動開始，才有所謂的「我手寫我口」的白話詩，在這一期間，白話文運動的影響也表現在詩上。「『五四』新文學運動以還，中國新詩作者所面臨的一個急務是：如何揖別古典傳統而建構『現代性』。自胡適、康白情、周作人、俞平伯等人始，新詩作者逐漸遠離古詩的文言、格律、意象與詩歌成規，而以白話文為工具，以自由體為形式，從西方詩尋找美學觀念與表達技巧，傳達出現代的思想觀念（Hockx）。在他們眼裡，文言／白話、格律體／自由體，乃是傳統詩與現代詩在形式上的本質差異，也是衡量有無『現代性』的一個基本繩墨，二者的勢如水火和無法通融，已然成為詩人們的共識。」（張松建，2004：169）

希望

我從山中來，
帶著蘭花草，
種在小園中，
希望開花好。
一日望三回，
望到花時過；
急壞看花人，

苞也無一個。

眼見秋天到，

移花供在家；

明年春風回，

祝汝滿盆花！

（胡適，2010）

在這一時期，自由詩充滿了創作理論的革新與解放創作格律的想望，但是在實際創作上仍不免帶有舊詩的影子。在文學演變的過程中，通常都是因為不滿於一個詩體的表現方式而進行新的改造，自由詩的形成與發展上也同樣是以這樣的模式進行。五四運動中的白話文運動的開始是因為對舊文學的不滿，認為律詩、絕句的格律限制沒有辦法表達豐富的情感，與時代潮流和社會精神不符，繼而尋求完全的格律解放。大凡詩人寫自由詩的心態如俞平伯所說的：「做詩的第一個信念是『自由』。詩的動機只是很原始的，依觀念的自由聯合，發抒為詞句篇章。我相信詩是個性的自我——個人的心靈的總和———一種在語言文字上的表現，並且沒條件沒限制的表現……我最討厭的是形式……我不看輕知識，更不看輕科學的知識；只不過以為做詩只是做詩，不是要賣弄學問。把真率的詩趣變成機械的，這不是件『兩敗俱傷』可嘆息的事嗎？」（引自王珂，2003：87）這與〈詩大序〉：「詩者志之所之也。在心為志，發言為詩。情動於中而形於言。言之不足，故嗟嘆之；嗟嘆之不足，故永歌之；永歌之不足，不知手之舞之，足之蹈之也。情發於聲；聲成文，謂之音。」（孔穎達，1985a：13）同樣認為情是一切作詩的原點，只是原先古人寫詩是沒有格律的觀念，今人作詩則是要拋棄格

律重新擁抱詩情。在這樣的觀念引導下產生了許多內容文字與字數詩行多元創作的作品，例如小詩、現代主義的詩、後現代主義詩等……在表現上就有瘂弦的〈曬書〉：「一條美麗的銀蠹魚／從《水經注》裡游出來」（張默編，2007：43），只有兩行的詩句；或是紀弦的〈橘子與蝸牛〉：

橘子與蝸牛

「他們吃橘子是連皮吃的。」

（多野蠻啊，那些

印度支那半島民族！）

「不也和你們一樣嗎？吃蝸牛

是連殼一同吞下去的。」

忿怒的紀弦提出了嚴重的抗議。

（紀弦，2002：215）

這裡有別於傳統詩的表現方法，採對話式的方式，並且在最後連作者的大名都出現了，彷彿是對一個事件的報導。自詩體解放以來所呈現的詩五花八門，每個詩人都盡己所能的表現創新。

英語詩歌的意象派詩歌運動和漢語詩歌的新詩革命，「是東西方最大的自由詩革命，產生了英語詩歌的『自由詩』和漢語詩歌的『自由詩』。二者的文體特徵卻有巨大的差異。在『自由詩』的概念上，東西方有質的區別。西方的自由詩詩人既有強烈的『創體』意識，更有根深柢固的『常體』觀念。中國自由詩人根本沒有詩應該有『常體』的意識。西方自由詩是有『詩體』的詩，至少可以稱為『準定型詩體』，特別重視詩的表面韻律。中國自由詩極端地打破了『無

韻則非詩』的原則，沒有建立起相對穩定的『詩體』。準確點說，西方的 free verse 應該譯為『自由體詩』，而不應該像現在這樣『通譯』為『自由詩』。」（王珂，2009：32）西方自由詩的「自由」是相對於古典格律詩體而言的，它與古典格律詩的質是一樣的，它在去除格律之後轉而尋求內部的節奏，它利用排比、重覆、停頓等創作手法創造新的詩的音樂性。自由詩的創始人被認為是美國詩人沃爾特‧惠特曼（Walt Whitman），在他出版的《草葉集》中，所有的詩都是沒有格律限制的自由詩。現舉一首〈我聽見美利堅在歌唱〉：

I Hear America Singing

I hear America singing, the varied carols I hear,

Those of mechanics, each one singing his as it should be
 blithe and strong,

The carpenter singing his as he measures his plank or
 beam,

The mason singing his as he makes ready for work, or
 leaves off work,

The boatman singing what belongs to him in his boat,
 the deckhand singing on the steamboat deck,

The shoemaker singing as he sits on his bench, the hatter
 singing as he stands,

The wood-cutter's song, the ploughboy's on his way in
 the morning, or at noon intermission or at sundown,

The delicious singing of the mother, or of the young

wife at work, or of the girl sewing or washing,

Each singing what belongs to him or her and to none
　　else,

The day what belongs to the day－at night the party of
　　young fellows, robust, friendly,

Singing with open mouths their strong melodious songs.

我聽見美利堅在歌唱

我聽見美利堅在歌唱，我聽見各種不同的歡歌，

機械工的歡歌，每個人照例唱著他自己的歌，歌
　　聲快樂而健壯，

木工在裁量他的木板或橫樑時唱著他的歌，

瓦工在準備上工或歇工時唱著他的歌，

船夫唱著他船上自己所有的一切，艙面水手在
　　輪船的甲板上歌唱，

鞋匠坐在板凳上歌唱，帽匠站著歌唱，

伐木工人唱的歌，農家子在早晨上工、中午休
　　息、太陽西下時唱的歌，

母親的甜潤歌聲，年輕的妻子在工作時、少女
　　在縫補或漿洗時的歌聲，

每個人唱著屬於他或她個人而非屬於旁人的歌
　　曲，

白天唱著白天的事情──晚上是成群的小伙

子，健康，友善，

放開喉嚨唱著他們有力度而聲調優美的歌曲。

（孫梁編選，2005：304-305）

這一首詩的詩行字數不一，也沒有使用韻腳，而詩的音樂性表現在重覆使用相同的句型代替韻腳的韻律，在吟詠時感受到文字的張力與音樂強度。另外，也利用分行、跨行等的方法來表現內心的情感，將文字與意義的結合表現在視覺上，產生了圖象詩。例如：威廉斯（W.C.Williams）的作品：

ta tuck a	踏　踏　　卡	
ta tuck a	踏　踏　　卡	
ta tuck a	踏　踏　　卡	
ta tuck a	踏　踏　　卡	
ta tuck a	踏　踏　　卡	

（孟樊主編，1993：91）

整首詩中只用聲音與詩行排列和分行形成樓梯的圖象來表達下樓時輕快的意象。王力在《漢語詩律學》中分析出西方的自由詩有三種類型：

（一）普通詩是有韻的，自由詩是無韻的。

（二）普通詩每行的音數或音步是整齊的，自由詩每行的音數或音步是不拘的。

（三）普通詩每段的行數是整齊的，自由詩每段的行數是參差的。（王力，2002：851）

當中的第一點提到彌爾敦和莎士比亞的無韻詩也包含在自由詩體中，只是它和現今人們創作的自由詩詩體是不一樣的。這樣的說法會給人不當的影響，因為無韻詩是應該自成一類的，它還是維持舊詩的格律，只是少了韻腳。這裡西方的自由詩是指自惠特曼之後，利用詩行的變化與創作手法來表現詩的內在韻律的無韻的自由詩。從以上對自由詩的談論可以發現中西自由詩的關聯性，其中之一是沒有字數、詩行的限制，並且利用排比等手法創造詩的音樂性。在中詩方面，例如：苦苓的〈語言糾紛〉：

語言糾紛

七歲時，為了在學校說
跟母親學的方言
挨老師打了一鞭

十四歲，質問爸爸和別人
說著日本鬼子的話
被他揍了一拳

二十一歲，被人看不慣
用英文和女朋友交談
當街打了一架

二十八歲，在海外同鄉的聚會
因為堅持國語發音
竟然挨了一槍

　　躺在地上，只剩舌頭未死

　　喊冤枉

　　　　　　　　　　　（引自孟樊，1998：143-144）

這首詩每一詩行的字數不限，每節中的詩行不相等並且也沒有押韻，純粹是以口語入詩，徹底去除傳統的舊詩格律，在寫作技巧上利用歲數的跳躍排列產生節奏，這方面的手法與西方自由詩有異曲同工之妙。

　　中國的自由詩和西方的自由詩關係密切，原因在於中國自由詩的產生的原因之一是大量引進西方文學，其中西方自由詩的產生原因與突破舊有規範的精神深入中國當時的需要，繼而展開了中國詩的改革而強調打破一切作詩的格律。從開始至今，中國的自由詩大體上表面都是照著西方的思潮走，而在內裡則仍然有些不同。在這裡先對中西自由詩有一番認識後，我會在後面的篇章對它們各自內蘊的文化特色有更深的探討。

第三節　格律詩與自由詩的源起及其發展

　　詩最早形成的原因在朱光潛的〈詩的起源〉中有一番推論：「詩歌的起源不但在散文之先，還遠在有文字之先……詩的起源實在不是一個歷史的問題，而是一個心理學的問題……人生來就有情感，情感天然需要表現，而表現情感最適當的方式是詩歌，因為語言節奏與內

在節奏相契合，是自然的，『不能已』的。」（朱光潛，1982：5-8）在文學的發展路程中，每一個文體的變化與形成又何嘗不是依尋著人們心靈的需求？「我們若用歷史進化的眼光來看中國詩的變遷，便可看出自《三百篇》到現在，詩的進化沒有一回不是跟著詩體的進化來的⋯⋯但是《三百篇》究竟還不曾完全脫去『風謠體』（Ballad）的簡單組織。直到南方的騷賦文學發生，方才有偉大的長篇韻文。這是一次解放。但騷賦體用兮些等字煞尾，停頓太多又太長，太不自然了。故漢以後的五七言古詩刪除沒有意思的煞尾字，變成貫串篇章，便更自然了⋯⋯這是二次解放。五七言成為正宗詩體以後，最大的解放莫如從詩變為詞。五七言詩是不合語言之自然的，因為我們說話決不能句句是五字或七字。詩變為詞，只是從整齊句法變為比較自然的參差句法⋯⋯這是三次解放。宋以後，詞變為曲，曲又經過幾多變化，根本上看來，只是逐漸刪除詞體裡所剩下的許多束縛自由的限制⋯⋯直到近來的新詩產生，不但打破五言七言的詩體，並且推翻詞調曲譜的種種束縛⋯⋯這是第四次的詩體大解放。」（胡適，2003：163-164）這當中詩體解放的過程也讓我們大概了解歷史上詩體的演進先後，只是這裡看到的是前人脫離格律束縛的過程，卻忽略了格律詩形成的因素也包含著許多的心理因素與時代背景的影響。中國的詩歌最初是以韻文的形式出現，形式上有四言、五言、雜言詩等，後來隨著人們運用文字的技巧提高，加上對文字聲律的研究，繼而發展出有格律規定的寫詩方式。格律的形成有它一定的歷史進展，由開始不自覺的寫作到有意識的嘗試終至最後的定形。

　　格律詩其中之一的格律是押韻，這也是自有詩歌以來到格律詩定形前一直都存在的現象。差別在於：韻腳的使用剛開始是因應詩

與樂舞一體的需求，利用韻腳表現一段歌舞的完整性，有韻的地方
代表停頓或提點動作的記號，因此它的使用並沒有固定的詩行。例
如：《詩經》的〈魏風・碩鼠〉：

碩鼠

碩鼠碩鼠，無食我黍！三歲貫女，莫我肯顧；
逝將去女，適彼樂土。樂土樂土，爰得我所。

碩鼠碩鼠，無食我麥！三歲貫女，莫我肯德；
逝將去女，適彼樂國。樂國樂國，爰得我直。

碩鼠碩鼠，無食我苗！三歲貫女，莫我肯勞；
逝將去女，適彼樂郊。樂郊樂郊，誰之永號？

（孔穎達，1985a：211）

從第一、三章可以發現大部分句末都押韻，第二章則沒有，這個
現象顯示出韻腳的使用在當時並沒有一定的規範，這一時期的詩
歌探討主要是由類別（風、雅、頌）和作法（賦、比、興）為對
象，「風、雅、頌者，詩篇之異體；賦、比、興者，詩文之異辭……
賦、比、興是詩之所用；風、雅、頌是詩之成形」（孔穎達，1985a：
16）《詩經》中被廣為探討的部分主要是在情意方面，以及「賦、
比、興」的表現手法。「『賦』應是一種詩歌上的直接表達方法，
也就是當作者想抒發內心的志意情思時，並不採用比喻或象徵等
間接或較暗示性的筆法，而以直接的方式抒發出來——不過，在
文詞的描述上，它並非毫無修飾；相反的，它反而頗為側重鋪張
與渲染……『比』的表達，或者說創作方法，乃是不直接說出，

而選取一個在某方面和原來想表達的主旨類似的事物為代表，藉著描述它來間接地呈現真正的意思……『興』……是詩人在創作時，先說出他所看到的那個引起他心靈震動的事物，然後再把心中的感受和想法說出來。」（張雙英，1996：124-133）在這一時期的詩歌節奏都是屬於自然的，沒有人為的設計安排，讓情感帶動文字產生一連串悅耳的聲音。

到了五言詩的產生，詩才有一個固定的形體，「五言詩的產生，是中國詩歌史上的一個大事件，一個大進步。《詩經》中的詩歌，大體是四言的。《楚辭》及楚歌，則為不規則的辭句。楚歌往往陷於粗率。而四言為句，又過於短促，也未能盡韻律的抑揚……五言詩承了這個時機，脫穎而出，立刻便征服了一切，代替了四言詩，代替了楚歌，而成為詩壇上的正宗歌體。」（西諦，1975：101）

> 到了漢代，在中國的韻文中，產生了五言詩的節奏，不久這就成為所謂「古詩」的正統……武帝的時代是新音樂大量輸入中國、以皇帝為首的知識分子積極地消化它的時期。新音樂的旋律與節奏，也必定強烈地影響了中國詩體……古樂府的歌辭由於是和著樂曲唱出的，因此有將無意義的伴奏語（聲）與有意義的文句（辭），不加整理就記錄下來的；也可以見到採取長短雜言的詩型的；但在漸次加以整理、記錄之後，畢竟還是以五言的節奏為主流。（前野直彬主編，1979：54-55）

《古詩十九首》可說是五言詩的代表，其中詩的音樂性多表現在修辭疊字的使用：

　　青青河畔草，鬱鬱園中柳。盈盈樓上女，皎皎當窗牖。

　　娥娥紅粉粧，纖纖出素手。昔為倡家女，今為蕩子婦。

　　蕩子行不歸，空床難獨守。

（蕭統選輯，1971：397）

　　行行重行行，與君生別離。相去萬餘里，各在天一涯。

　　道路阻且長，會面安可知。胡馬依北風，越鳥巢南枝。

　　相去日已遠，衣帶日已緩。浮雲蔽白日，遊子不顧返。

　　思君令人老，歲月忽已晚。棄捐勿復道，努力加餐飯。

（同上，397）

這時候的五言詩已經在每行的字數上有固定的規範，只是在行數與韻腳的使用上沒有一定的限制，最常看到的音律表現方法是以疊字在音律表現上創造美感。另外，七言詩也在魏晉南北朝趨於成熟，七言詩與五言詩到唐朝更發展出格律嚴謹的詩體。

　　朱光潛在〈中國詩何以走上「律」的路（上）——賦對於詩的影響〉與〈中國詩何以走上「律」的路（下）——聲律的研究何以特盛於齊梁以後〉中提出了許多的看法：「文學史本來不可強分時期。如果一定要分，中國詩的轉變只有兩個大關鍵。第一個是樂府五言的興盛，從十九首到陶潛止。它的最大的特徵是把《詩經》的變化多端的章法句法和韻法變成整齊一律，把《詩經》的低徊往復一唱三歎的音節變成率直平坦……這個大轉變是由於詩與樂歌的分離。《詩經》是大半伴樂可歌的；漢魏以後，詩逐漸不伴樂，不可歌。第二個轉變的大關鍵就是律詩的興起，從謝靈運和『永明詩人』起，一直到明清止，詞曲只是律詩的餘波。它的最大特徵是丟

開漢魏詩的渾厚古拙而趨向精妍新巧。這種精妍新巧在兩方面見出：一是字句間意義的排偶；一是字句間聲音的對仗……這兩個大轉變之中，尤以律詩的興起為最重要；它是由『自然藝術』轉變到『人為藝術』；由不假雕琢到有意刻畫。」（朱光潛，1982：202-204）詩從自然轉向人為藝術的過渡是賦，賦對於詩的影響有三點：

> （一）意義的排偶，賦先於詩……（二）聲音的對仗，賦也先於詩……
>
> （三）在律詩方面和在賦方面一樣，意義的排偶也先於聲音的對仗。
>
> （朱光潛，1982：214-218）

在聲音的對仗與意義的排偶使用上，賦都比詩早，在文學發展有時間的連貫性下，可以找到許多相應的例子，證明律詩的格律是經由長久的創作實驗產生的。在聲律方面，也因為「詞賦比一般詩歌離民間藝術較遠，文人化的程度較深。它的作者大半是以詞章為職業的文人，漢魏的賦就有幾分文人賣弄筆墨的意味。揚雄已有『雕蟲小技』的譏誚。音律排偶便是這種『雕蟲小技』的一端。但是雖說是『小技』，趣味卻是十足。他們越做越進步，越做越高興，到後來隨處都要賣弄它……他們在詞賦方面見到音義對稱的美妙，便要把它推用到各種體裁上去。藝術本來都有幾分遊戲性和諧趣。於難能處見精巧，往往也是遊戲性和諧趣的流露。詞賦詩歌的音義排偶便有於難能處見精巧的意味……全篇意義排偶又加上聲音對仗，儼然成為律詩的作品到梁時才出現。」（朱光潛，1982：217）聲音的對仗除了受賦的影響外，另一個重要的原因是

佛教經典的翻譯和梵音研究的輸入：「梵音的輸入是促進中國學者研究字音的最大原動力。中國人從知道梵文起，才第一次與拼音文字見面，才意識到一個字音原來是由聲母（子音）和韻母（母音）拼合成的……齊梁時代的研究音韻的專書都多少是受梵音研究刺激而成的……永明詩人的音律運動就是在這種風氣之下醞釀成的。」（同上，224-227）在詩與樂分離後，外在的音樂消失了，只有透過文字本身的平上去入四聲來呈現詩的音樂性，這也是為什麼聲律運動盛行的原因之一。

　　詩的音律起於永明詩人的提倡，「永明是南北朝時期南朝齊武帝蕭賾的第一個年號，起自公元 483 年，終於 494 年。在這一時期，以沈約為首的一批文人已經有了漢語平上去入四聲的認識，這時又提出了一系列有關五言詩聲律形成的主張……主張利用漢字平上去入四聲組成詩文聲韻的錯綜抑揚的音樂美……追求人為的『曲折聲韻』之巧……告訴我們如何去追求人為的『曲折聲韻』之巧……永明聲律說的著眼點，一是五言詩，二是五言詩一聯之內出句和對句平仄相對的關係，至於同一首詩內聯與聯之間的黏的概念是沒有的。」（王一軍，1997：21）這時期詩人對聲律說的實踐產生了四種平仄格式：仄仄平平仄、仄仄仄平平、平平平仄仄、平平仄仄平。詩的出句與對句的平仄必須相對，在沒有「黏」的觀念下，每一聯的平仄格律是獨立的，在創作上容易陷於重覆同一格律的單調形式，為了避免詩的機械寫作，到後來才產生「黏」的觀念。「黏」的出現是經過齊梁時代到初唐時期的詩人創作實驗的成果，這一連串的格律產生是文人對於詩樂分家後，利用人為的藝術技巧創造詩的音樂性的成果。

　　唐代是中國古典詩空前發展的時代,「文學史上稱之為『詩的時代』。被稱為『詩的時代』的第一個理由是:由於近體詩的完成,多種多樣的古典詩的詩體全在這個時期齊備;就狹義的『詩』而言,從此以後再也不曾有特殊新詩體的創造。第二是:詩人階層的飛躍擴大;自某種意義而言,詩一般化了。這與當時的社會諸條件有著深切的關聯,尤其重要的條件是科舉制度的進展,加上歌舞音樂的盛行。隨著社會對詩才評價的提高,詩作家的階層乃愈形擴大,同時對作詩所注入的熱情也強化,一句、一字的表現,唐代的詩人都幾乎用上他們全部的生命,結果使得詩的世界顯出了空前的多樣擴張,唐詩中有了各色各樣的內容;這是第三個理由。」(前野直彬主編,1979:102)格律詩的格律到唐代才完備。其中最重要的詩體就屬律詩和律詩所衍生出的絕句。絕句的生成與發展,一般認為是截律詩的一半而成的。在王力的《漢語詩律學》中對絕句起源於律詩並且因為截取的方法不同所產生的絕句類型有詳細的分類:

　　　　(一)截取律詩的首尾兩聯的;
　　　　(二)截取律詩的後半首的;
　　　　(三)截取律詩的前半首的;
　　　　(四)截取律詩的中兩聯的。(王力,2002:36)

律詩除了首句和末句以外,其他的詩句均講求對仗,因為這個特性,使得絕句截取律詩後就有以上四種的類型。截取律詩的首尾兩聯的絕句就沒有對仗,例如王維的五言絕句〈山中寄諸弟妹〉:

山中寄諸弟妹

山中多法侶，禪誦自為群。

城郭遙相望，唯應見白雲。

（清聖祖敕編，1974：1303）

截取律詩的後半首的，對仗的情形就表現在詩的首兩句，李白的五言絕句〈獨坐敬亭山〉就是一例：

獨坐敬亭山

眾鳥高飛盡，孤雲獨去閑。

相看兩不厭，惟有敬亭山。

（清聖祖敕編，1974：1858）

在截取律詩前半首而成的絕句中，它的對仗表現在末兩句。這一類在絕句當中是屬於少見的，李白的〈九日龍山飲〉是少數的其中之一：

九日龍山飲

九日龍山飲，黃花笑逐臣。

醉看風落帽，舞愛月留人。

（清聖祖敕編，1974：1832）

另外，對仗格律最嚴謹的就是截取律詩的中間兩聯而成的絕句，因為它全首都使用對仗，杜甫的〈絕句二首〉的其中之一是一例：

絕句二首

遲日江山麗，春風花草香。

泥融飛燕子，沙暖睡鴛鴦。

（清聖祖敕編，1974：2475）

以上所舉的都是五言絕句的例子，當然絕句除了五言絕句外還有七言絕句，只是在此基於篇幅的關係，不再對七言絕句的對仗一一舉例。七言絕句的對仗也同於五言絕句，所不同的僅是字數上增加了兩個字。格律詩除了以上所提的平仄、押韻、字數……等規範外，更有其他的講究，例如：一三五不論、拗救、失對、失黏……總體來說，格律詩的形成與發展是一連串詩人們對於原先詩體的不滿與創作技術的表現所自然產生的。這同樣也解釋了自由詩的形成原因，自由詩的源起在中國的文學史上也寫下了精采的一頁。

　　自由詩的形成應該可以說是文學演進的必然結果。「體製總是先從不固定到固定，又從固定到發生變化，變化之後又會逐漸形成新的固定體製。因此，各種格律也都歷經從無到有，從自然到工巧，又因過求工巧而僵化的過程。最明顯的例子是『詩』這種文體，從沒有格律的民歌，到格律寬鬆的五古、七古，到格律嚴密的五律、七律，經過二千多年的流傳，終於被白話新詩所取代。」（徐志平、黃錦珠，2009：103）「新詩就是白話詩。我們可以說新詩是詩中的一種。它的產生是由於新文化運動者的倡導，首倡新詩的便是胡適之先生。他在鼓吹文學革命的時候，便主張了詩體大解放……新詩是詩體中最新的一種，它是推翻舊詩的格式、平仄和押韻而另創了一個新體：它是用現代的語言，自由的形體，自然韻律來表現人們

的複雜的生活和情感的。」（徐芳，2006：1-3）卞之琳的〈過節〉正可以印證新詩中的自由：

過節

叫我哪兒還得了這許多，

你來要賬，他也來要賬！

門上一陣響，又一陣響。

賬條嗎，別在桌子上笑我，

反正也經不起一把烈火。

管他！到後院去看月亮。

（張曼儀編，1992：13）

中國自由詩形成的原因除了當時社會的改革風氣興盛之外，也根源於 1917 年所發起的新文學運動。胡適在新文學運動興起時所提出改革文學的八大主張也同時確認了新詩的發展方向：（一）須言之有物；（二）不摹仿古人；（三）須講求文法；（四）不作無病之呻吟；（五）務去爛調套語；（六）不用典故；（七）不講對仗；（八）不避俗字俗語。（胡適，2003：4）在他的詩中也以這八大主張對新詩作了許多嘗試，如在〈也是微雲〉中，用白話訴說對往日友人的思念，其中不想面對的相思，卻又因為月亮的淘氣而無處可躲：

也是微雲

也是微雲，

也是微雲過後月光明。

只不見去年得遊伴，

也沒有當日的心情。

不願勾起相思，

不敢出門看月。

偏偏月進窗來，

害我相思一夜。

（胡適，2010）

康白情對於新詩與舊詩的區別也有相關論述：

在文學上把情緒的，想像的意境；音樂的、刻繪的寫出來。
這種作品就叫作詩。新詩別於舊詩而言。舊詩大體遵格律，
拘音韻；講雕琢，尚典雅。新詩反之，自由成章而沒有一定
的格律，切自然的意節，而不必拘音韻，貴質樸而不講雕琢，
以白話入行而不尚典雅。新詩破除一切桎梏。人性底陳套只
得其無悖詩的精神罷了。（引自徐芳，2006：19）

在新詩的草創期，人們最關心的莫過於它與舊詩的區別和新詩中
的自由如何表現。因此，除了如以上這樣的新舊詩的界定問題外，
也為了創造新文學而引進許多西方的學說和翻譯西方的詩。徐芳
在《中國新詩史》中將新詩的發展以時間為基準分為三期：第一
期是 1917～1924；第二期是 1925～1931；第三期是 1932～現在。
第一期的重點在破除舊詩的桎梏，根據徐芳的說法：這時期詩壇
上的詩好壞參差不齊；第二期的特色則是引用西方的詩體創作，
例如：商籟體（Sonnet）、白韻詩（Blank Verse）和自由詩（Free

Verse），這時期許多詩人認為好詩仍需要有詩的形式，表現在詩中的特點是詩行的整齊和句的勻稱。（徐芳，2006：88）模仿西洋詩的句式創造詩的音樂節奏，例如孫大雨的〈海上歌〉，全詩分為四節，每節七句，每節的開頭都是以「我要到海上去／哈哈」來引出後面的詩行，讀起來有一種反覆吟詠的韻律。以下節錄詩的一半以為印證：

海上歌

我要到海上去，

　　哈哈！

我要看海上的破黎。

　　　破黎張著一頂嫩青篷；

　　　太陽出在篷東，

月亮落在篷西，

點點滴滴的大星兒漸漸消翳。

我要到海上去，

　　哈哈！

我要看海上的風波。

　　　浪頭好比千萬座高山；

　　　大山是一聲喊，

小山是一陣歌，

山坳裡不時浮出幾隻海天鵝。

（引自徐芳，2006：113-114）

　　每個時代有它們各自的文學，中國自由詩隨著時間的演變到近代，因為社會的發展和各文化的互相交流，詩的表現也出現了多樣性。張我軍曾說：「臺灣的文學乃中國文學的一支流。本流發生什麼影響、變遷，則支流也自然而然的隨之而影響、變遷，這是必然的道理。」（引自張雙英，2006：5）「如果從詩歌歷史的角度來看，在二十世紀的三〇、四〇年代裡，臺灣新詩領域中有幾項特別引人注目：其一是出現不少詩社與詩刊……其二是在詩社及詩刊的帶動下，詩人與詩集的數量大增……其三是出現了寫實主義的大本營——鹽分地帶詩人；所謂『鹽分地帶』，是指臺南的佳里一帶，因其地以產鹽為主而名……其四是現代派詩風被引入臺灣……如果要我們把這段期間內臺灣的整個『新詩壇』裡具意義的特色勾勒出來，那麼『創新、寫實、超寫實』三項並行，應該可說是最符合實情的寫照。」（同上，24）到五、六〇年代，對詩影響深遠的是「現代派」的成立。「因西方『現代主義』詩歌主要在表現對現實社會的不滿，而這正符合當時多數在臺詩人的心境。尤其是『象徵』的表達手法，可以將這種感受適切地表現出來，所以受到當時許多詩人的喜愛。」（同上，137）「『現代主義』『文學』的核心特色就是其創作都把自己定位為『創造者』。而以這個認知為基礎，『現代主義』的『文學作家』們心中便有重視『現在』，而忽視『過去』和『未來』的傾向。在這種任何作品均以『創新』為目標的情況之下，他們拒絕接受任何歷史的束縛，不願承擔傳承歷史傳統的責任……但更重要的是，他們為了能夠讓作品呈現迥異於『過去』的『新』面貌，不但在語言、結構和形式等作品的外形上，經常選用『誇張』、『扭曲』、『零碎』、『跳躍』、『紛亂』以及『朦朧』、『模

糊』等特殊的表現手法;同時,在作品的題材上,也偏向喜好『疏離』、『病態』、『異化』、『頹廢』、『灰色』等異乎尋常的現象。換言之,所謂『現代主義文學』乃是一種內在的自覺性強烈、而且以『前衛』(avant-garde)的方式來表現的文學現象。『它』呈現出來的面貌既繁複且多姿,所以很難用簡單的歸納方式來描述。如果勉強以羅列方式來說明,則諸如:『象徵主義』、『印象主義』、『意象主義』、『未來主義』、『達達主義』、『超現實主義』……等等。」(張雙英,2006:138-139)

臺灣新詩受西方的現代主義影響,從五、六〇年代開始到現今產生了許多的詩派,到了現今,又因社會環境與生活型態的改變而產生了後現代詩,這當中現代派與後現代派的關係仍有傳承的關係,只是後現代派更是將現代派的詩的語言加以解構,以創造更新的詩的表達方法。在詩的發展當中,一個新詩體的形成並不表示舊的詩體的絕跡。在這裡,中國格律詩與自由詩的發展上產生的許多詩的類型我未能提及,這一部分將在下一節處理,現在就一併說明西方格律詩與自由詩的源起與發展。中國詩體的發展過程,在西方詩的形成與演變也可看到相同的影子。朱光潛對於各國詩歌音義離合的發展有一套進化公例:「(一)有音無義時期。這是詩的最原始時期。詩歌與音樂跳舞同源,公同的生命在節奏。歌聲除應和樂節舞奏之外,不必含有任何意義……(二)音重於義時期。在歷史上詩的音都先於義,音樂的成分是原始的,語言的成分是後加的……詞的功用原來僅在應和節奏,後來文化漸進,詩歌作者逐漸見出音樂的節奏和人事物態的關聯,於是以事物情態比附音樂,使歌詞不惟有節奏音調而且有意義……在詩的調與詞兩成分之

中，調為主，詞為輔……（三）音義分化時期。這就是『民間詩』演化為『藝術詩』的時期。詩歌的作者由全民眾變為自成一種特殊階級的文人……文人詩起初大半仍可歌唱，但是著重點既漸由歌調轉到歌詞，到後來就不免專講究歌詞而不復注意歌調，於是依調填詞的時期便轉入有詞無調的時期……（四）音義合一時期。詞與調既分立，詩就不復有文字以外的音樂。但是詩本出於音樂……文人詩雖不可歌，卻仍需可誦……誦則偏重語言的節奏音調，使語言的節奏音調之中仍含有若干形式化的音樂的節奏音調……文人詩既然離開樂調，而卻仍有節奏音調的需要，所以不得不在歌詞的文字本身上做音樂的工夫。詩的聲律研究不必從此時起（因為詞調未分時，詞已不免有牽就調的必要），卻從此時才盛行。」（朱光潛，1982：227-229）

中國的格律詩演進是依著這條路進行，那在西方格律詩的演進也應是以同樣的方式進行。「歐洲文學是由西臘史詩開始，我們通常也稱這些史詩為『荷馬的史詩（Homeric epics）』，指的是《伊里亞德（Iliad）》和《奧德賽（Odyssey）》，這兩部史詩在歐洲是最早的書寫的藝術作品。」（何欣，1986：63）史詩的創作有一個特定的模式，也是史詩所以為史詩的條件：

（一）史詩的主題必須是寫一位英雄（通常都是民族英雄）
　　　的冒險史；

（二）開始必須祈求繆司給予靈感以歌唱英雄的事跡；

（三）以故事中間開始敘述，然後在適當時機把以前的事件
　　　倒述，而不是從故事的開始一路按先後次序編年紀錄；

（四）用固定的表示某種特性的形容詞，如胳臂潔白的娜西
　　　卡，灰眼睛雅典娜，飛毛腿阿基里斯等；

（五）用史詩的明喻，這種比喻很長，通常以取大自然中的
　　　比喻描述某一行動；

（六）大量使用獨語（monologues），就是長篇大論的敘述。

（七）神干於人間事務。（何欣，1986：118）

這是荷馬史詩的主要內容，也成為後人創作史詩的遵循依據。在顏
元叔主譯的《論史詩》中對於史詩的內容結構與格律的說法如下：

> 「史詩」（the epic）這個名詞可以用兩種很不相同的方法來
> 下定義——狹窄地透過對於一群精選的古典史詩所做的研
> 究，或是更廣泛地，把可以稱之為史詩的整個作品範疇，都
> 加以考慮。前一個定義將把「史詩」這個名詞侷限於長篇的
> 敘事詩，以六音步詩行或其相等物寫成，中心不是放在一名
> 英雄（阿基里斯、貝奧武夫）之上，便是放在一個文明——
> 像羅馬或基督教國家——上頭。（Paul Merchant，1986：1）

在最初的說唱文學，詩人們可能為了記憶長篇史詩而發展出一套公
式，「口頭詩人極為節省地利用他們的基本貨色——公式。因為荷
馬的六音步詩行跟盎格羅，薩克遜的頭韻韻律，給詩人很大的拘
束，所以無論什麼時候，當他找到了一個既可以符合詩格，本身又
悅耳的片語，他就把它記起來，再度加以利用。到後來，這個片語
會成為公式，而且會跟其他詩體相同、意義類似的片語相抗衡——
除非發現別的更新語所取代。結果是一大堆特殊化的片語，每一個
只設計出來給行中的一個特定地方使用，而且吟唱者將把它當作基

本材料……在《伊里亞德》第六卷，赫克特（Hector）和他的妻子安卓羅瑪克的辭別，是本詩的崇高時刻之一，卻幾乎有四分之三是由承襲的材料所構成。《奧德賽》的頭二十一行含有四十五個套語。在『貝奧武夫』的頭二十五行當中，有三十五個字群曾在古英文文學的其他地方用過。顯然地，這使我們不可能談論一位口頭詩人的『獨創性』，而創造者的身分，充其量也是含糊不清的。」（Paul Merchant，1986：14-15）

在這一時期，詩與音樂是緊密結合在一起的，「在西方傳統中，詩與音樂的關係也同樣密切。日神阿波羅兼為詩與音樂之神。九繆思之中，情詩女神愛若多（Erato）抱的是豎琴（lyre），而主司抒情詩的女神尤透琵（Euterpe）握的則是笛。英文 lyric 一字，兼為形容詞『抒情的』與名詞『抒情詩』，正是原出豎琴，而從希臘文（lurikos）、拉丁文（lyricus）與古法文（lyrique）一路轉來，亦可見詩與音樂的傳統，是如此綢繆。古典時代如此，中世紀的情形亦然。例如 minstrel 一字，兼有『詩人』與『歌手』之義，特指中世紀行吟詩人，其傑出者更常入宮廷獻藝。中世紀後期在法國普羅旺斯一代活躍的行吟詩人，受宮廷眷顧而擅唱英雄美人故事者，稱為 troubadour，在法國北部的同行，則稱為 trouvere，在英國稱為 gleeman。從這些字義的演變我們可知，詩篇與音樂的關係，不論在內容或形式上，早期便是互相融合的，難以區分。」（東海大學中國文學系，2006：60-61）西詩與音樂從緊密結合到現今的詩以輕重音來表達音樂性的這一發展過程中，最早流傳的古英語詩歌是以韻文的方式寫成。古英語的文字與現代英語相差很大，最初的古英語詩歌是由入侵到英格蘭的盎格魯人、撒克遜人和裘特人這三個

日耳曼民族所作，他們原先居住在歐洲西北部，語言也和當時英格蘭本島的居民不同，現今人們都要靠詩歌譯本才能了解它。古英語詩歌利用特殊的音律表達氣氛，王佐良在《英國詩史》中提到：

> 古英語的詩歌之所以有這種奇異的感人的力量，還由於它有獨特的詩律。它一行分成兩半，各有兩個重拍，重拍的詞以同一輔音或元音開始，因而形成頭韻，而行與行間並無腳韻。這就是為什麼這一詩體稱為頭韻體……此外，古英語中多成串的輔音，也增加了詩歌的突兀緊促的效果。（王佐良，1997：3-4）

因為語言特性的關係，西詩的押韻情形和中詩的情形不盡相同，史詩的頭韻格律是利用詞首的輔音，用相同的輔音造成鏗鏘急促音節來強化緊張的氣氛。「以格律論，中古英語詩的主要貢獻在於提供了兩大詩體，即頭韻體和雙韻體。二者之間，頭韻體盛於先，雙韻體興於後，但也互相吸收，到十四世紀後半還出現頭韻體重新繁榮時期。後來雖然是雙韻體借喬叟的優勢而盡得風流，頭韻體也並未死灰，直到二十世紀還閃現於奧登等人的詩作之中。」（王佐良，1997：52）英詩的格律變化同樣是經由不斷地實踐形成的。英詩的格律最為人所熟悉的是抑揚格五音步，「據統計，英語詩行中有2/3運用抑揚格五音步，因此可以毫不誇張地說，掌握了抑揚格五音步，也就掌握了英詩格律的基礎。」（鞠玉梅，2003：22）西洋格律最嚴謹的十四行詩也是用這種句式寫的。

十四行詩和對白體無韻詩是英國十六世紀文藝復興時期詩歌的主要詩體。「十五世紀時，英格蘭詩歌經歷了一個沉悶階段……到了

十六世紀之初，新局面來臨，各方面都起了大變動……文化藝術上，也從意大利、法蘭西傳來了新風，包括詩歌裡的新形式新格律……引進卻不等於照搬。英國詩歌天才的長處在於能吸收、溶化又改造外來形式，如對十四行詩；同時又能看準本土的新生事物，加以大力扶植，使之超速生長，如對白體無韻詩。」（王佐良，1997：53）「所謂十四行體，是指一首短小的抒情詩，共十四行，其韻腳安排在意大利原型為 abbaabba cdecde（最後六行也可以是 cdcdcd），亦即一詩分成八行或六行兩組，可以用來陳述一事的兩個方面，或前面陳述繼之以後面問難。懷亞特的一部分十四行詩對此作了變動，即前面八行照意式，後面六行則往往以互韻的兩行作結。這一體式經過賽萊的運用，又經斯賓塞和莎士比亞的改進，發展成為一種英國型的十四行體，每行有十個輕重相間的音節，韻腳安排為 abab cdcd efef gg，這樣就可以有三段的陳述與引伸，而最後有兩行押住陣腳……這一詩體對作者的要求很多，主要一點是：注意形式，講究藝術。這就是詩歌文明化的一端……賽萊……的貢獻卻在『發明』了白體無韻詩。他是在把維吉爾的〈伊尼特〉譯成英文時試用了這種有節奏（一行五個音步，每步輕重相間兩音節）而無韻腳的詩體的，不想這一下創立了一種對於英國詩至關重要的主要詩體。」（同上，57-58）白體無韻詩的特點是接近英語口語的自然表達，每行的字數長度適合人們正常的說話速度，中間不會造成詩句太長的停頓，也因為它的輕重音排列次序正好符合英文詞序的特點，例如輕音在重音前，所以它最多是用在戲劇或長詩方面。在戲劇上，莎士比亞戲劇中的詩就是以無韻詩寫成；另外，彌爾頓的《失樂園》也是用無韻詩寫成的長篇巨作，它讓西方的詩人們在創作上有更多的自由空間。

在十九世紀的維多利亞時代,「教士詩人霍普金斯感到,與他同時代的詩人們用的節律過於規則,過於柔美,不符合他的需要,便創制了一種獨特的、更具陽剛之氣的『跳躍節律』。按這種節律寫的詩行中,音步數即重音數,一個音步可以是單單一個重音,也可以由一個重音帶一個、兩個、三個、甚至四個非重音構成……十九世紀末及二十世紀的一些現代英語詩家則做過另一種嘗試,即純粹以音節作為詩律的基礎,不考慮重音的問題(當然,由於英語的特點,詩行中重音還是有的,但這些重音不是按節律的要求而有規則地出現在詩行中,通常只是按意義和修辭的需要而不規則地出現,因此這種詩易被誤認為自由詩)……在不同的歷史時期,就連作為英詩基礎的節律都有不同的標準……無論從歷史的長短、影響的大小或名詩人和名作的多寡來看,可以相當肯定地說:英國詩的歷史是格律詩的歷史,從喬叟開始的,是以音步為基礎的格律詩的歷史。」(黃杲炘,1994:56-58)

西方的格律詩在詩的發展歷史上佔了絕大部分的篇幅,自由詩則是到 1850 年由美國詩人惠特曼寫出,並在 1855 年出版詩集《草葉集》,才正式成為一個獨特的詩體,「惠特曼一直被稱為是美國民主精神的代表者,被認為是最偉大的美國的民族詩人,就是因為他為美國的民主精神下了實質的定義,也肯定了美國的希望。《草葉集》被認為是英美傳統詩與現代詩的分水嶺,它象徵著現代詩的新紀元的開始。惠特曼曾稱《草葉集》是一種語言實驗,他在詩的創作中創立新的語言,新的詩體——就是所謂自由詩體。自由詩體雖無固定形式,但與傳統詩體相異之處約略可分為兩點:一是押韻不依定規,或全然捨棄韻腳;二是行內之韻律也處處求新,不遵傳統。

但這並非說自由詩體散漫無序，不講章法；相反的，傳統詩所具有的音樂效果，自由詩體往往能針對個別情況，而以千變萬化的技巧加以替代，企求將詩的內涵表達得絲絲入扣，微妙處甚至可以做到音與義的水乳交融。」（何欣，1986：1347）西方自由詩的興起與當時的社會背景息息相關，西方文學的發展歷經了幾個重大的時期，其中對自由詩影響很大的應該是 1800 年到 1850 年浪漫主義的文學：「浪漫主義者認為宇宙乃上帝所創，宇宙中存在的諸事物均歸於上帝，人如果要了解終極的真理，必須儘可能了解萬物，而非只知道一個規範，這是打破『規範』（舊的經濟、政治、文化等方面的秩序）……自然界一花一木，一河一山，近於自然狀態，未受『制度』折磨損壞，故適於作為追求之理想目標……浪漫主義者捨棄新古典主義訂立的規律技巧，而獨立追求適合於表達他們的真理的形式。」（何欣，1986：978）到了二十世紀初，現代主義的出現更豐富了自由詩的表現。現代主義的理論與實踐是從美國詩人艾略特開始的，他在 1922 年出版的《荒原》就利用拼貼的手法，將完全不同的情景連接或並列，以口語寫成，承繼了惠特曼以口語入詩的傳統。他的詩〈序曲〉也表現出現代主義的特點：

Preludes

I

The winter evening settles down
With smell of steaks in passageways.
Six o'clock.
The burnt-out ends of smoky days.

And now a gusty shower wraps

The grimy scraps

Of withered leaves about your feet

And newspapers from vacant lots;

The showers beat

On broken blinds and chimney-pots,

And at the corner of the street

A lonely cab-horse steams and stamps.

And then the lighting of the lamps.

冬日黃昏安頓了下來

帶著走廊上的牛排味。

六點鐘。

冒煙日子燒剩的餘尾

污穢的殘骸

你腳邊的敗葉枯草

以及從空地吹來的報紙；

驟雨猛打

在破窗遮及煙囪上，

而在街角

一匹孤單的拉車馬噴汽又踏蹬。

接著亮起來了街燈。

（引自非馬，1999：130-131）

二十世紀初，出現了反浪漫主義的潮流，「一些英美詩人在倫敦發起意象派運動，開現代詩歌的先河。美國詩人龐德於 1912 年系統地提出了他們的主張，要擺脫阿諾德高度嚴格的規範，其重要的內容之一便是以口語的節奏代替傳統的格律，從此自由詩進入了英詩的大雅之堂。」（黃杲炘，1994：58）意象派詩歌創作的三個原則「（一）直接描繪主觀的或客觀的『事物』；（二）絕不使用無助於表達的任何詞語；（三）節奏的形成是依附於音樂性詞語的順序，而不是依照節拍的順序。」（王文娟，2006：75）現舉龐德常被討論的〈地鐵車站〉為例：

地鐵車站

人群裡這些幽靈般的臉龐；

濕黑枝上的花瓣。

In a Station of the Metro

The apparition of these faces in the crowd；

Petals on a wet , black bough.

（非馬編譯，1999：98-99）

二十世紀的自由詩隨著西方思潮的演變而分出了許多的詩派，雖然它們盛行的時間長短不定，但是都為詩作了許多不可磨滅的貢獻。在經過了現代主義的洗禮之後，加上社會變遷與電腦網路的發達，人們對於未來的更不確定感加劇，以及為了「創新」的需求，更發展出比現代主義的詩更前衛的詩。基於詩的發展等同於文

學的發展史,在這個章節中,我先對格律詩與自由詩在中西方的起源與發展作一概略的條理,至於各時期中的詩的類型,將在下一節中處理。

第四節　格律詩與自由詩的類型

　　在中國傳統上,「對於『文風代變』有自屬系統內的敏感性。所謂『名理有常,體必資於故實;通變無方,數必酌於新聲。故能騁無窮之路,飲不竭之源』、『作者須知復變之道:反古曰復,不滯曰變。若惟復不變,則陷於相似之格;其壯如驂驥同廄,非造父不能變,能知復變之手,亦詩人造父也』、『蓋文體通行既久,染指遂多,自成習套。豪傑之士亦難於其中自出新意,故遁而作他體以自解脫。一切文體,所以始盛終衰者,皆由於此』等等,都是在說這種累增的基進表現的必要性;而實際上的從詩經、漢樂府詩、唐近體詩和宋元詞曲等一路『發展』下來,也的確明符暗合了這一『代際必變』的鐵律。」(周慶華,2008:154)這裡說明了中國格律詩的演進過程,詩體的改變都是因為原先的詩體已經不再能創新,迫使詩人另求新的表現方式,而產生了各個時代的文體。「體製總是先從不固定到固定,又從固定到發生變化,變化之後又會逐漸形成新的固定體製。因此,各種格律也都歷經從無到有,從自然到工巧,又因過求工巧而僵化的過程。最明顯的例子是『詩』這種文體,從沒有格律的民歌,到格律寬鬆的五古、七古,到格律嚴密的五律、

七律，經過二千多年的流傳，終於被白話新詩所取代。」（徐志平、黃錦珠，2009：103）

　　中國從《詩經》開始，以四言詩為主，「民間的歌謠，在接近後漢末期時，開始呈現新的動態。在形式上，多以五字為一句，這是後來五言詩的始祖。內容上，雖也有素樸的民謠，但在表現上，卻也可以發現凝聚著相當技巧的作品。還有將發生於市井的事件，作成長篇的故事詩的。」（前野直彬主編，1979：33）其中現今人們熟悉的作品有《文選》的古詩十九首，充分的表現出素樸的情感與藝術技巧，「在內容上，這十九首詩並不相同，故顯得十分駁雜、豐富，有歎人生短暫者，有抒發生離死別之感者，有寫思婦者，也有敘述旅途艱辛者……等等。但在藝術價值上，它們都同樣獲得歷來許多批評家的讚賞。至於形體上，它們都屬於每句五字的五言詩，不過在篇幅上，則有短自八句、長至十六句之別。」（張雙英，1996：516）到了唐代，詩的形式類型達到了高峰，除了歷代發展出的四言、五言詩、古詩外，又有律詩與絕句的定型，格律詩的格律也達到成熟。民國之後，自由詩的產生證明格律的發展是從鬆散到嚴謹再到格律的解放；從詩體上來看，則是從沒有固定的句數到有固定的句數與字數並進而消弭字數與句數的限制；在內容上，是從內感外應的優美抒情到連俗字甚至生殖器官也能入詩的隨興。

　　中國詩的形式經過時代的演進與變化，「整個詩的體製從格律化轉成白話新詩。而這白話新詩，相對於傳統格律詩來說，最明顯不同的是形式的自由化。它仿自西方的自由詩體（西方的一些格律詩如史詩體、亞力山大體、十四行詩等，也被國人仿效過，但成績

有限）而由二十世紀初一些文人所主意實踐提倡的（如胡適、周作人、康白情、沈尹默、傅斯年、周無、俞平伯、劉半農、陳獨秀、郁達夫、左舜生等，都有過白話新詩的創作，也極力參與『鼓吹』的行列）。雖然有部分人後來否定自己所作的白話新詩而再度寫起傳統文言格律詩（如周作人、沈尹默、俞平伯、劉半農、陳獨秀、郁達夫、左舜生等），但都無妨於它已經形成一股風潮，逐漸地『取代』了傳統詩的地位。至今仍然是白話新詩的天下，傳統詩幾乎是走到臨界點了……中國近年的新詩運動可算得是一種『詩體大解放』。因為有了這一層詩體的解放，所以豐富的材料、精密的觀察、高深的理想、複雜的情感才能跑到詩裡去。五七言八句的律詩絕不能豐富的材料，二十八字的絕句絕不能寫精密的觀察，長短一定的七言五言絕不能委婉達出高深的理想和複雜的情感……大體上，早期『實驗性』的作品泰半都符合這種觀念，但越向後就越不盡然了。不僅現代派中有超現實主義一體專寫人的內心世界而使得詩作極為晦澀難解，還有後現代派中眾多後設體、諧擬體、博議體、符號遊戲體、新圖象體等試圖挑戰從前現代派到現代派的詩作而造成人和詩的疏離。」（周慶華等，2009：17-18）

　　從以上的敘述，我們依詩體的發展順序列舉各個時期的格律詩體已有一個明確的概念。最早的《詩經》以四言詩為主，其中的〈周南・關雎〉：

關雎

　　關關雎鳩，在河之洲；窈窕淑女，君子好逑。

　　參差荇菜，左右流之；窈窕淑女，寤寐求之；

求之不得，寤寐思服；悠哉悠哉，輾轉反側。

參差荇菜，左右采之；窈窕淑女，琴瑟友之。

參差荇菜，左右芼之；窈窕淑女，鐘鼓樂之；

（孔穎達，1985a：20）

到漢代以後的五、七言的古詩，才對詩句中的字數有所限定，現舉曹植的〈雜詩〉之一：

雜詩

高臺多悲風，朝日照北林。之子在萬里，江湖迴且深。

方舟安可極？離思故難任。孤雁飛南遊，過庭長哀吟。

翹思慕遠人，願欲託遺音。形景忽不見，翩翩傷我心。

（蕭統，1993：404）

進而到了格律發展完成的唐代，這時期的絕句與律詩在聲韻、字數、句數上已經有一套嚴格的標準，例如五言絕句、七言絕句、五言律詩和七言律詩。現因篇幅的關係只引杜甫的〈月夜〉為例：

月夜

今夜鄜州月，閨中只獨看。遙憐小兒女，未解憶長安。

香霧雲鬟濕，清輝玉臂寒。何時倚虛幌，雙照淚痕乾。

（清聖祖敕編，1974：2403）

直到新詩的提倡才給了詩人一條有別於絕句、律詩的創作方式。在「詩體大解放」後，詩的形體只取決於詩人感情的需要，因此在字

數、句數上不定與去除格律的條件下，詩的內容與形式表現比以往更加豐富。

隨著時代的發展，英文詩歌也出現不同的形式：「從十六、十七世紀歐洲古典詩歌到十八世紀的理性詩歌，再發展到十九世紀的浪漫主義和現實主義詩歌……格律詩中又有頭韻詩（Alliterative Poetry）、皇韻（Rhyme-royal）、斯賓賽體（Spenserian Stanza），十四行體（sonnet），英雄雙韻體（Heroic Couplet），三行體（Terza Rima），民謠體（Ballad Stanza），無韻詩（Blank Verse），打油詩（Limericks）等。」（陳豔新，2008：61）「十四行詩起源於十三世紀的義大利，英文名稱 sonnet，是一種嚴謹的格律詩體，文藝復興時期，在義大利極為流行，彼得拉克（Francesco Petrarca）表達其青年時代對少女勞拉的愛情的組詩《歌集》，堪稱當代的代表作。十四行詩後來傳入英國，原來的義大利體被改為英國的十四行體，在伊麗莎白時代達到顛峰，是創作十四行詩的黃金時期……十四行詩流傳到十九世紀浪漫主義時期，形式更加自由，也衍生出一些變體。但基本上可分為義大利（彼得拉克）體和英國（莎士比亞）體……義大利體的特點是，全詩分為前八行（octave）和後六行（sestet）兩部分，前八行的韻式為 abbaabba，後六行則為 cdecde；前八行的韻式固定不變，後六行的韻式較為靈活，可變為 cdedce、cdcdcd、cdcdee、cdeced 等，但全詩不准多於五個韻。前八行的內容一般是敘事，提出某個觀點和問題；後六行則對敘述部分做出評論，或以具體形象例證說明某種觀點，或回答前面提出的問題。」（孟樊，2009：32-33）限於語言的關係，在此以彼得拉克一首英譯的作品為參考：

Laura's Smile

Down my cheeks bitter tears incessant rain,

And my heart struggles with convulsive sighs,

When, Laura, upon you I turn my eyes,

For whom the world's allurements I disdain.

But when I see that gentle smile again,

That modest, sweet, and tender smile, arise,

It pours on every sense a blest surprise,

Lost in delight is all my torturing pain.

Too soon this heavenly transport sinks and dies,

When all thy soothing charms my fate removes,

At thy departure from my ravish'd view,

To that sole refuge its firm faith approves.

My spirit from my ravish'd bosem flies,

And wing'd with fond remembrance follows you.

（tr. By Capel Lofft）

沿我雙頰哀愁之淚潸潸流下，

我的心同聲聲哀嘆在苦鬥，

我的眼睛轉望羅拉的時候，

我卑視世上一切誘惑，為了她。

但我再瞥見那溫柔的微笑，

羞卻，甜蜜，溫柔的微笑浮起，

它在每種感覺中均注入幸福之驚奇，

折磨我的痛苦在這喜悅裡洗掉。

這神聖喜悅匆匆而逝，

當我的命運把你那慰藉之美，

在你離開我那狂喜的視野時，移向

它那堅強信心贊許的安全之地，

我的精神飛離喜悅之胸膛，

帶著癡望之記憶追隨你。

（引自何欣，1986：519-520）

這首英譯的韻腳為 abbaabbacdedce，是十四行詩格律的一種。

至於「英國十四行體的特點是，全詩分為三個四行體（quatrain）和一個雙行體（couplet），形成四－四－四－二的結構，但一般全詩仍是一個詩節，並不分成四個詩節。典型的英國十四行體的韻式為 abab、cdce、efef、gg，有七個韻。這種內容的變化及其相互關係，與中國傳統作詩法所講的『起承轉合』四步法頗為相似，『合』的部分雖只有兩行，卻是總括全詩的精髓……英國十四行體與義大利體的相同點是，基本的韻律節奏都是抑揚五音步。」（孟樊，2009：33）以抑揚五音步所組成的詩體，另外還有有韻的與無韻的兩種詩體，最常用於史詩和戲劇詩。波普在 1713 年寫過〈製造史詩的方法〉：

從任何一篇舊詩、歷史書、傳奇、或傳說（譬如蒙茅斯的傑弗里 Geffrey of Monmouth 或希 的唐貝利亞尼斯 Don Belianis Greece），把那些能夠提供最廣泛的長篇描寫的故事部分抽出來……然後選一個主角——你可以為了他的名字

悅耳而加以選擇——把他放進這些冒險當中：讓他在那裡活動十二卷。（引自 Paul Merchant，1986：97）

另外，拜倫也同樣在詩句當中諷刺史詩固定的形式與風格的一成不變，從他的詩句中可以讓我們對史詩的生成經過與內容特色有一個完整的認識：

> 我的詩是史詩，而且打算
> 　　分成十二卷；每一卷都包含
> 愛情、戰爭、和海上的狂風，
> 　　列出船隻、船長、和統治
> 新角色的國王；插曲有三種：
> 　　地獄的全景全在排練，
> 依照維吉爾和荷馬的風格，
> 所以我的史詩名字沒有取錯。

> （引自 Paul Merchant，1986：98）

英雄偶句體的特色是對句的使用，「兩行體又稱對句。兩行間必須押韻，而且如果嚴格一點，這兩行的詩意和語法結構須獨立而完整，且每行中都有一頓……另一種對句是五音步十音節的，喬叟早在十四世紀就用過，但流行卻在十七世紀後，因十八世紀用於荷馬史詩的翻譯，故又稱英雄偶句體或英雄雙韻體。這種對句是英詩中最普遍的形式，很多格律詩的構成都有賴於它（例如英國式十四行詩的結尾就用它），而且直到二十世紀仍在使用。」（黃杲炘，1994：59）中西方的格律詩在形式上不同的特色之一是詩行的數目

規定，中國的詩行數到絕句與律詩時就有特定的行數要遵守；西詩除了十四行詩之外，在總行數上是不限定的。皇韻體的特色是每小節七行，一行有十個音節，押韻的形式為 ababbcc。斯賓賽體是以《仙后》的作者斯賓賽（Edmund Spenser）為名，每節詩九行，除了最後一行是六音步外，其餘詩行都是抑揚格五音步，韻腳押韻的形式為 ababbcbcc。三行體所以其名為每節詩有三行，每節中的第一行與第三行押韻，第二行的韻是下一詩節的第一和第三行的韻。這種詩體的結尾方式有三種：（一）最後一行的韻是開頭詩節的第二句的韻；（二）最後兩行的韻都押開頭詩節的第二句；（三）結尾三行的韻腳與開頭第一節的韻腳相同，但是排列的方式不同，例如開頭的韻腳為 aba，結尾的韻腳則是 bab。民謠（ballad）是屬於敘事歌曲，經由口頭流傳而保存下來，它曾在英格蘭和蘇格蘭廣為流傳。無韻詩（Blank Verse）是抑揚格五音步，不押韻的詩體。大多用於戲劇與敘事詩上，著名的創作有英國的莎士比亞在戲劇中的作品。另外，彌爾頓的《失樂園》也是利用這一詩體來創作。打油詩（Limericks）是運用雙關、內韻的表現手法創造具有諷刺幽默的作品，每首詩五行，韻腳為 aabba，以抑揚格和抑抑揚格為主。

　　以文學藝術來說，西方從十九世紀開始，「因工業社會的發展，產生了『現代主義』思潮，其間運動迭起，變化繁多，從波特萊爾一直到存在哲學，其中所產生的各種文學流派，大概都可歸諸於『現代主義』的旗號之下。其一般特色是，讀者與作者之間的關係，失去了和諧：作品在形式上獨特怪異，在內容上則驚世駭俗，技巧複雜難懂，態度有意刁難。作者既然不在乎大眾，大眾也就相對的疏離了作者。於是現代主義的作品，只有在封閉的小圈子中流傳，並

以反流行，反制度，反一切正統的形式與內部為天職。這樣的態度，推到極端，便是反世俗價值——尤其是中產階級的品味——反禮教，反傳統，甚至於反對作家的傳統責任。這種精緻，與十八世紀興起的浪漫主義，是一脈相承的。」（羅青，1988：240）雖然這裡是以西方的文學藝術總體來論述，在詩當中的表現，同樣也受到工業社會的發展影響，產生具有相同特色的作品。「西洋文學在 1950 年代，還是現代主義的天下，存在主義如日中天，結構主義方興未艾。可是到了六〇年代，整個世界的政經結構，起了具大的變化，『解構主義』開始出現，『去中心』的思想慢慢興起……整個西方文學界，便進入了一個群雄並起，多元而沒有主流派別的時代。許多文學史家，在最近這一兩年，回顧 1965 到 1985 年這二十年的文學藝術發展，無以名之，只好紛紛開始採用『後現代主義』這個名稱，來概括這一股新興的文學現象，並指出其與現代主義幾乎是背道而馳的特色。後現代主義的文學藝術變化多端，幾乎到達一人一派的地步，故傳統的分派法或主流法，便不再適用了。」（同上，242）

　　西方的詩表現一路上「從前現代寫實性的模象詩演變到現代新寫實性的造象詩，再到後現代解構性的語言遊戲詩和網路時代多向性的超鏈結詩。」（周慶華等，2009：19）中國的新詩受到西方的影響，它的發展方向也朝著西方詩的路上邁進，同樣也產生了所謂的現代新寫實性的造象詩、後現代解構性的語言遊戲詩和網路時代多向性的超鏈結詩。洛夫說過：「語言既是詩人的敵人，也是詩人憑藉的武器，因為詩人最大的企圖是要將語言降服，而使其化為一切事物和人類經驗的本身。」（引自費勇，1994：9）這應該是促成詩人創作與創新的主要原因之一，「以明顯可以取為對比的中西文

學來說，西方傳統深受創造觀影響而有『詩性的思維』在揣想人／
神的關係；而中國傳統深受氣化觀的影響而有『情志的思維』在試
著綰結人情和諧和自然，馴至這裡就出現了『詩性的思維 VS.情志
的思維』這樣一組中介型的概念。當中詩性的思維，是指非邏輯的
思維（原始的思維或野性的思維），它以隱喻、換喻、借喻和諷喻
等手段來創新事物，從而找到寄寓化解人／神衝突的方式（也就是
試圖藉由文學創作來昇華人性終而解決人不能成為神的困窘的『化
解』跟神性衝突的一種作法），而它從前現代的敘事寫實性文本奠
定了『模象』的基礎，再經過現代的新敘事寫實性文本轉而開啟了
『造象』的道路，然後又躍進到後現代的解構性文本和網路時代的
多向性文本展演出『語言遊戲』和『超鏈結』的新天地。」（周慶
華等，2009：158-159）這裡也順便解釋了中西詩雖然有同樣的詩
體但是內容特色卻差異甚多的原因。

在威廉斯（William Carlos Williams）的〈場景〉，可以說是一
首現代的寫實主義的詩：

The Act

There were the roses, in the rain.

Don't cut them, I pleaded.

    They won't last, she said

But they're so beautiful

    Where they are.

Agh, we were all beautiful once, she

    Said,

and cut them and gave them to me
　　in my hand.

玫瑰花，在雨裡。
別剪它們，我祈求。
　　它們撐不了多久，她說
可是它們在那裡
　　很美
哦，我們也都美過，她說，
剪下了它們，還把它們交到
　　我手裡。

（引自非馬，1999：76-77）

它利用兩個人的對話交代一個事件的過程，忠實地記錄下兩人的對白，其中僅以標點符號與文字的排列為詩創造獨特的韻律，雖然內容可能是生活中隨時會發生的情景，但是在「we were all beautiful once」中，卻指向兩種不同的解讀方法：一是惋惜花的美好與自己的青春一樣短暫，所以要將它在盛開時剪下，留住它最美好的一面；另一則是妒嫉花的美好，因為自己也曾像花兒盛開過。一句話將詩的想像空間擴大了，也顛覆了傳統中對花的美的讚嘆。「左拉（E'mile Zola）曾經作了一個比喻，他說古典主義的幕是如何地放大一切，是一只『放大鏡』；而浪漫主義的幕又是如何地歪曲一切，是一只『稜鏡』；只有寫實主義的幕給予我們的是毫無遮擋的視界：『寫實的幕是一面『普通玻璃』，很薄，很清晰，是如此透明，使得映像（images）能通過其中而重現其真相』。」（孟樊，1998：138）

　　到後現代的解構性文本更進一步將文字拆解重組，製造意想不到的效果：

Old age sticks...	老年人釘……
old age sticks	老年人釘
up Keep	走
Off	開
signs）&	牌子）而
Youth yanks them	年輕人把它們拔
down（old	掉（老
Age	年人
cries No	大叫不

（引自非馬，1999：162-163）

這裡將 sticks up 和 keep off signs 拆解在不同的詩行，up 和 keep 排放在一起，在視覺上讓人真有牌子立在眼前的意象；並且 off 用大寫開頭，更有加強驅趕的意象效果；使用括號將老年人與年輕人分開來的意象，也表現出兩邊的不相容的對壘分明，烘托出最後老年人大叫的緊張情緒，合而表現了字的解構與創造諧擬、拼貼的審美技巧。

　　在中國文化體系下，詩人吸收西方學說所表現出的成果，「轉到此地仿效後，因不明究裡或內質難變而欲契無由就不再有類似的經歷，以至處處顯得拘謹小巧（內感外應了的必然表露）。」（周慶華等，2009：20）中詩由前現代的寫實性抒情詩到現代新寫實性的前衛詩，進而到後現代的超前衛詩中的語言遊戲性的詩，甚至因為

電腦技術的發達而產生了網路時代的超鏈結性的多向與互動詩,後者因為限於紙面的關係而不在這裡討論,其他的詩體可以從以下的詩作來看他們各自的特性。前現代的寫實性抒情詩中「僅管寫實主義者認為,詩人在以詩的形象反映(社會)生活時,不可避免地會有其固有的政治立場、生活信念、道德觀念、審美態度等等『傾向性』,然而如同恩格斯(F. Engels)所說:『傾向性應當從場面和情節中自然而然地流露出來,而不應當特別把它指點出來。』亦即藝術(詩)反映現實,是藉由具體的形象描繪來實現的,詩人對於生活的態度和評價(即詩人個人的傾向性),也必須順應藝術形象創造的基本規律,讓它自然地表現出來,而不能脫離形象描寫去表現傾向性。進一步言,重視內容的寫實詩,最忌諱在詩中『寫哲學講義,進行道德的抽象說教』。」(孟樊,1998:156-157)試以曾貴海的〈燈〉來看前現代的模象寫實性:

燈

燈
在煩擾的中心
搖晃
像疲憊的眼光
垂散著一些語言
欲吐無力

(引自簡政珍,2004:62)

這裡的燈是一個具體的形象,它可能是公車頂上的一盞或是路燈中的一隻,隨著煩擾的世界而呈現出疲憊。

　　到了新寫實性的詩作中，有的採用圖像來替代文字表達，例
如：陳黎的〈三首尋找作曲家／演唱家的詩〉的其中之一：

三首尋找作曲家／演唱家的詩

1.星夜

營業中‧‧‧‧‧‧‧‧‧‧‧‧
‧‧‧‧‧‧‧‧‧‧‧‧‧‧
‧‧‧‧‧‧‧‧‧‧‧‧‧‧
‧‧‧‧‧‧‧‧‧‧‧‧‧

每一家天國的小鋼珠店……

（引自簡政珍，2004：224-225）

其中的點除了表示夜中的寂靜與漫長外，也類似小鋼珠的排列，更
如天空上的星星是天國中的小鋼珠，強調視覺的美感。

　　繼而有後現代的語言遊戲詩，除了利用拼貼、諧擬等寫作技
巧，更有許多只是利用圖形來表示意指。例如：林群盛的〈沉默〉：

沉默

```
1ϕ   CLS
2ϕ   GOTO   1ϕ
3ϕ   END
     RUN
```

（張漢良編，1988：88）

後現代詩中,「明顯可見文字符號本身意符搆不到意指的遺憾……乃由於意指不斷的向後延擱,終至不可尋,結果使得文字符號本身喪失意義,意義一旦被抽離,則詩中文字符號便成了排列組合的遊戲,既是遊戲,那就不一定要有目的。」(孟樊,1998:270)「臺灣的後現代詩仍承襲了不少現代詩的手法與精神,同時也自西方吸取不少概念和理論……臺灣後現代詩大致有如下的特色:寓言、移心、解構、延異、開放形式、複數文本、眾聲喧嘩、崇高滑落、精神分裂、雌雄同體、同性戀、高貴情感喪失、魔幻寫實、文類融合、後設語言、博議、拼貼與混合、意符遊戲、意指失蹤、中心消失、圖像詩、打油詩、非利士汀氣質、即興演出、諧擬、徵引、形式與內容分離、黑色幽默、冰冷之感、消遣與無聊、會話……」(同上,279-280)這當中的特色紛雜,同時也顯示由於後工業社會時代的社會結構的改變與快速發展,人心產生許多的需求,因此許多不同特性的詩類相繼發展。但是在上面這麼多的特色中發現,其實只需要以諧擬、拼貼、互動及多元就可以整個統攝後現代詩的發展方向,畢竟它們是主要形成這些特色的創作方式。

中西詩歌的相同之處是在它的表面形式,以格律的有無來看,中西詩歌都可分為格律詩與自由詩;自五四運動至今,我們都是一直在向外學習,所以在詩體上是西方有的詩派,我們在臺灣也不落人後。只是在深層的情感內容表達上仍存在著文化差異,這我在後面會處理。在這一節中,先對中西詩中的類型有一個清楚的了解,將有利於後面的比較。

第四章 中西格律詩與自由詩的差異

第一節 中西格律詩與自由詩的類型差異

　　格律詩與自由詩這兩類型是中西詩的共同點，中國的格律詩包括了最早的以四言詩為主的《詩經》、漢代的五言古詩、七言古詩以及唐代的律詩與絕句，它們的共同特點是在內容上以抒發個人情感為主，描寫的空間都是詩人能見能聞的現實世界：

> 先秦時期……當時的詩人作詩的目的或諷刺，或訴苦，都是在表達自己的想法或感情，而且往往和社會有關。（徐志平、黃錦珠，2009：26-27）

而西方的格律詩雖然在類型上與中國的格律詩歸為一類，但是在內容上卻有極大的差異，西方詩歌的源頭：「史詩」（the epic），「這個名詞可以用兩種很不相同的方法來下定義——狹窄地透過對於一群精選的古典史詩所作的研究，或者是更廣泛地，把可以稱為史詩的整個作品範疇，都加以考慮。」（Paul Merchant，1986：1）可以稱為史詩的作品特色為「動作的統一，快速，從中間開始的技巧；對於超自然的事物、預言和冥府的運用；裝飾性的明喻，反覆的描述詞；尤其是一種真實的、不勉強的、無與倫比的高貴——除了北方的英勇故事有

些時候例外。」（同上，1）這當中可以看出詩在發展中的源頭的差異，中國詩的內容主要是人與群體之間的情感，是人們在實際生活中的遭遇感受；而西方史詩的內容除了講述一段歷史時，對於當中的英雄與事件的描述，重要的內容之一是人與神之間的糾葛，許多的情節都是超越現實的描寫，甚至整篇作品都被認為是神的創作，詩人只是一個媒體而已。在荷馬的《奧迪賽》中有一個例子：

> 詩人斐繆思（Phemius）──位於綺色佳島（Ithaca）的奧迪
> 修斯王宮中的吟唱詩人──要求免於受到加在那些求婚者身
> 上的宣判：如果你們殺害一名吟唱詩人，那位為神祇／和人
> 類歌唱的人，你們將懊悔莫及。／我是無詩自通的，而天神
> 在我的心裡／栽培了歌曲的種種唱法。（引自 Paul Merchant，
> 1986：9-10）

對神與神界的想像是自古希臘文化以來一直為西方社會喜愛的創作主題，透過當時詩人品達的《涅嵋競技凱歌》之六的序歌對人與神的描寫，有助於我們了解人神的關係：

> [1]人是一族，神是一族，但我們雙方
> 靠著一個母親呼吸；規畫萬有的權力才把我們
> 分開，人虛無飄渺，神則有
> 自己永久的穩靠住所，這就是
> 青銅般的廣天。不過，我們多少還是接近神們，
> [5]憑著超邁的心智，或者了不起的體魄。
> 儘管如此，日夜漫漫，我們無從知曉

[6b]命數劃定的結局，

只是朝著那兒奔命。

（劉小楓，2009：142）

希臘的神與人本是同源，都由同一個母親所生。不同的是：神是不死之身，而人的生命有限；神有固定的居所，而人沒有固定的居所，人的生存礙於許多未知的力量而不實在。但是靠著超邁的心智和了不起的體魄，也有可能接近神性的崇高世界。詩人們基於對神界的想像，無不發揮極盡的想像力，充分地使用明喻、暗喻等表現手法，創造一個神的世界。

　　神在西方的文化傳統中，一直扮演著誘發創造的角色，基於對神的嚮往與想像，創作出許多長篇詩作，例如彌爾頓（Milton）的失樂園就有天堂、人世與地獄的描寫，天堂中的天使也同人一樣吃、喝、享受性愛與戰鬥。相對地，中國詩人在感應外物之後的情發於詩，有刺激才有反應，所以在詩歌創作上並沒有如西方史詩般的長詩。周慶華對於所以會有這樣的差別另有一番解釋，我在這裡借它來說明中西格律詩與自由詩的類型差異。他認為西方的創作思維是一種非邏輯的詩性思維，類似於一種「創思」，在創作上馳騁想像力，大量地使用隱喻、換喻、借喻和諷喻等技巧。（周慶華等，2009：11）在愛麗絲‧沃克（Alice Walker）〈新容顏〉（"New Face"）中描寫對於愛情的態度，與愛情來臨時的心境與對待它的作法：

New Face	新容顏
I have learned not to worry about love；	我學會了不為愛情擔心
but to honor its coming	僅全心全意

with all my heart.	敬意它的蒞臨。
To examine the dark mysteries	以感性的留神與暈眩
of the blood	去審視血的深沉奧秘，
with headless heed and	去了解一些湧現心情
swirl,	輕快流露
to know the rush of feelings	有如流水。
swift and flowing	看似源頭是
as water.	一股不會枯涸的
The source appears to be	泉水
some inexhaustible	源自你我雙重或三重的
spring	本色
within our twin and triple	我向你
selves;	顯示的
The new face I turn up	新顏容
to you	世間
no one else on earth	無人見過。
has ever	
seen.	

（引自張錯，2005：152-154）

詩中愛情的地位是很崇高的，值得讓人榮耀它的到來；愛情更像是
一沁涼人心、永不乾涸的泉水，如血液一樣在身體裡竄流。最後寫
到在自己多層的保護色下，面對心儀的人時的神態是世界上其他人
都無緣見到的。這一結尾留給讀者很多的想像空間，讓他人依照自
己的戀愛經驗，填補沒出現在文字上的畫面情節。

　　一樣的愛情，「可是中國人對愛的概念與歐洲人的（或者至少是歐洲浪漫派的）概念不同的地方是：前者並不把愛讚揚為某種絕對的東西而使戀愛中的人完全不受道義責任的約束。愛通常也不像有些形而上詩人（譯註：十七世紀初期英國主知派詩人 Donne, Cowley, G. Herbert, Crashaw 等）那樣，認為是靈之結合的一種外在的標記。中國人對愛的態度是合理而實際的：愛作為一種必要的有價值的經驗而在人生中給予合適的位置，但不將它提升到其他一切之上。」（劉若愚，1985：94-95）在「合理而實際的」這一點上與周慶華認為中國為主的東方文化是屬於「情志思維」，二者可以同時解釋中詩的特色，「所謂情志思維，是指純為抒發情志（情性或性靈）的思維，它的目的不在馳騁想像力而在盡可能的『感物應事』。因此，相對於詩性思維，情志思維很明顯就少了那麼一點野蠻／強創造的氣勢；它幾乎都從人有內感外應的需求去找著『詩的出路』。」（周慶華等，2009：12）例如席慕蓉的〈一棵開花的樹〉：

一棵開花的樹

如何讓你遇見我，　　　　在我最美麗的時刻為這，
我已在佛前求了五百年，　求祂讓我們結一段塵緣。
佛於是把我化作一棵樹，　長在你必經的路旁，
陽光下慎重地開滿了花，　朵朵都是我前世的盼望。
當你走近請你細聽，　　　那顫抖的葉是我等待的熱情。
而當你終於無視地走過，　在你身後落了一地的，
朋友啊那不是花瓣，　　　是我凋零的心。

（席慕蓉，2000：2-3）

詩人為愛情編織了一篇故事，訴說著對愛情的期盼，希望讓對方看到自己最美好的一面，可是那炙熱的情感只能含蓄地表達，只能在不被注意的情況下自己默默地傷心。這首詩與愛麗絲・沃克的〈新容顏〉在氣勢上就有高低的差異，一個是自信地說明她能夠付出的部分，讓讀者閱讀時可以感受到愛情來臨時心中的悸動，；另一個則是處在靜態的等待與陳述一個現象，最後有的是不可得時濃濃的哀傷。以畫來比喻的話，西方的詩是色彩鮮艷、立體可感的油畫；中國的詩多是一幅靜態的圖畫，讓人細細品味它的細緻與和諧。

　　中西詩在表現上有詩性思維與情智思維的差異，詩性思維的特性是馳騁想像力，也因此我們可以看到西方敘事詩（史詩）在篇幅上動輒上萬句，但中國在情志思維的影響下，並沒有如西方一樣的長篇敘事詩，「中國到底有沒有敘事詩，是一個頗受爭議的話題。就西方原指內容由歷史、神話及傳說結構而成，並兼含戲劇性質的敘事詩定義而言，在中國文學作品中似乎不多見。但是如果只就詩中是否呈顯事件、情節，以及有無人物形象的敘述來考量，則中國文學作品中合於此條件的便不在少數。」（簡定恩，1990：1）但是中國詩歌的創作主流仍是抒情詩，「《詩經》對後世詩歌的影響很大，後來的文人詩歌和民間歌謠，不但繼承了《詩經》的現實主義傳統，同時在賦、比、興等表現手法以及語言藝術上，都吸取了豐富的營養，為我國詩歌的發展奠定了堅實的基礎。」（藍少成，陳振寰主編，1989：3）到了漢代，五言詩已經在形式上發展成熟，其中的代表作《古詩十九首》「所寫的情感基本上有三類：離別、失意、人生的無常。這也可以說是它的三個主題，而實際上，在一

首詩裡往往是結合兩個或三個主題一起來寫的。」（葉嘉瑩，2000：133）例如〈東門高且長〉：

東門高且長

東城高且長，逶迤自相屬。　　回風動地起，秋草萋已綠。
四時更變化，歲暮一何速！　　晨風懷苦心，蟋蟀傷局促。
蕩滌放情志，何為自結束？　　燕趙多佳人，美者顏如玉；
被服羅裳衣，當戶理清曲。　　音響一何悲，絃急知柱促。
馳情整巾帶，沉吟聊躑躅。　　思為雙飛燕，銜泥巢君屋。

（蕭統選輯，1971：399）

詩中說到了時間的流逝，讓人不禁感傷；也因為時間有限繼而想要大膽地追求美麗的女子，最後更希望與她成雙成對。到了唐代的絕句與律詩，也依然承襲著內感外應的抒情特色，在李商隱的〈無題〉：

無題

相見時難別亦難，　　東風無力百花殘。
春蠶到死絲方盡，　　蠟炬成灰淚始乾。
曉鏡但愁雲鬢改，　　夜吟應覺月光寒。
蓬萊此去無多路，　　青鳥殷勤為探看。

（清聖祖敕編，1974：6168）

與李義山的〈夜雨寄北詩〉：

夜雨寄北詩

君問歸期未有期，　　巴山夜雨漲秋池。

何當共剪西窗燭，　　卻話巴山夜雨時。

（清聖祖敕編，1974：6151）

都是藉由景、物來烘托一種愁緒，這在自由詩中也常常看到這樣「內感外應」的例子，以下就舉紀弦的〈檳榔樹：我的同類〉：

檳榔樹：我的同類

高高的檳榔樹。

如此單純而又神秘的檳榔樹。

和我同類的檳榔樹。

搖曳著的檳榔樹。

沉思著的檳榔樹。

使這海島的黃昏如一世界名畫了的檳榔樹。

檳榔樹啊，你姿態美好地立著，

在生長你的土地上，從不把位置移動。

而我卻奔波復奔波，流浪復流浪，

拖著個修長的影子，沉重的影子，

從一個城市到一個城市，永無休止。

如今，且讓我靠著你的軀幹，

坐在你的葉陰下，吟哦詩章。

讓我放下我的行囊，

歇一會兒再走。

而在這多秋意的島上，

我懷鄉的調子，

總不免帶有一些兒悽涼。

颯颯，蕭蕭。

蕭蕭，颯颯。

我掩卷傾聽你的獨語，

而淚是徐徐地落下。

你的獨語，有如我的單純。

你的獨語，有如我的神秘。

你在搖曳。你在沉思。

高高的檳榔樹，

啊啊，我的不旅行的同類，

你也是一個，一個寂寞的，寂寞的生物。

（紀弦，2002：60-62）

　　並不是說西方的格律詩與自由詩就沒有像中國格律詩與自由詩一般的感物抒情的特色，只是與中國情志思維下所抒的情相比較，西方的詩性思維在馳騁想像力這一點上，一路繼承著敘事抒情的傳統，例如威廉・布萊克（William Blacke）的〈老虎〉：

The Tiger	老虎
Tiger, tiger, burning bright	老虎！老虎！你金色輝煌，
In the forests of the night,	火似地照亮黑夜的林莽，

What immortal hand or eye 　　　　什麼樣超凡的手和眼睛

Could frame thy fearful symmetry? 能塑造你這可怕的勻稱？

In what distant deeps or skies 　　在什麼樣遙遠的海底天空，

Burnt the fire of thine eyes? 　　燒出給你做眼睛的火種？

On what wings dare he aspire? 　　憑什麼樣翅膀他膽敢高翔？

What the hand dare seize the fire? 敢於攫火的是什麼樣手掌？

And what shoulder and what art 　什麼樣技巧，什麼樣肩頭，

Could twist the sinews of thy heart? 能扭成你的心臟的肌肉？

And, when thy geart began to beat, 等到你的心一開始跳躍，

What dread hand and what dread feet? 什麼樣嚇壞人的手和腳？

What the hammer? What the chain? 什麼樣鐵鏈？什麼樣鐵鏈？

In what furnace was thy brain? 　什麼樣熔爐煉你的腦髓？

What the anvil? What dread grasp 什麼樣鐵鐵？什麼樣握力

Dare its deadly terrors clasp? 　敢捏牢這些可怕的東西？

When the stars threw down their spears, 當星星射下來萬道金輝，

And water'd heaven with their tears, 並在天空裡遍灑著淚珠，

Did He smile His work to see? 　看了看這傑作他可曾微笑？

Did He who made the lamb make thee? 造小羊的可不也造了你了？

Tiger, tiger, burning bright 　　　老虎！老虎！你金色輝煌，

In the forests of the night, 　　　火似地照亮黑夜的林莽，

What immortal band or eye　　什麼樣超凡的手和眼睛

Dare frame thy fearful symmetry?　能塑造你這可怕的勻稱？

（引自孫梁，1993：106-107）

詩中寫出了老虎的威風，其實更像是在讚嘆造物主的神力，因為除了萬能的神之外，誰有能力創造這樣的野獸？這首詩受人喜愛的原因應該是它表達了人對於老虎的共同情感。艾略特在〈傳統與個人才能〉中說到：「藝術的感情是非個人的。詩人倘若不整個的把自己交付給他所從事的工作，就不能達到非個人的地步。他也不會知道應當做什麼工作，除非他所生活於其中的不但是現在而且是過去的現刻，除非他所意識到的不是死的，而是早已活著的東西。」（引自王鍾陵，2000：338）艾略特所說的「活的東西」，指的是詩人所屬群體的傳統。詩人表現的情感應該是群體的情感，唯有透過對歷史與以往作家的了解，才能真的領會傳統的意義。在〈老虎〉詩中所傳達的訊息，也能讓我們藉此了解西方創作的類型特色。詩性思維的創作特色為馳騁想像力，這想像的原動力一直以來都是在於對神的想望，自古希臘時代以來至今，這一特色並沒有消失，更是推動著西方文學發展的主力。

　　西方的詩歌在傳統上分為許多文類，抒情詩只是其中的一種，「多用第一人稱發聲吟唱，強調詩人或發聲者的獨白、他對生命的體驗或對自己際遇的感觸（情詩最多，但愛情只是主題之一），並且馳騁詩人的想像力，意象曲折離奇，隱喻（metaphor）和明喻（simile）交替使用，極盡修辭之能事；即使牽涉敘事情節，也是以情觀物，極為主觀，所以謂之抒『情』的詩……我在西方

抒情詩中位置極為明顯，與中國抒情詩中隱藏的我，剛好相反。」
（張錯，2006：152）這也是西方傳統文化中發展出來的敘事寫實
的特點，詩在西文化體系下的發展，「從前現代的敘事寫實性文本
奠定了『模象』的基礎，再經過現代的新敘事寫實性文本轉而開
啟了『造象』的道路，然後又躍進到後現代的解構性文本和網路
時代的多向性文本展衍出『語言遊戲』和『超鏈結』的新天地，
這中間都看不出會有『停滯發展』的可能性；而西方人在這裡得
到的已經不只是審美創造上的快悅，它還有涉及脫困的倫理抉擇
方面的滿足，直接或間接體現作為一個受造者所能極盡『回應』
上帝造物美意的本事。」（周慶華，2008：159）試看莎士比亞十
四行詩中的其中一首：

II.

When forty winters shall besiege thy brow,

And dig deep trenches in thy beauty's field,

Thy youth's proud livery, so gaz'd on now,

Will be a tatter'd weed, of small worth held:

Then being ask'd where all thy beauty lies,

Where all the treasure of thy lusty days,

To say, within thine own deep-sunken eyes,

Were an all-eating shame and thriftless praise.

How much more praise deserv'd thy beauty's use,

If thou couldst answer, 'This fair child of mine

Shall sum my count, and make my old excuse,'

Proving his beauty by succession thine!

This were to be new made when thou art old,

And see thy blood warm when thou feel'st it cold.

十四行詩（二）

四十個冬天圍攻你的容顏，

在你美貌平原上挖掘壕溝的時候，

你的青春盛裝，如今被人豔羨，

將變成不值一顧的襤褸破舊：

那時有人要問，你的美貌現在何地，

你青春時代的寶藏都在什麼地方，

你若回答說，在你深陷的眼坑裡，

那將是自承貪婪，對浪費的讚揚。

拿你的美貌去投資生息豈不更好，

你可這樣回答：「我這孩子多麼漂亮，

他將為我結賬，彌補我的衰老；」

他的美貌和你的是一模一樣！

　　這就好像你衰老之後又重新翻造一遍，

　　你覺得血已冰冷又再度覺得溫暖。

（梁實秋譯，2003：22-25）

詩中的創造在於重新審視了世代交替下，新的一代的意義不再是原罪下的懲罰，而是重生的一個標記。

　　另外詩性思維與情志思維的比較中還有一個例子，是艾蜜莉·狄金生（Emily Dickinson）編號 609 的詩（她的詩都沒有篇名），以下僅節錄部分：

#609

I Years had been from Home
And now before the Door
I dared not enter, lest a Face
I never saw before

Stare stolid into mine
And ask my Business there－
"My business but a Life I left
Was such remaining there?

I leaned upon the Awe－
I lingered with Before－
The Second like an Ocean rolled
And broke against my ear－

#609

我離家已多年，
而此刻，正在家門口
卻沒勇氣開門，唯恐迎面一張
從未見過的臉

茫然地盯著我

問我有什麼事。

「什麼事？——只是我留下的一個生活，

是否依然還在那裡？」

[董恆秀，賴傑威（George W. Lytle）譯／評，2000：140-141]

與賀知章的〈回鄉偶書〉二首的情感近似：

回鄉偶書

少小離家老大回，鄉音無改鬢毛衰。

兒童相見不相識，笑問客從何處來。

離別家鄉歲月多，近來人事半銷磨。

唯有門前鏡湖水，春風不改舊時波。

（清聖祖敕編，1974：1147）

只是艾蜜莉‧狄金生過著是隱居的生活，她從沒有機會長時間遠離
家鄉，這裡近鄉情怯的情感是她想像扮演的，她在想像力下所激發
出的情感竟是和有實際經驗的賀知章如此相似。詩性思維中馳騁
想像力的例子不勝枚舉，更明顯的在於自前現代進入現代及後現
代後，各個學派在詩的表現上可說是處在百花爭妍的盛況。中詩當
然也不落人後的向西方取經，但是在傳統與外來影響的拉距下，傳
統中的抒情寫實的特色仍舊留在字裡行間，也成為中西方自始至今
類型特色的差異所在。

第二節　中西格律詩與自由詩的形式差異

接著中西格律詩與自由詩的類型差異之後，在這裡要處理的是它們之間的形式差異。當我們看到一首英文詩時，絕不會驚訝於它的形式與中文詩形式的不同。這除了語言一個是表音文字而另一個是表意文字外，也在於文字特色所產生的寫作規則不同。詩歌是一種充滿音樂性的語言藝術，中西詩歌的格律的目的主要就是在表現詩的音樂性，尤其格律詩更是致力於追求音韻美與節奏美。例如王維的〈鳥鳴澗〉：

鳥鳴澗

人閑桂花落，夜靜春山空，
月出驚山鳥，時鳴春澗中。

（清聖祖敕編，1974：1302）

隨著平仄聲的相間錯落，製造出吟詠時的節奏。英文詩中同樣地也充滿了音樂性的作品：

What Does The Bee Do?

What does the bee do?
　Bring home honey.
And what does Father do?
　Bring home money.
And what does Mother do?
　Lay out the money.

And what does baby do?

Eat up the honey.

[克莉斯緹娜・羅塞蒂（C. G. Rossetti），2010]

藉著詩歌的音樂性的共性來探討其中內部的差異，正是這裡要做的工作。

　　以上兩首詩中可以看出韻的使用，人類詩歌的共同特性是韻語的使用。王力在《漢語詩律學》中，對於韻語的使用早在上古時代就很發達有一番論證。他將韻在詩歌上的使用標準分為三期：唐以前完全依照口語來押韻為第一期；唐以後到五四運動前為第二期，這個時期的詩歌押韻要以韻書為標準；五四運動後除了創作舊詩，又回到以口語為標準。在這裡中國格律詩主要處理的是第二期的情形，以格律詩中對韻的使用情形與西方格律詩中用韻的方式來作比較。中詩的用韻方式是在全首詩中的雙數句的最後一個字押同一韻，押韻的標準是唐代的韻書，「唐韻共有二百零六個韻，但是唐朝規定有些韻可以『同用』，凡同用的兩個或三個韻，作詩的人就把它們當作一個韻看待，所以實際上只有一百一十二個韻。到了宋朝，唐韻改稱廣韻，其中文韻和欣韻，吻韻和隱韻，問韻和焮韻，物韻和迄韻，都同用了，實際上剩了一百零八個韻。到了元末，索性泯滅了二百零六韻的痕跡，把同用的韻都合并起來，又毫無理由地合并了迴韻和拯韻，逕韻和證韻，於是只剩了一百零六個韻。這一百零六個韻就是普通所謂『詩韻』，一直沿用至今。」（王力，2002：4）而且大多數押平聲韻，仄聲韻是很少見的，第一句押不押韻則沒有限制。例如杜甫的〈曲江〉中的「春、人、脣、麟、身」：

曲江

一片花飛減卻春，風飄萬點正愁人。

且看欲盡花經眼，莫厭傷多酒入脣。

江上小堂巢翡翠，苑邊高塚臥麒麟。

細推物理須行樂，何用浮名絆此身。

（清聖祖敕編，1974：2409）

　　但是英詩的押韻方式比中詩更顯得多樣，在押韻的名稱上因各家的翻譯也常常不一致，由於這裡所要做的是找出中西格律詩與自由詩的形式差異，因此不對英詩中的各種押韻現象與方法名稱一一界定介紹。英詩押韻的情況依押韻的位置，可以分為尾韻、行中韻和頭韻。押尾韻的方式與中詩的押韻情形類似，只是英文本身語言特性的關係，每一個單字並不一定就是以母音結束，很多時候在母音之後還有子音，因此常例上，押韻是看上下兩行的最後一個音節的母音是否相同，如果母音之後還帶有一個或兩個子音，那這些子音也必須相同。以下節錄莎士比亞十四行詩中的第二十九首為例：

When in disgrace with fortune and men's eyes,

I all alone beweep my outcast state,

And trouble deaf heaven with my bootless cries,

And look upon myself, and curse my fate,

我遭幸運之神和世人的白眼，

便獨自哭我這身世的飄零，

以無益的哀號驚動耳聾的青天，

看看自己，咒罵我的苦命，

（梁實秋譯，1999：54-55）

在第一與第三行的 eyes 和 cries 雖然字尾的字母不同，一個是 yes 一個是 ies，但是在發音上同為「愛斯」的音，這樣的情形還有另外一個名稱，就是「耳韻」（ear rime），也就是語音雖然相同，但是字母不同或不全相同的情況下仍是屬於押韻的作法。另外 state 和 fate 就很清楚地可以分辨出押同樣的母音與子音 ate，因為最後的 e 都不發音，因此被當作子音看待。在這段詩行中的押韻方式為 abab，又稱為交叉韻（alternating rhyme scheme），這與中國傳統詩作中一韻到底又不許換韻的方式有很大的不同。

英詩韻腳的使用還有強度的區別，根據王力在《漢語詩律學》中的說明，在英文詩中，如果詩行中最後一個詞包含一個重音和一個輕音，照韻腳押韻的規矩，最後一個音節整個相同；再嚴格些的，除了最後一個音節整個相同，並且在倒數的第二個音節的母音也相同；更高段的是最後兩個音節整個相同，甚至連倒數的第三個音節的母音也相同。例如：

Lydia, why do you run by <u>lavishing</u>

　　Smiles upon Sybaris, filling his eye

Only with love, and the skilfully <u>ravishing</u>

　　Lydia. Why?

（引自王力，2002：910）

　　這和中詩不同的是，中國格律詩創作要避重字，而英詩顯然就沒有這樣的問題。重字的意思是一首詩中除了疊字的重覆外，還有其他重覆的字，例如杜甫的〈聞官軍收河南河北〉的「即從巴峽穿巫峽，便下襄陽向洛陽」（清聖祖敕編，1974：2460）的「峽」與「陽」。在王力的《漢語詩律學》中對避重字規納出的規則是：「（一）在律詩的中兩聯裡，出句的字不宜和對句的字相重；（二）凡不同聯的字，儘量避免相重。」（王力，2002：301）但是英詩的重字情形不像在中詩的表現上被當成缺陷。在重字的詩行中的押韻是看重字前的詞，例如愛倫・坡（Ed. A. Poe）的詩句：

> Thou wast that all to me, <u>love,</u>
> For which my soul did pine:
> A green isle in the sea, <u>love.</u>

（王力，2002：911）

在 love 前的 me 及 sea 還是要押韻。英詩除了韻腳的押韻更有其他多種的押韻方式，其中另一個押韻方法是頭韻的使用。一般來說，在任何的文句中，有兩個或兩個以上的字以相同的子音開頭，就是頭韻（alliteration）。在一首詩當中，頭韻的使用可以在同一行詩句，或是數行詩句開始的第一個子音。例如莎士比亞《十四行詩集》的第三十首：

> When to the sessions of sweet silent **th**ought
> I **s**ummon up remembrance of **th**ings past,
> I **s**igh the lack of many a **th**ing I sought
> And **w**ith old **w**oes new **w**ail my dear time's **w**aste.

當我召喚往事的回憶

前來甜蜜默想的公堂，

我為許多追求未遂的事物而嘆息，

為被時間毀滅的親人而再度哀傷：

（梁實秋，2003：56-57）

　　以上粗體字母的 s、th 及 w 就是英詩的頭韻用法。在中國詩中與頭韻類似的是雙聲。這是劉若愚在《中國詩學》當中提到的，「中國詩中的『頭韻』（Alliteration）通常限定為兩個音節，稱為『雙聲』（Twin Sound's.，『聲』字在這兒指音節的前面的聲音）。有不少雙音節詞和複合詞是押頭韻的，因此很容易利於產生音樂的效果，而得到詩人們的偏好。」（劉若愚，1985：49）他舉了杜甫的〈巴西驛亭觀江漲呈竇使君二首〉的：「漂泊猶杯酒，踟躕此驛亭。」（清聖祖敕編，1974：2584）這裡的「漂泊」p'iao-p'o 和「踟躕」ch'ih-ch'u 都是子音重覆的頭韻。另外，他也說到疊韻的使用並不像英文的韻腳，因為疊韻的詞是複合詞，它的特點是這兩個音節諧韻，要求有類似的母音及如果有子音在韻尾的位置時，子音要一致。在他書中舉的是杜甫的〈喜達行在所〉三首中的一首：「霧樹行相引，連峯望忽開。」（清聖祖敕編，1974：2405）當中的「霧樹」wu-shu 和「連山」lian-shan 的 u 和 an 的重覆使用，「雖然『雙聲』和『疊韻』不是中國詩律學不可少的特徵，但卻時常出現；認為它們一定增加某種特殊的效果，也許是迂儒的說法，但是它們的確增加了詩之一般的音樂效果，卻仍然是事實。」（劉若愚，1985：54）西洋韻腳在尾韻的使用上，除了上述提到

的，更還有許多細部的變化，每一變化則產生不同的押韻類型，也衍生出許多的韻式，我在這裡可能有許多疏漏的地方，未來在其他的章節中視需要再處理與增補。

另外，還有行內韻（Internal rhyme）也是常見的押韻方法，行內韻也被稱為「行中韻」或「內韻」。我截取艾倫坡（Edgar Alen Poe）的部份詩句來看它在英詩的表現方法：

The Raven

Once upon a midnight **dreary**, while I pondered, weak and **weary**,

Over many a quaint and curious volume of forgotten *lore*,

　　While I nodded, nearly **napping**, suddenly there came a **tapping**,

As of some one gently **rapping**, **rapping** at my chamber *door*.

"'Tis some visitor," I muttered, "**tapping** at my chamber *door* —

　　Only this, and nothing *more*."

（Edgar Alen Poe，2010）

它是指在一詩行當中，行中的字與行末的字押同樣的韻。這樣以上詩句中的黑體字，或是詩句當中的字之間，在詞末使用相同的母音與子音押韻。這樣的作法也在五四運動後的自由詩中出現，因為受西方詩歌的影響，模仿行中韻的例子中有徐志摩的〈再別康橋〉：

再別康橋

輕輕的我走了，

　　正如我輕輕的來；

我輕輕的招手，

　　作別西天的雲彩。

那河畔的金柳，

　　是夕陽中的新娘；

波光裡的豔影，

　　在我的心頭蕩漾。

軟泥上的青荇，

　　油油的在水底招搖；

在康河的柔波裡，

　　我甘心做一條水草！

那榆陰下的一潭，

　　不是清泉，是天上虹，

揉碎在浮藻間，

　　沉澱著彩虹似的夢。

尋夢？撐一支長篙，

　　向青草更青處漫溯，

滿載一船星輝，

　　在星輝斑斕裡放歌。

但我不能放歌，

　　悄悄是別離的笙簫；

> 夏蟲也為我沉默，
>
>   沉默是今晚的康橋！
>
> 悄悄的我走了，
>
>   正如我悄悄的來；
>
> 我揮一揮衣袖，
>
>   不帶走一片雲彩。

（徐志摩，2000：18-19）

從第二節開始就使用行中韻，例如在第二節第二行的「陽」和「娘」；第三節第四行的「我」、「做」與「條」、「草」；第四節第二行的「泉」、「天」；第六節第二行的「悄」、「簫」與第三行的「我」、「默」等。這些行中韻經常又與隔鄰的詩行或原來的腳韻押韻，例如第二節的「陽」、「娘」、「漾」；第三節的「搖」、「條」、「草」；第四節的「潭」、「泉」、「天」、「間」、「澱」；第五節的「篙」、「草」；第六節的「悄」、「簫」、「橋」；第七節的「走」、「袖」、「走」等。這樣的方式類似中詩中的疊韻，只是疊韻的使用是出現在複合詞中，而西詩的行中韻則是詩行中任意的詞。

在詩的音樂性表現除了韻腳的使用外，「中文特有的兩個聽覺上的特性是：漢字的單音節性質以及漢字所具有的固定的『聲調』（tones）……一個詞（word）可以由一個以上的音節構成，可是一個漢字必定是單音節的。如此，在中國詩中，每一行的音節數和漢字的數目一致……在一首中文詩中，每一行的音節數自然地決定了詩的基本節奏。」（劉若愚，1985：24）不同於中詩的是西洋詩行是以音節數（syllables）來決定長短，由於西方文字的特性，一

個詞並不一定只有一個音節，常是兩個或兩個以上的音節構成一個詞。例如 flower 一詞就有兩個音節，而且英文又有輕重音的區別，所以詩的格律要求之一是音節的限制與輕重音的順序，例如英詩中常用的抑揚五步格（iambic pentameter），就是每詩行中有十個音節，並且每個音步都是開始於輕音繼之以重音相間。例如莎士比亞《十四行集》的第 116 首，用的就是抑揚五步格：

Let me/ not to/ the mar/riage of/ true minds

Admit/ impe/diment./ Love is /not love

Which al/ters when/ it al/tera/tion finds,

Or bends/ with the/ remov/er to/ remove.

Oh, no!/ It is /an ev/er-fix/ed mark

That looks /on tem/pests and /is never/ shaken.

It is/ the star/ to every/ wande/ring bark,

Whose worth's/ unknown,/ although/ his height/ be taken.

Love's not/ Time's fool,/ though ro/sy lips/ and cheeks

Within/ his bend/ing sic/kle's com/pass come.

Love al/ters not /with his /brief hours /and weeks,

But bears/ it out /even to /the edge/ of doom.

　　If this/ be er/ror and/ upon/ me proved,

　　I ne/ver writ,/ nor no /man ev/er loved.

我絕不接受兩人真心真意結合

會有任何障礙。愛算不得為愛

若是對方變心，自己就變心

> 對方離開，自己就離開；
>
> 噢不可如此！因它是永恆北斗
>
> 面對暴風雨而永不動搖
>
> 它是每艘迷舟的明星──
>
> 地平緯度可量，價值不可斗量。
>
> 愛不是時間玩物，雖則在時光鐮刀下
>
> 紅顏迅即變成白髮；
>
> 愛不隨著短暫時光而變心
>
> 而一直包容到天地盡頭。
>
> 　　假若真的證明是我錯了
>
> 　　就當我從未寫過或愛過。

（引自張錯，2005：276-277）

在英詩中的記號說明音節的切分，每兩個音節為一音步（foot），可以從例子中看到有的詞被切分，並且跨兩個音步。有的一音步就是一個詞，也就是音步的分野並不一定和意義的分野一致，為求音節數相同，很難達到每一句詩行有相同的詞數，也因為母音前後的子音團長短不一，造成詩行的長短沒有辦法像中國格律詩一般的整齊劃一。

　　英詩在聲律上除了音節數外還有輕重音，輕重音相當於中詩的聲調變化，「次於音節數的規則或變化，聲調的變化在中文詩律中也扮演重要的角色。中文的每個音節發音時帶有一定的聲調。文言文具有四聲：p'ing（平）（Level），shang（上）（Rising），ch'ü（去）（Falling）和 ju（入）（Entering）……這些聲調彼此不同，不僅在

於聲音的高低（pitch），而且在於長短（length）和上下（movement。
第一聲比較長，而且保持同樣的高度；其他三聲比較短，而且正如
各個名稱所指示的，音調上揚或下降，或突然停止。如此，聲調的
變化不僅產生音的高低抑揚，而且產生出長短音節間的對照……而
音的高低抑揚在中文詩中所扮演的角色相當於英文詩中輕重音節
的變化（variation in stress）。」（劉若愚，1985：24-25）王力對英
文詩中的輕重音判別提出了七點值得注意的事項：（一）名詞和動
詞，大致總是重音……如果是雙音的名詞或動詞，就要看這詞的重
音所在而定（看詞典便知）……（二）形容詞也往往讀重音。如系
雙音詞，情形和名詞動詞一樣。如系單音詞而後面又緊跟著名詞，
有時候讀輕音。（三）副詞如系單音，大致讀輕音。如系雙音，情
形和名詞動詞形容詞一樣。（四）無論名動形副，如系三音以上的
詞，應先找出重音所在……（五）代名詞讀輕讀重，須視情況而定；
但讀輕的時後較多。（六）連介詞以讀輕音為原則……（七）詩中
有所謂略音法（elision），就是省去一個元音（母音）或一個音節，
不念出來。被略去的元音往往是一個輕音 e，用一個省略號（,）來
表示……（王力，2002：885）可以藉由詞性的位置來判斷詩的格
律形式與詩中輕重音的讀法。

　　劉若愚對於中國詩與英文詩在音樂性的比較上有一個結論：

中國詩具有比英文詩更為強烈但也許較欠微妙的音樂性。四
聲的變化產生出中文所特有的像讀經語調的效果，而事實
上，大部分的中國讀者是吟詩而不只是讀詩。同時，中文的
母音較少，而且缺乏重音節與輕音節之間明顯的對照，因此

> 使得中文比英文更容易趨於單調。最後，中文音節的明確
> 性，略音（elision）與連音（liaison）的缺如，以及通常每
> 句的音節不多這些事實，也都傾向於產生出頓音（staccato）
> 的效果，而不像英文或法文詩那種更為流動的音韻連續的
> （legato）的節奏。（劉若愚，1985：58）

到自由詩以口語創作的潮流下，「對於不少中國現代詩人來說，古典詩歌作為『格律』形式的束縛主要是指其呆板的平仄和押韻，而不是它內在的節奏（音節）上的勻齊，節奏的勻齊似乎已經被當作了詩所固有的文體特徵，是無須在中西古今詩學觀念的衝撞下反覆辨認的『自明真理』。」（李怡，2006：187）主張節奏的勻齊，是結合中國格律詩中「頓」的作法與西方的抑揚節奏而來的。重點在於使用新時代的語言創造新時代的詩的格律，「格律詩和自由詩的主要區別就在於前者的節奏的規律是嚴格的、整齊的，後者的節奏的規律是並不嚴格整齊而比較自由的。但自由詩也仍然應該有比較鮮明的節奏。」（何其芳，1983：454）例如卞之琳〈慰勞信〉第二首：

慰勞信

母親／給孩子／鋪床／總要／鋪得平，
哪一個／不愛護／自家的／小鴿兒，／小鷹？
我們的／飛機／也需要／平滑的／場子，
讓它們／息下來／舒服，／飛出去／得勁

空中來／搗亂的／給他／空中／打回去
當心／頭頂上／降下來／毒霧／與毒雨。

保衛營，／我們／也要設／空中／保衛營，
單保住／山河／不夠的，／還要／保天宇。

我們的／前方／有後方，／後方／有前方，
強盜把／我們土地／割成了／東一方，／西一方。
我們／正要把／一塊／一塊／拼起來，
先用／飛機／穿梭子／結成一個／聯絡網。

我們／有兒女／在華北，／有兄妹／在四川，
有親戚／在江浙，／有朋友／在黑龍江，／在雲南…
空中的／路程／是短的，／稍幾個字／去罷：
「你好嗎？／我好，／大家好。／放心吧。／干！」

所以／你們／辛苦了，／忙得／像螞蟻，
為了／保衛的／飛機，／聯絡的／飛機。
凡是／會抬起來／向上／看的／眼睛
都感謝／你們／翻動的／一鏟土／一鏟泥。

（引自王力，2002：895-897）

這裡相對於格律詩的文言文，它是以口語入詩，在形式上仿傚西方音步的概念與中國格律詩的「頓」，每一個詩行以五音步組成，以意義作為音律上的節奏單位。

　　中國的自由詩與格律詩的差異之一是口語創作與文言。這語言上的差別也成為詩行的差異，「較之於古代漢語，現代漢語的語意繁複，二音、三音、四音詞驟增，既要運用現代漢語詞彙表達現代人的複雜情緒，又要完全遵從古典詩歌的音節規則，這是頗讓人為

難的事。」（李怡，2006：190）再加上推翻所有的制式格律，所以在詩行的長短與字數上不像格律詩有固定框架，更因為強調口語入詩，所以在用字上也無雅俗之分與限制。例如紀弦的〈脫襪吟〉：

脫襪吟

何其臭的襪子，

何其臭的腳，

這是流浪人的襪子，

流浪人的腳。

沒有家，

也沒有親人。

家呀，親人呀，

何其生疏的東西呀！

（紀弦，2002：21）

詩中字詞的重複用法在格律詩當中是要避免的，也就是所謂的「避重字」。也因為漢語演變成多音詞，不再以單音詞居多，更影響到完整語意表達下的詩行長短的不一致，加以受到西方思潮的影響，中國的自由詩到目前為止，這種不拘任何形式的創作方式一直是詩的主流。

中國的自由詩深受西方自由詩的影響是個不爭的事實，「『影響不創造任何東西，它只是喚醒。』安德烈·紀德（Andre Gide）的這句話道出了一個真理。兩個絕對沒有共同點的人不會彼此影響，影響能夠實現，是因為受影響一方早就埋下了種因。」（江弱水，

2009：5）這裡所謂的種因應該是人心共同的需求，當中的時代背景因素我不在這裡詳說，但是也就在尋求詩的新的情感表達方式時，我們從西方的自由詩成果中學習到異於以往的創作形式，例如詩行的斷句與排列、詩行中標點符號的使用，和利用空字等其他方法來創造視覺效果：

池蛙　　　　　　　　　　　　　　　文曉春

海大海小
我不知道
但我相信：池塘
是世界最美的地方

（張默編，2007：93）

在「池塘是世界最美的地方」中，將它斷開來更有力地堅持這個看法。也利用了詩行的位置與空間概念來創造詩的圖象性。例如白荻的詩：

一
株
絲

在地平線上　　杉　　在地平線上

（引自蕭蕭，1998：217）

到了現今電腦網路時代，更是讓詩的創作有了無限的可能性。「從詩歌史的發展來看……自由體詩雖沒有固定的格律，但並非不講節

奏、韻律,只是它的韻律各不相同,變化多端罷了。」(李怡,2006:180-181)

　　西方的「無韻詩在中國現代詩歌史上也得到了比較廣泛的使用,尤其是在自由體的詩歌創作中……無規則的用韻。與有規律的換韻不同,無規則的用韻完全信筆所之,時押時不押,可有也可無,韻腳的產生純屬自然行為,絕非刻意安排。」(李怡,2006:206)在自由詩中韻律節奏的特色形成,除了西方詩律的影響外,更重要的還是在於自身語言的發展,「白話口語的敘述性和社會交際功能使得組詞成句不得不遵循比較嚴格的語法規範……在一個簡單的句子裡,它還不能完成傳達出層次、邏輯都相當清晰的語意,於是現代詩歌一個集中的文意往往需要分配在好幾個分行的句子裡……現代詩人又採取了這樣一種方式,即適當重覆句子(或一個句義群,一個段落)當中的某些語詞(以開端的語詞較多),造成一種相近的語言結構模式,以暗示它們之間的內在聯繫。」(同上,175-177)「中國新詩是不是已經形成了一個獨立的、連續的、富於生命力、趨於經典化的傳統?答案是肯定的。但是肯定這一點並不等於說我們在古典和西方兩大傳統之外別立新宗,僅管新詩最初是以與舊詩決裂的姿態出現於世的,新詩的傳統仍然是整個中國詩歌傳統在現代的延續,是這個大傳統內部的小傳統。這個情形,與古體詩、近體詩、詞和曲的各別的發展相對於整個中國詩的發展是一樣的關係。」(江弱水,2009:10)只是在自由詩的形式上,由於沒有一定的作法所以也沒有比較的依據,因此在下一節的技巧上的差異比較會再視需要帶出形式上的差異,在這一節中就不多敘述。

第三節 中西格律詩與自由詩的技巧差異

承自第二節形式上的差異之後，接著要處理的是技巧的差異。在上節已對中西格律詩與自由詩音韻方面的差異有部分說明，所以在這裡則視需要加以補充，不再重覆贅述。在黃永武《中國詩學——設計篇》中雖然只針對探討中國的格律詩，「其實詩心是千古共通的，我認為詩的形貌格律或有新舊的不同，但詩人的匠心與技巧並沒有新舊的界限。」（黃永武，1987：2）格律詩與自由詩在千古共通的詩心中，應有中西文化共同的情感表現技巧。基於這個前提，我將從中國格律詩與自由詩的技巧和西方格律詩與自由詩的技巧表現的相同點，進而帶出它們之間的差異來處理。

詩的探討離不開意象的表現與音律節奏這兩大要項，一首好的詩除了讓人感受到真摯的情感外，更是令人讚佩其中字句的安排與意象的應用。「歸納分析前人的詩歌，大凡能化抽象為具體、變理論成圖畫；或將靜態的平面圖象，表現成動態的動作演示；或儘量加強色、聲、香、味、觸覺等的輔助描寫，使圖畫形象變為立體生動，能引人去親身經歷詩中所寫聲光色澤逼真的世界；又或以修辭上『移就』的技巧，使感官與印象錯綜移屬；又或仗聯想的接引，於瞬間完成『過脈』，使不同的意象意外地縮合或奇妙地換位；或將無限的心意，全神貫注於細小的景物，給予最大的特寫，使物象以嶄新的姿態現形；則或特別誇張物象的特徵，使其窮形盡相；或則以懸殊的比例襯映物象，使其顯豁呈露。」（黃永武，1987：4）這在英詩的創作技巧中也很常見，例如英國詩人湯瑪斯・納什（Thomas Nashe）的〈春〉：

Spring

Spring, the sweet spring, is the year's pleasant king,

Then blooms each thing, then maids dance in a ring.

Cold doth not sting, the pretty birds do sing,

Cuckoo, jug-jug, pu-we, to-witta-woo!

The palm and May make country houses gay,

Lambs frisk and play, the shepherds pipe all day,

And we hear ay birds tune this merry lay:

Cuckoo, jug-jug, pu-we, to-witta-woo!

The fields breathe sweet, the daisies kiss our feet,

Young lovers meet, old wives a-sunning sit,

In every street these tunes our ears do greet，

Cuckoo, jug-jug, pu-we, to-witta-woo!

Spring! The sweet Spring!

春

春，甘美之春，一年之中的堯舜，

處處都有花樹，都有女兒環舞，

微寒但覺清和，佳禽爭著唱歌，

啁啁，啾啾，哥哥，割麥、插一禾！

榆柳呀山楂，打扮著田舍人家，

羊羔嬉遊，牧笛兒整日價吹奏，

百鳥總在和鳴，一片悠揚聲韻，

唧唧，啾啾，哥哥，割麥、插一禾！

郊原蕩漾香風，雛菊吻人腳踵，

情侶作對成雙，老嫗坐曬陽光，

走向任何通衢，都有歌聲悅耳，

唧唧，啾啾，哥哥，割麥、插一禾！

春！甘美之春！

（引自孫梁，1993：56-57）

在這裡聽到的是鳥聲、笛聲與歌聲，看到的是花樹爭妍與情侶成雙成對的歡喜情形，更有老婦享受陽光的和諧景象；聞到的是花草飄蕩在空氣中的香氣，腳邊感覺到的是小雛菊輕柔的碰觸。整個描寫讓人如身歷其境，一同分享著春天的甜美，一再重覆鳥兒的歌聲，使人彷彿也跟著動了起來。

湯瑪斯‧納什的〈春〉除了意象運用的多樣外，也可以看到作者利用詩句的重覆，讓讀者在感到詩的音樂性的同時也能感受到那氣氛。中國詩中也可見詩句重覆的的例子，例如《詩經‧周南》的〈芣苢〉：

采采芣苢，薄言采之。采采芣苢，薄言有之。

采采芣苢，薄言掇之。采采芣苢，薄言捋之。

采采芣苢，薄言袺之。采采芣苢，薄言襭之。

（孔穎達，1985a：41）

到了格律嚴謹的近體詩後，常見的音節重覆情況是雙聲疊韻的使用。「雙聲疊韻在詩歌中的作用，絕不止於聲調的委婉動聽……雙

聲疊韻的運用，應該配合事物的情態，用聲音來強化效果，使聲與情、聲與物、聲與事，都有著奇妙的摹擬作用，才是妙諦。」（黃永武，1987：169）從以上的例子，看得出來中西詩中的聲與情有著很深的關係；中西詩在韻的選擇上常常需要考慮是否與要表達的情相呼應。

另外，在詩的創作技巧中可以明確地表現出中西差異的，應該就是中詩長於象徵的手法，而西詩長於馳騁想像力的比喻。這可以從下列兩首詩來看：

迴旋曲　　　　　　　　　　余光中

琴聲疎疎，注不盈清冷的下午
雨中，我向你游泳
我是垂死的泳者，曳著長髮
　　　向你游泳

音樂斷時，悲鬱不斷如藕絲
立你在雨中，立你在波上
倒影翩翩，成一朵白蓮
　　　在水中央

在水中央，在水中央，我是負傷
的泳者，只為採一朵蓮
一朵蓮影，泅一整個夏天
　　　仍在池上

……

我已溺斃，我已溺斃，我已忘記

自己是水鬼，忘記你

是一朵水神，這只是秋

　　蓮已凋盡

（余光中，2007：160-162）

女人的身體　　　　　　聶魯達（Pablo Neruda）

女人的身體，白色的山丘，白色的大腿

你像一個世界，棄降般的躺著。

我粗獷的農夫的肉身掘入你，

並製造出從地底深處躍出的孩子。

……

為了拯救我自己，我鍛鑄你成武器，

如我弓上之箭，彈弓上的石頭。

但復仇的時刻降臨，而我愛你。

皮膚的身體，苔蘚的身體，渴望與豐厚乳汁的身體。

喔，胸部的高腳杯！喔，失神的雙眼！

喔，恥骨邊的玫瑰！喔，你的聲音，緩慢而哀傷！

我的女人的身體，我將執迷於你的優雅。

我的渴求，我無止盡的欲望，我不定的去向！

黑色的河床上流動著永恆的渴求，

隨後是疲倦，與無限的痛。

（聶魯達，1999：16-17）

在余光中的詩中以白蓮、泳者和水神、水鬼的意象來象徵求愛不成的遺憾，在形式上雖然與聶魯達的詩同為自由詩，但是在質上卻仍是傳統中含蓄的抒情表現，屬於內感外應的模式。相對地，在聶魯達詩中的女人是一個世界，隨著作者的想像為她生動地添入色彩，有「白色的山丘」、「苔蘚的身體」和「黑色的河床」，更利用具體的形體來塑造她的身體，在「胸部的高腳杯」與「恥骨邊的玫瑰」等都是使用隱喻來創造女人美麗的形象。（周慶華等，2009：14-16）同樣是抒情詩，但是因文化地域的不同而有質的差異。

在長於象徵的中國傳統中，「詩歌意象有其象徵的或隱喻的涵意（symbolic or metaphorical connotations）在內，可以引發審美想像，例如松樹令人聯想到山中隱士的閒靜少言玉潔冰清，以及鶴髮紅顏共天光雲影怡然自得的形象；而柳枝則常與離情別思相繫，灞水橋邊垂條千尺，飄絮吹棉又惹恨牽愁，孤寒之青袍相送富貴之玉珂，沉淪鬱抑淒然銷魂，莫此為甚。這些詩的意象語早已成文學成規，自有其字義背後隱含的意義，讓人有無窮無盡的想像空間。」（周慶華等，2009：36）「西方文論家認為，意象是指由我們的視覺、聽覺、觸覺、心理感覺所產生的印象，憑藉語言文字的表達媒介，透過比喻和象徵的技巧，將抽象不可見的概念，轉化為具體可感的意象。職是之故，一首好詩必然具備真切可感的意象，讓讀者於吟詠詩句時也能比物比情，保有生動深刻的印象。」（同上，46）

中國格律詩的讀者從字裡行間期待的是一種似曾相識的詩情，經由內心感悟而發言成詩的情感，「例如稱說人物時可指某種具體情景中人的意態神色，意謂一群人的群體意態和精神面貌，或關涉到人的意緒及心理等等。其次，當古人用意象來指稱山川風景，其實是說自然環境也有著人的神情意態，歸根究底，那是人的主觀情意投射於客觀的物象之上。」（同上，48）

　　中西對意象的見解都是將抽象的情感付予具體的物質或事件的描寫，以激發讀者產生共鳴的情緒反應。「一般而言，意象有固定的和自由的兩種，前者由於經常套用之故，對所有的讀者來說，其意義與聯想價值也就大同小異；而後者並不受制於上下文，其意義或價值乃因人而異。另一方面，意象又可分為字面的和比喻的，字面的意象是用字喚起某字面物件或感情在感官上存留的記憶；而比喻意象則包含有字面意義的『轉換』，詩中意象是代表一字面景象。意象通常應具各別相、具體性，並能引發超感覺經驗的反映或回憶。」（Holman, Hugh C. & William Harmon，引自王萬象，2009：395）在情志思維的中國傳統下，格律詩的意象表現較趨於是字面意象，在格律字數的限制下，利用意象的象徵義來承載大量的情思，也因此產生含蓄與意在言外的美感經驗，例如劉方平的〈月夜〉：

月夜

更深月色半人家，北斗闌干南斗斜。

今夜偏知春氣暖，蟲聲新透綠窗紗。

（清聖祖敕編，1974：2840）

詩中的時間以星星的位置來標示，使人聯想到夜空中月亮與星星的圖象，因為天氣漸暖使得昆蟲們報以熱鬧的蟲聲。

到了自由詩時期，除了原本的詩的意象排列運用之外，由於語言特色的改變由單字詞轉為多音詞組，並且詩句與詩行的長短與數量不再有限制，在這形式自由的前提下，作詩的技巧就更引人注目了。坊間有許多新詩創作技巧的教學書籍，例如渡也的《新詩補給站》舉了幾個方法：（一）利用動植物或景色，意念等為描寫對象，練習簡單而有意義的造句。（二）以該句型為準，運用別的語詞來替換原來的語詞，成為句型相同、相似而字面、意義不同的句子。（三）簡單句改為複雜句。（四）同一題目多種描述。（渡也，1995：11）從這四點可以感覺到方法的背後因素其實都是想像力的延伸，比舊詩詞的鍛句鍊字的技巧更多了一分隨性。格律詩由於字數的限制而求字無空言，不能浪費一字的結果表現出詩人的用字技巧，進而著重於造字遣詞以求詩意的靈妙，例如杜甫的〈旅夜書懷〉：

　　星垂平野闊，月湧大江流。（清聖祖敕編，1974：2489）

其中的「垂」和「湧」讓整首詩的描寫動了起來，也就是所謂的詩眼所在。「杜甫畢竟是屬於『古典主義』的作家，所謂古典主義，講求作品用字要精確，維護傳統寫作的規則，而表達情意，要合乎『發乎情而止乎禮義』的原則」（邱燮友，1989：93）以杜甫的「讀書破萬卷，下筆如有神」（清聖祖敕編，1974：2251）對照渡也的新詩教學方法，可察覺到在同一文化體系下，自由詩與格律詩在寫作技巧上已有相當的差異了。

　　中國的自由詩受西方影響是多方面的，「有的詩人與西方詩人的思想情感有共鳴之處，從而進一步豐富了自己的精神世界……通過外國詩的借鑒，中國新詩在本國詩歌傳統的基礎上豐富了不少新的意象，新的隱喻，新的句式，新的詩體。」（馮至，1999：182）例如徐志摩的〈杜鵑〉：

杜鵑

杜鵑，多情的鳥，他終宵唱：
在夏蔭深處，仰望看流雲
飛蛾似圍繞亮月的明燈，
星光疏散如海濱的漁火，
甜美的夜在露湛裡休憩，
他唱，他唱一聲「割麥插禾」，——
農夫們在天放曉時驚起。

多情的鵑鳥，他終宵聲訴，
是怨，是慕，他心頭滿是愛，
滿是苦，化成纏綿的新歌，
柔情在靜夜的懷中顫動；
他唱，口滴著鮮血，斑斑的，
染紅露盈盈的草尖，晨光
輕搖著園林的迷夢；他叫，
他叫，他叫一聲「我愛哥哥！」

（徐志摩，2010）

江弱水對這首詩中的杜鵑意象有所評語，他認為徐志摩犯了兩個錯誤：「第一個錯誤，就是硬生生將催耕的『割麥插禾』與啼血的『我愛哥哥』捏合到一塊兒，造成情調上的格格不入……另一個錯誤卻顯然是有意的了。關於杜鵑，其題中應有之義，乃是『不如歸去』的思鄉……但在這首〈杜鵑〉裡，故鄉的歸思卻被他置換以愛情的泣訴。何以如此？因為詩人所援引的想像與情感資源，已然是中國古典詩詞與西方傳統文學的奇妙混合。」（江弱水，2009：16）暫且不論詩的好壞，它已經可以讓我們感受到詩人想拓寬與改造原有的意象義的努力。

　　西方詩歌對於我國自由詩的影響重點是加入了詩性思維的調味料，中國傳統的抒情，「詩人以主觀的意志，體驗世界、體會自身、體察作品，詩人的敘述與情感是詩的主體，因感物而滋生情志思維，發於詩篇，形成『世界→詩人→詩作』的抒情『物－情』結構關連……中國詩歌國度裡，詩人經常反覆感懷的『懷古、感時、體物』議題，正是詩人常處於孤寂的自我獨白裡……詩作裡，漫篇累讀充滿情緒性的直觀語言，不論是直抒胸臆，抑是借景抒情，同樣是被作者與讀者共同默許的，而神話想像般的詩性語言之塑造，並非必要構成傳統詩句的條件。」（周慶華等，2009：110）到了自由詩產生的時代，「詩作所反映的重點是他對『他者觀察』，而非『獨白的朗現』，作品所表露的是『他者與個我』的對話與互動，是詩傳達的焦點，因人群交際而派生的情感反映所釀成的『詩性思維』……新詩拓展了個我的視野，開放成『人－情』的關係，文本形塑了『人際→詩人→詩作』的創作網路。」（同上，111）馮至的《十四行詩集》被江弱水評為「《十四行詩集》真正前所未有的是，

西方傳統的形而上學認識世界的方式，二元對立的模式下透過現象以追求本質並獲取意義的精神，由此而進入了中國的詩性思維，使中國現代詩第一次具有了『形而上的品格』。」（江弱水，2009：122-123）

　　西方詩性思維的主因在於觀物形態，西方文化源頭之一的古希臘文化中，柏拉圖對整個西方文明的影響深遠，「柏式哲學系統中最高的知識層次是超知覺的，用純粹的知智對神明的『理念』（同時是『超善』的『理念』）作冥思，所謂『真理』即存在於這一個超越具體真實世界的抽象本體世界裡。而唯有哲思，不是觀感，可以參透這個理念世界。我們可以看出來，柏式是重抽象思維，輕視形象感悟的。這兩個層次的取捨直接影響了西方整個觀物形態。」（葉維廉，1983：116）其後的「亞里斯多德在他的《詩學》第一章第六、七節裡說用抑揚格、輓歌體或其相等音步寫成的抒情詩『直到目前還沒有名字』……所以當希臘人一討論文學創作，他們的重點就銳不可當的壓在故事的布局、結構、劇情和角色的塑造上。兩相對照，中國的作法很不同。中國古代對文學創作的批評和對美學的關注完全拿抒情詩為主要對象。他們注意的是詩的本質、情感的流露以及私下或公眾場合的自我傾吐。」（陳世驤，1975：35）

　　西方的詩學主流是遵循著柏拉圖與亞里士多德的思維模式發展，「在西方，『詩學』（peotics）的初始樣態定型於亞里士多德的《詩學》。與中國詩論的原初建構不同的是，由此柏拉圖對詩的徹底否定，後世詩學主要是以『為詩一辯』的方式進行的，因為非此則詩學本身沒有存在的理由。中國詩論的初始建構則不然，由於孔子將保留下來的『三百五篇』定為無邪之詩，所以後世詩論的建構

乃是以『依《詩》論詩』的方式進行的。」（余虹，1999：115）中
國的詩本就有著對現世的實用價值的期望，「詩可以興、觀、群、
怨」、「不學詩無以言」（邢昺，1985：156）等，都是在強調詩在社
會群體的作用。與西方辯論式尋找真理的創作過程不同：「我想起
了柏拉圖。在文學中，如果我要寫一棵樹，那麼我必須寫某一棵具
體的樹，我必須觀察『這一棵』樹的殊相。這種思維和方法來自於
常識，來自人的『視角』的局限，來自於審美和創造美的先天規定
性。文學不可能把握『樹』的共相，也就是不可能把握全體的樹。
因為個人的視角無法獲得共相，也不可能窮盡共相。哲學也是如
此，除非它假定了自己的前提。」（李森，2004：243）例如約翰‧
鄧恩（John Donne）的一首十四行詩〈死神莫驕妄〉：

Death Be Not Proud

Death be not proud, though some have called thee

Mighty and dreadfull, for, thou art not soe,

For, those, whom thou think'st, thou dost overthrow,

Die not, poore death, nor yet canst thou kill mee;

From rest and sleepe, which but thy pictures bee,

Much pleasure, then from thee, much more must flow,

And soonest our best men with thee doe goe,

Rest of their bones, and soules deliverie.

Thou art slave to Fate, chance, kings, and desperate men,

And dost with poison, warre, and sicknesse dwell,

And poppie, or charmes can make us sleepe as well,

And better than thy stroake; why swell'st thou then?

One short sleepe past, wee wake eternally,

And death shall be no more, Death thou shalt die.

死神莫驕妄

死神莫驕妄，雖有人稱你

蠻橫可怖，其實外強中乾；

你自以為能把眾生摧殘，

但枉然；可憐的死神，我超越你！

你不過類似睡眠、憩息，

必然比安眠更令人舒坦；

故而人傑英豪不怕歸天，

無非白骨入土，靈魂安息。

你受厄運、殺機、暴君與狂徒差遣，

用毒藥、戰爭和疾病害人；

鴉片與妖術也能使人昏，

且更靈驗，你何必如此氣焰？！

凡人了卻浮生，但精神永生，

超脫死的魔掌，滅絕死神！

（孫梁，1993：58-59）

採論證的方式證明死並不可怕，死神不過是暴徒及惡運等用來殺人與使人害怕的工具。人傑英豪不怕死亡，應該因為死亡只是像舒服的安睡；凡人也不怕死亡，因為在神的愛中，肉體雖腐朽，但精神永生。

　　除了中西文化最初觀物思維的不同之外，中西詩寫作技巧的改變應是文化交流後的結果。「從詩史演變的軌跡來看，詩語言（包括概念）常因歷史上文學流派或思潮的發展而異其特徵，此乃中外古今皆然。以西洋英詩演變的情形為例，古典主義時期，詩的語言素樸；文藝復興初期詩語言的教化意味很濃；至文藝復興時期，詩語言的特色傾向於比喻和形上學的……十八世紀新古典主義時期的詩，語言的特色是精緻穩重……經過十九世紀浪漫主義的反動，詩的語言乃傾向於奔放、感性且像文藝復興時期一樣重比喻，而極富想像力；降至十九世紀末期，北美和英倫各自發展出自由詩體（free verse）……語彙的內容更加地擴大，不僅跳脫並強調比喻和象徵。」（孟樊，1997：18）孟樊對臺灣自由詩的語言特色歸納出三點：（一）喪失中國傳統詩「溫柔敦厚」的特質。（二）詩語言音樂性的喪失。（三）「純粹詩」的產生。在詩的西化過程中，詩語言的句法扭曲與使用外來語，反而成為不同於傳統詩的特色。例如以下兩首詩：

時　間　　　　　　　　　　　　　　　　　商略

啊，我觸摸到
像觸撫到中古世紀的一隻地動儀

地震撼了它
它震撼了我的觸撫

而我的觸撫又
震撼一個逝去，一個永恆

是以，有一瓣哭泣

觸摸到一美人的黃昏的塚

（張默編，2007：194）

這符合孟樊在那三個特點中提到的「自動語言」（automatic words）
的影響，打破語法的規則和不和邏輯性，將時間這一抽象的概念比
喻為具體的地動儀，主觀性強的描述方式與傳統詩作中溫柔敦厚的
象徵技巧迥然不同。另外，在外來語上則有紀弦的〈Casanova〉：

Casanova

多麼可愛的 Casanova

至極動人的 Casanova

炎炎的夏日，烈日下

正在盛開的 Casanova

嫩葉與新枝，

苗苗條條的，

卻一點兒也不瘦弱，

那姿態

多美妙啊！

由稍濃的中心

而較淺的周邊

有著恰到好處的層次，

桃色、橙色和些少的

西洋紅之混合了的花色，

無以名之，名之為
歐羅巴的笑靨。

這多瓣的笑靨，
笑著，笑著，
竟使她左邊的 Lady X
和右邊的 White Queen
為之黯然失色而妒忌不已。
於是我說：
不愧為金牌獎的得主！
不愧為全世界的名花！
讓我給你以深情的一長吻，
使你的花魂顫動復顫動，
而我的詩句也芳香。

哦！CASANOVA

（紀弦，2002：130-132）

　　從中國自由詩成為創作主流以來，在語言和形式技巧上一直
都是跟隨著西方的腳步，例如西方現代主義表現在詩中的艱澀難
懂，更有意象主義、玄學派、象徵主義、立體主義、未來主義、
達達主義、超現實主義等流派的影響，反應在自由詩創作者的作
品中。「僅管我們承認西方現代主義的各個流派對於當代的臺灣現
代詩人有著不可磨滅的影響與啟示，然而細究之下，我們也不能
否認，這些影響是間接的，啟示則是模糊、籠統的，除了極少數

詩人（如紀弦、覃子豪、林亨泰、余光中等）對西方現代主義的
各個流派有較清楚的認識之外，大多數人對『現代主義』一詞的
認知仍是有限的，總的認識，比如他們抓準了反傳統、反理性（反
邏輯與自由聯想）的大方向，再藉用語言的修辭技倆（比喻、象
徵、誇飾……）。」（孟樊，1998：111）訴說當代的情感，例如侯
吉諒的〈網路情人〉：

網路情人

我總是非常安靜的進入妳
掩藏在化名之後的放縱思維與
隱密身分。我在密密麻麻的網址中
和許許多多的名字擦身而過
彷彿佇立華燈初上的接頭，茫然等待
與一個不確定的身影發生感應
如香水誘人的妖嬌身體驀然出現
可能留下的深沉惆悵
而後我終於下定決心
耐心的一層層打開妳
如打開身體隱密部位的皺褶
那些誘惑有意無意的網頁
彷彿有體液的暗香分泌

夜深而孤獨的時候，他們
如蟄居的昆蟲悄悄爬出洞穴

　　不斷吐絲成網，向電子激盪的次空間

　　在寂寞的網路中互相來電

　　用文字挑逗對方陌生的身體，並且

　　滋潤，甚至淹沒自己

　　所有的傾吐與交談都像衛生紙

　　用來擦拭寂寞的冷感

　　那種空虛，像孤獨的排泄

　　沖入馬桶的液渦，在子夜迴盪

　　沒有人能夠確定

　　在終端機、數據機以及複雜的線路後面

　　也許近在咫尺也許遠在天涯的那個人

　　叫什麼名字，究竟

　　是男，是女

（引自吳當，2001：89-91）

空虛寂寞是現代人的通病，在第一節中以第一人稱說明自己網路交
友的情形，到第二節時轉為以第三者的口氣描述網路交友的族群的
空虛，沉迷在電腦網路上的人利用文字麻痺自己，因為跟你交談的
那個人的性別、姓名都不確定的情況下，有什麼是真實的？

　　在中西文化交流下的影響不是單方面的，西方的創作技巧也
同樣表現出受中國文化影響的特色，例如我在第三章第三節所舉
的龐德的〈在地下鐵車站〉，他以明確的意象表達了人的疏離，學
習中國格律詩的句法特色，省略了連接詞與動詞，只以必要的名
詞與形容詞等強調空間與聯想的意象。在鍾玲的《美國詩與中國

夢：美國現代詩裡的中國文化模式》中提到，西方在接受中國詩歌的論述方式之前，已經因為自身社會與宗教理念的變動而逐漸瓦解自身主體意識，進而將注意力轉到自身以外的客體事物，更加上醉心中國文化的詩人的推動之下，形成了西方重要詩歌表現的一支。在西方各個學派的表現都是對已有的創作方式的不滿，這在西方的詩史演變中可以看到發展的進程，而從五四運動後的中國到現今的臺灣詩壇中則是看到整個西方詩史的縮影，「現代詩的創新實驗是獲自西方先進文學思想的靈感……然而我們服膺超現實主義的詩人，經過一再實驗，終未能做到自動文字寫詩，反而更加如古詩的字斟句酌。」（向明，1998：119）例如劉小梅的〈生活協奏曲〉：

生活協奏曲

白髮來敲門
我請它稍待

它說快點快點
我還要挨家挨戶去送
老

（引自張默，2007：10）

這應該是人心理上對傳統的依戀與不可分割，就算是經過許多的外來影響，在內心深處，我們還是保有一貫地美的想望，並在積極地實驗後能融合新舊再創新體。

第四節　中西格律詩與自由詩的風格差異

在我的研究中所採用的美感類型分為九類，也就是「優美」、「崇高」、「悲壯」、「滑稽」、「怪誕」、「諧擬」、「拼貼」、「多向」和「互動」，這是由周慶華與其他學者們對於文學美感的分類，也是在這節中所謂的風格類型。以文學發展的過程來說，每一個時期都各有它們特定的風格為代表，在圖 2-3-1 美感的類型中可以看到在每個時期的美感特徵。例如前現代的作品中，主要的文學美感特徵是崇高、優美與悲壯，到了現代時期是滑稽與怪誕，而後現代則是以諧擬與拼貼為明確的創作特色，到了網路發達的多向與互動，都標示了文學發展進程的特色。當然在一文本可能包含多項不同的美感特徵，例如黃玠源的〈地震〉：

地震

地震來的時候
正在抄一首情詩
房子搖了三下
我便滑到距離妳三 mm 的地方

最左邊的一行字
（關於自由和愛什麼的）
也滑進妳心底三寸的深處

這時候
鼻子正好頂著鼻子

於是嘴唇忍不住

輕輕地吻了妳

三下

（引自渡也，1995：105-106）

在第一節中包含了滑稽的情節，但整首詩給人的美感經驗仍是優美的。在詩這個有機體上要將它固定位本就是一件難事，所以這裡利用明確清晰的九大分類法來為詩的風格分門別類，應是了解詩最好的方式。

中國古典詩在情志思維傳統下的特點是著重抒情而不重說理，在這樣的傳統中的另一特色則是短小。相對地，西方的詩性思維中的抒情詩在抒己之情的同時，更是積極發揮想像力建構一個故事場景，例如愛倫坡（Edgar Allen Poe）的一首情詩〈安娜貝爾‧李〉：

Annabel Lee

It was many and many a year ago,

　　In a kingdom by the sea,

That a maiden there lived whom you may know

　　By the name of Annabel Lee;

And this maiden she lived with no other thought

　　Than to love and be loved by me.

I was a child and she was a child,

　　In this kingdom by the sea;

But we loved with a love that was more than love —

    I and my Annabel Lee;

With a love that the winged seraphs of heaven

    Coveted her and me.

And this was the reason that, long ago,

    In this kingdom by the sea,

A wind blew out of a cloud, chilling

    My beautiful Annabel Lee;

So that her highborn kinsman came

    And bore her away from me,

To shut her up in a sepulcher

    In this kingdom by the sea.

The angels, not half so happy in heaven,

    Went envying her and me —

Yes ! — that was the reason（as all men know,

    In this kingdom by the sea）

That the wind came out of the cloud by night,

    Chilling and killing my Annabel Lee.

But our love it was stronger by far than the love

    Of those who were older than we —

    Of many far wiser than we —

And neither the angels in heaven above,

    Nor the demons down under the sea,

Can ever dissever my soul from the soul
 Of the beautiful Annabel Lee.

For the moon never beams without bringing me dreams
 Of the beautiful Annabel Lee;
And the stars never rise but I feel the bright eyes
 Of the beautiful Annabel Lee;
And so, all the night-tide, I lie down by the side
Of my darling－my darling－my life and my bride,
 In the sepulcher there by the sea,
 In her tomb by the sounding sea.

（Edgar Allan Poe，1997：90-91）

這首詩的第一節以說故事的口氣，提出了一個不確切的故事發生時間與地點，在很久很久以前的一個臨海的王國，有一位美麗的姑娘叫安娜貝爾‧李，她活著的唯一念頭就是與講述者相愛。第二節開始描述他們的愛的純真與超越人間一切的愛戀，甚至連天上的天使都嫉妒他們的愛。最後他們遭到女方家人的拆散而相隔兩地，安娜貝爾‧李被帶回城堡不得相見。第二節中提到有一個原因招來凜冽的風，並且在第三節中又重覆說到寒風，並且是這寒風造成安娜貝爾‧李的死亡。在第四節中又再度強調他們的愛的崇高，古往今來的智者與長者都沒有辦法擁有如他們一樣的愛，天上的天使與海裡的惡魔也沒有辦法分開他們緊密的靈魂。最後一節說到月光總能將她帶入他的夢中，星光也讓他想起她明亮的雙眼，每個夜晚他躺在她的墳上，只因她是他的愛人、生命和新娘。詩中一

再地強調故事發生的地方，海的意象出現頻繁，也暗示著他們戀情的艱難。

　　同樣的相思，在中詩的作法就不同，例如李白的〈長相思〉之一：

長相思

> 長相思，在長安。絡緯秋啼金井闌，微霜淒淒簟色寒。
> 孤燈不明思欲絕，卷帷望月空長歎。美人如花隔雲端，
> 上有青冥之高天，下有淥水之波瀾。天長地遠魂飛苦，
> 夢魂不到關山難。長相思，摧心肝。

（清聖祖敕編，1974：1684）

一開始就說明地點是長安，秋天的景色更加添了相思苦，對著昏暗的燈光與天空的明月長歎，心怡的那位美人卻似在雲端般的遙不可及，我的魂魄苦於路途的遙遠與艱險，就是在夢裡也到不了我想望的地方，這樣的相思真是折磨人的心肝。同樣的相思在不同文化場域中所呈現的美感經驗也不同。李白的美人有另一層喻意，雖然表面上是一首情詩，卻是暗喻自己的才能無法被天子所見所發出的感嘆。另外，表現愛情的詩體中還有閨怨詩，只是它的主角換為女性。鍾玲在《美國詩中國夢》中對閨怨詩歸納出幾個特點：「詩中的女主角都有共同的處境，就是丈夫或愛人出外遠行已經日久，留下她獨守家中，癡痴地思念對方，其論述表現一種溫婉纏綿的情致……閨怨詩的另一大特色，則是多由男性詩人模擬獨守空閨女子的口氣來寫……這類閨怨詩有些是有其政治目的，即當男作家化身為位於邊緣的、受壓抑的女性身分之時，其心目中多是有一位高高在上掌握權力的對象，也是他心所嚮往之、心有所求的對象，而這個對象通

常是君王；也就是說，常常是作者在政治上不得志，就寫閨怨詩來
表達對君王之忠心，並表現他希望得到提拔。」（鍾玲，1996：222）

　　同樣是愛情，「西方的情詩，不論是男詩人或女詩人的作品，
多是歌頌愛情，或表示忠貞之心，少有寫獨守空閨的纏綿怨情。」
（同上，223）至於是什麼原因？我留待第六章再處理。但我們卻
可以知道在情詩方面，西方在歌頌愛情的同時也將它昇華為世上唯
一重要的事，在傳統的敘事性寫實的特色下，利用層層堆疊的方式
將愛情推到人生目標的最高點。而中國的情詩從一開始就以含蓄優
美的特色發展，例如《詩經・鄭風》的〈將仲子〉：

將仲子

將仲子兮，無逾我里，無折我樹杞。

豈敢愛之？畏我父母。

仲可懷也，父母之言亦可畏也。

將仲子兮，無逾我牆，無折我樹桑。

豈敢愛之？畏我諸兄。

仲可懷也，諸兄之言亦可畏也。

將仲子兮，無逾我園，無折我樹檀。

豈敢愛之？畏人之多言。

仲可懷也，人之多言亦可畏也。

（孔穎達，1985a：161）

一方面述說她對男主角的喜愛之情，另一方面又擔心父母、兄長與鄰
人的看法，沒有高潮迭起的劇情只有女主角的陳述，在閱讀時感受到

溫婉的小女兒情態，欣賞到的是形式結構的圓滿與和諧。「在中國文學中，理性和情感內容一般不突破感性形式，即所謂『情景交融』；而在西方文學中，古典主義、現實主義往往是理性內容突破感性形式，所以中國文學顯得蘊藉、含而不露，富有彈性，和多義性、模糊性、不確定性……與此相比，理性和情感內容往往突破感性形式的西方文學，就顯得外露，明晰性和確定性就較大……中國人擅長總體的模糊直觀，直覺思維比較發達；而西方人擅長科學，善於對具體事物進行概括抽象與邏輯分析，思辨能力強，理論思維比較發達。」（高旭東，2006：25-26）這樣的中西思維，成就了風格上中西的特色差異。

　　除了優美與崇高之外，另一個前現代的美感特徵是悲壯，西方文學的高度想像力從希臘文學中就充分顯現。「西方文學的想像力不但不囿於現世，而且具有否定現世的世外之音。如果說希臘文學的想像力具有向外開拓而欲支配自然力的品格，那麼中古以後西方文學則具有與神溝通而向來世超越的品格。在希臘文學中，人與人鬥爭的背後是神與神的鬥爭，但是一切神，包括宙斯，都要接受一種必然律──命運的左右。在基督教文學中，人、神與魔鬼的鬥爭幾乎貫穿於西方文學，但丁的《神曲》、彌爾頓的《失樂園》、歌德的《浮士德》，一直到現代……高度發達的想像力已經形成了一種傳統。」（高旭東，2006：33）在高度想像力的作用下，人對於未知世界充滿了遙想，在愛倫坡的〈安娜貝爾・李〉中提到的天使就是一個很好的例子。而在受必然律──命運的左右的同時，無論聰明英勇的英雄或神都無法逃脫命運的擺布，在本該勝利的戰場上因某個無法避免的因素導致失敗，或因命運的捉弄而產生不幸，從這一點所衍生出來的文學特色就是悲壯。

漢高祖劉邦的〈大風歌〉：

大風歌

大風起兮雲飛揚。

威加海內兮歸故鄉。

安得猛士兮守四方！

（蕭統輯注，1993：395）

這裡的大風、飛雲及猛士的意象，表現出雄壯與渾厚的氣勢，在美感表現上給人氣勢磅礴的感受，這是悲壯風格中的壯的部分。而在項羽的〈垓下歌〉中就有明顯的悲的特色：

垓下歌

力拔山兮氣蓋世，時不利兮騅不逝。

騅不逝兮可奈何，虞兮虞兮奈若何！

（司馬遷，1985：104）

他說不是他自己本身不夠強壯與勇猛，而是時運不濟造成他的失敗，本來勝利應該是他的，只是現今大勢已去，無法挽回。中西文學的悲壯感產生原因有所不同，「希臘悲劇所表現的人的苦難、命運的盲目、神的專橫和殘忍以及結局的悲慘場面，是中國人所不能忍受的。譬如《俄底浦斯王》中由於命運的播弄而殺父妻母，導至了母親的自殺和兒子挖出眼睛的結局，就難以得到中國人審美的認同，而西方近現代文學所表達的個人極度哀傷乃至無邊無際的宇宙悲哀，也不見於中國傳統文學。」（高旭東，2006：93）例如杜甫的〈兵車行〉：

兵車行

車轔轔，馬蕭蕭，行人弓箭各在腰。

爺娘妻子走相送，塵埃不見咸陽橋。

牽衣頓足攔道哭，哭聲直上干雲霄。

道旁過者問行人，行人但云點行頻。

或從十五北防河，便至四十西營田。

去時里正與裹頭，歸來頭白還戍邊。

邊庭流血成海水，武皇開邊意未已。

君不聞，漢家山東二百州，千村萬落生荊杞。

縱有健婦把鋤犁，禾生隴畝無東西。

況復秦兵耐苦戰，被驅不異犬與雞。

長者雖有問，役夫敢伸恨！且如今年冬，未休關西卒。

縣官急索租，租稅從何出？信知生男惡，反是生女好：

生女猶得嫁比鄰，生男埋沒隨百草。

君不見，青海頭，古來白骨無人收。

新鬼煩冤舊鬼哭，天陰雨濕聲啾啾！

（清聖祖敕編，1974：2254）

這裡沒有命運的擺弄只有人所造成的社會悲劇，沒有人神的衝突，因為人與鬼魂都在同一個空間，在這裡的悲是人力可以避免的，而不是如西方的悲是由不可抗拒的命運造成，進而衍生出人的壯烈行為與文學美感。我們在看到詩人為群體發聲時，是藉著描寫人民實際的生活困苦讓讀者產生同情，所以它主要表現的是在悲的情意。

　　中國文學特色到了五四運動之後，在風格上才有顯著的變化，「『五四』文學革命發生之時，正是西方現代主意文學匯為大潮的時候。從西化的意義上講，『五四』文學要達到與西方文學的平行發展，莫如看取世紀末興起的現代主義。然而，『五四』依據中國的文化需要，對西方的各種文學流派幾乎是『各取所需』。現代主義被『五四』看重的是其破壞性而不是其頹廢絕望以及對整個西方文化的幻滅感……在『五四』退潮後，從傳統倫理中走出來的個人才對現代荒原有所感受。」（高旭東，2006：175）「現代造象美在二十世紀透過各流派（在藝術方面，有達達主義、立體主義和未來主義等等；在文學方面，有表現主義、存在主義、超現實主義和魔幻寫實主義等等）的塑造發皇」（周慶華，2007：267），它們在文學美的表現上就有滑稽、怪誕，到了後現代更有諧擬與拼貼的風格。當然在現代造象美中也有諧擬與拼貼，只是不像在後現代語言遊戲美中為主調，例如艾略特的《荒原》利用拼貼把不相干的情景並列或者連接；在後現代語言遊戲美中也有滑稽和怪誕，只是不如在現代造象美中的鮮明。中國詩歌從向西方取經之後，在審美需求與討論上也就緊跟在西方文學的美學風格發展。

　　文風的改變總是因為對原有的創作方式或風格的不滿，西方的現代主義也是如此產生。艾略特在《四個四重奏》中有一段詩很能代表自現代主義開始以來，詩人嘗試改變的過程：「努力學著用詞，每一次嘗試／都是一種全新的開始，也是又一次失敗，／因為剛學會凌駕於詞之上，／就無須再說想說的事，或者想說／也不願再用老的方式。因此每一嘗試／都是一種新的開始，一種向說不出的東西的進攻，／而所用的工具是拙劣的，不斷退化的，／處在一大堆

不明確的感覺／和一群不聽話的情緒之間。」（引自王佐良，1997：
439）現代主義的求新求變的精神讓作家極力創造新體，掃除了前
現代的用字與敘述方式，創造了許多新的意象，也利用異質性的意
象並置，使人感到荒誕不經與光怪陸離，例如羅馬尼亞詩人索列斯
庫（Marin Sorescu）的〈命定〉：

命定

這難我昨夜所買

早已結凍

卻重新活轉回來

生出世界最大的蛋

被頒諾貝爾獎。

這珍貴的蛋

從這雙手傳給另雙手

幾星期就已繞地球一圈

它也繞了太陽

用三百六十五天。

這難收到誰也不知其數的現錢

以及無數桶飼料

她甚至沒有吃的時間

因為她處處受邀

或者演講，或者專訪

以及拍照存念。

經常記者們堅持

　　我也必須擺姿態

　　在她的旁邊

　　於是，過去服侍藝術

　　業已一生的我

　　忽然間得到另一名聲——

　　成了養雞大王。

（引自南方朔，2001：230-232）

這種超現實的手法製造出了怪誕的風格，雞死了之後又會復生再生蛋，雞與諾貝爾文學獎及人和雞的意象組合，都在在讓人感到不可思議，也讓讀者在他幽默的技巧下看到寓意。

　　超現實主義手法把異質性的意象結合在一起產生新的怪誕美，這在中文的新詩創作中也被積極地實驗，例如洛夫的〈夢醒無憑〉：

　夢醒無憑

　一隻產卵後的蟑螂

　繞室亂飛

　我被逼得從五樓的窗口跳下

　地面上

　留下了一灘月光

　夢醒無憑

　翻過身

　又睡著了

（洛夫，2000：75）

詩的表現在顛覆原有對詩的概念與美學標準的這個風氣,開始於亞歷山大‧波普(Alexander Pope)的《秀髮劫》,它的目的之一就是模仿史詩的寫作條件並與以嘲弄,同時也對當時社會虛偽、欺詐和無禮的惡習加以提出諷嘲。在尼卡諾‧帕拉(Nicanor Parra)的〈教皇詩篇〉中的嘲諷意味更是強烈:

教皇詩篇

1.
他們就選我出任教皇
我是世界最出名的人
2.
現在我位於基督教會的頂端
而我能和平地死去
3.
樞機主教們生氣
因為我沒有像往常那麼莊重地
對待他們?
但我是教皇
4.
明天我第一件事
動身到梵諦岡
5.
我演講的題目:
如何順利繼承教會職務

6.

世界的報紙滿滿的賀詞

頭版有我的照片

而且有一件事是確定的；

我看起來比實際歲數年輕

7.

從孩童時

我就想成為教皇

為什麼每個人這麼驚訝

為了得到所要

我像一條狗般工作

8.

聖母瑪麗亞

我忘了為大眾祈福

（李敏勇，2009：278-280）

這已是後現代主義的諧擬，是在對教宗的神聖性的解構。

　　從現代到後現代這一股創新的特色是解構。「解構文本的目的在要求透過不斷地重構過程，重新詮釋文本的意義，以開放其他可能的詮釋……換句話說，解構思考在解構現存的中心結構，破除二元階級對立的關係，不斷重構，以進行歷史演變和思潮接替更換的不止息過程。」（楊容，2002：20）「創造觀型文化內的文學表現所以會從前現代跨向現代派，主要是該文化所預設的造物主為一無限可能的存有，西方人一旦發現自己的能耐可以跟造物主並比時，不

免就會有意無意的『媲美』起造物主而有種種新的發明和創造（這從近代以來西方的科學技術的快速發展以及各學科理論的極力構設等，可以得到充分的印證），而文學觀念的更新和實踐也不例外（化解跟神性衝突的另一種方式）。至於所以會再跨向後現代派，則是肇因於該文化所預設的造物主為一無限可能的存有遭到西方人自我『反向』的質疑而引發的一種分裂效應（透過玩弄支解語言來達到『自由解放』以為逆向化解跟神性衝突的目的）。爾後的數位派，則更進一步把後現代派無由出盡的解構動力以多向和互動的方式盡情的予以『宣洩』。但不論如何，這一切都有一股『創新』的衝動在背後支持著。」（周慶華等，2009：173）

西方的文學發展的動力在於創新，而中國新文學運動剛開始的目的是破壞，在破壞了一切舊有的格律與技巧，採用西詩的作詩方法之後，英美詩中有的特色我們也可找出相應的作品出來，例如苦苓的〈情婦〉：

情婦

在一青石的小城，住著我的情婦

（自備六十萬黃金小套房可以買）

而我什麼也不留給她

（存摺一定要自己保管）

只有一畦金線菊，和一個高高的窗口

（窗臺上放一盆花表示一切安全）

……

我想，寂寥與等待，對婦人是好的

（說說老婆的壞話給她一點希望）

所以，我去，總穿一襲藍衫子

（臨走前務必檢查全身口袋）

我要她感覺，那是季節，或

（照例答應下次待久一點）

候鳥的來臨

（過夜那絕不可以）

因我不是常常回家的那種人

（不管再晚，畢竟我還是要回家）

（苦苓，1991：20-21）

這首詩是在諧擬鄭愁予的〈情婦〉：

情婦

在一青石的小城，住著我的情婦

而我什麼也不留給她

祇有一畦金線菊，和一個高高的窗口

或許，透一點長空的寂寥進來

或許⋯⋯而金線菊是善等待的

我想，寂寥與等待，對婦人是好的。

所以，我去，總穿一襲藍衫子

我要她感覺，那是季候，或

　　候鳥的來臨

　　因我不是常常回家的那種人

（鄭愁予，1977：141）

鄭愁予詩中的男人連偷情都讓人感到風雅，像一陣風似的飄忽不定，而苦苓詩中的主角則是以市儈的價值觀斤斤計較金錢，相對鄭愁予詩中男人對情人與老婆的情薄，苦苓的男主角是個「懼內」的人，無論多晚一定要回家。

　　除了諧擬之外，拼貼也是一項玩弄語言的表現，它也是詩進到後現代之後的一項風格特色，將異質性事物任意組合，例如周慶華的〈丹丹的週記〉：

丹丹的週記

　　風被我催眠　　它

　　跑到天空變成一艘船

　　後來曹操不准他的兒子寫信給老師

　　告狀家裡沒有錢請佣人

　　阿姨的裙子被蟑螂咬破一個洞

　　很好笑

　　便當裡有滷蛋和雞腿

　　你不要嫌我太嘮叨

　　第四臺來了一隻恐龍

　　牠會說人話

　　沒有夢　很冷

　　今天是星期天要提早上學

（周慶華，2007：118）

這裡的週記內容完全沒有一個主題，東拼西湊地看到什麼或想到什麼就寫下來，完全解構了週記的重要性。朝著解構的目的發展在電腦網路上的詩作風格又有多向與互動，這是靠著電腦工具的發達整合了聲、光、文字等的視覺效果的數位詩，「數位詩，或稱電子詩（Electronic Poetry），一般而言有廣狹不同的定義方式：從最廣義的角度定義，凡是在網路上傳布的現代詩，都是數位詩，如此一來，任何將傳統『平面印刷』文學作品數位化，而後張貼於電子布告欄文學創作版或刊登於全球資訊網網站，都算是數位詩。如從狹義的觀點思考，利用網路或電腦特有的媒介特質所創作的數位化作品，不同於平面印刷媒體上所呈現的詩作型態，方為數位詩。」（周慶華等，2009：212）這裡的多向和互動的風格是從狹義的數位詩而來。

　　在電腦技術進步的時代，電腦軟體的繪畫、剪輯、拼貼技術愈來愈精細，而且使用電腦更是成為現代人每天生活的一部分，詩人結合文字與電腦功能創出心中的圖象，中西數位詩的產生就是新的書寫技術的成果，詩不再只是躺在書頁上的安靜文字，它在電腦中活了起來，可以跳動、配上語音說話、或是與人玩遊戲，蘇紹連歸納出網路詩的三項特色：「（一）「動態」：詩作套用 Java 程式語言，再加上 GIF 動態圖檔，詩句詩行的動態變化會自動播映於電腦螢幕上。（二）「操作」：詩作內容得經由讀者操作才能見到，且在操作

過程中領略詩的義。（三）「鏈結」：鏈結為網頁製作的基本技巧，本不足為奇，但鏈結如同翻閱書頁，詩行中的一字、一詞或一行均可作鏈結，已超越翻閱書頁的單向概念，網頁的鏈結是多向式的，可轉繞，再鏈結回原處。」（現代詩的島嶼，2010）他的「操作」和「鏈結」就是這裡所謂的互動與多向，這是跨國界與跨文化的一項新的趨勢，隨著書寫工具的改變，人們嘗試各種新的改變，在創新的要求下，數位詩除了文字也是在考驗詩人的電腦操作能力。從中國自由詩基於開始的破壞舊詩的需求，到努力建立發展自我本身的特色過程，可說是死心蹋地地跟著西方的腳步發展；自現代主義、後現代主義到現今網路時代，我們都可以看到西方文學對中詩的影響。這方面已有很多的研究，這裡不再贅述。但是在數位詩強調視覺效果的時代，我們也可以利用這個特點讓其他國度的人了解我們的文化特色，可能破除文字的隔閡而創造出更多的可能。

第五章　中西格律詩與自由詩的審美因緣比較

第一節　剛性秩序觀與柔性秩序觀：中西格律詩與自由詩類型的審美因緣

剛性秩序觀與柔性秩序觀是一相對的關係。西方從古希臘時代就重視推理邏輯，張法在《美學導論》中說明了三個西方美學的基礎：「對事物的本質追求；對心理知、情、意的明晰劃分；對各藝術門類的統一定義。」（張法，2004：5）對事物的本質的說明常見的有柏拉圖的例子，在現實生活中的桌子有不同的形狀與材質，是什麼因素讓它們都成為人們所認識的桌子？就是桌子的本質，理解了桌子的本質就可以理解所有的桌子。在尋找本質的過程中，不斷地提問與思辨奠定了西方以美的本質作為審美的核心。西方美學的第二個基礎是古希臘人對於知、情、意的劃分。「知，研究真，與之相應的是邏輯學；意志和善相關，與之相應的是倫理學；情感……也就是美學……西方的知情意結構引出的是以審美心理為核心的美學。」（同上，6-7）第三個基礎是到文藝復興時期將藝術與技術和科學分開來，詩歌、建築、雕刻、繪畫、音樂、舞蹈、戲

劇七門藝術的共同點都是對美的追求。(同上,7)從西方美學的三個基礎中可以看出,西方所認為的美有很強的邏輯性與規範性。相對於中國的美,西方就顯得剛強與明確。中國古人沒有構成西方美學的這三個基礎,不講美的本質,「西方人的認識過程是從感性到理性,最高層的理性就是明晰的語言符號定義,那麼中國人則從感性到語言符號到體悟,語言不是最高層……因此中國人最講神會,講心領……中國古人對主體心理的劃分,不像西方的幾何式劃分,知、情、意分得清清楚楚,而是把心裡看作一個整體,進行整體功能把握……中國的各門藝術從來未被統一地論述過,因為各門藝術的地位是不平等的。詩文最高。」(同上,8-10)在知、情、意互相交疊與儒家的教化與實用觀念下,中國詩沒有如西方追求事物本質的線性邏輯演進特色;在重視情、志的發展下,與西方相較更顯出中詩不重邏輯的柔性秩序特點。

中國格律詩從四言、五言到七言的發展過程,雖然一部分是因人類語言的進步,但是另一個重要的原因則是中國古人的美感認同。劉勰《文心雕龍‧章句》中說道:四言體是詩的正體。(劉勰,1975:571)中國的《詩經》篇章主要就是四言,雖然也有二、三、五、六、七、八言的詩,但那畢竟只是少數。最初的詩歌發展上選定四言為主要表情的單位,應該是與中國文字特色有最大的關係。中國字是一字一音與一字一義,最早的記載中雖有二言詩,但那屬於記事性的敘事詩,例如《周易》中的卦辭,其中〈屯〉卦六二:屯如,邅如;乘馬,班如;匪寇,婚媾。(孔穎達,1985b:22)說的是一搶親的事件。只是二言所能表達的有限,才又擴展為四言。(劉文彬,2009:112)四言是最基本的表情單位,二言至多只能

描述一個事件，四言在描寫事件的同時還能表情，所以才稱為基本的表意單位，例如在第三章第一節中的《詩經》〈秦風・蒹葭〉，在四言一句當中，每一句可以包含兩個概念。另外的例子是在第三章第四節〈關雎〉中的「關關雎鳩」，在這一句中除了「雎鳩」是鳥的意象外，更有「關關」的鳥鳴聲，兩個概念的結合讓詩句活了起來，這樣的例子在《詩經》中不勝細數，我就不在這裡一一舉例。從四言轉為五言創作的主要原因是為擴充詩的情感容量，例如以〈秦風・蒹葭〉與第三章第四節所舉曹植的一首〈雜詩〉來比較，這裡因為說明的需要，就再一次重覆節錄部分如下：

蒹葭

蒹葭蒼蒼，白露為霜。所謂伊人，在水一方。

溯洄從之，道阻且長；溯游從之，宛在水中央。

（孔穎達，1985a：241）

雜詩

翹思慕遠人，願欲託遺音。形景忽不見，翩翩傷我心。

（蕭統，1993：404）

在四言的詩句中仍是敘事的意味較重，它需要較多的字數與詩行來烘托情感，所以在〈秦風・蒹葭〉中要八句才寫出追求的辛苦與不可得，而在曹植的詩中只用了四句二十個字就將他的情態、想望、事情的發展與不可得的傷心表達出來，這就是詩句中情意的承載量增大了。

　　到了七言體又何嘗不是如此？曹植的〈雜詩〉和王維的〈九月
九日憶山東兄弟〉比較之下，就顯得王維的七言絕句的凝煉：

雜詩

高臺多悲風，朝日照北林。之子在萬里，江湖迴且深。

方舟安可極？離思故難任。孤雁飛南遊，過庭長哀吟。

翹思慕遠人，願欲託遺音。形景忽不見，翩翩傷我心。

（蕭統，1993：404）

九月九日憶山東兄弟

獨在異鄉為異客，每逢佳節倍思親。

遙知兄弟登高處，遍插茱萸少一人。

（清聖祖敕編，1974：1306）

曹植的詩藉由高臺的悲風、江湖的深險、孤燕南飛的情景暗喻自身
的愁苦與孤獨，更因為盼不到寄託音信的人，才會有最後一句的傷
心。而在王維的〈九月九日憶山東兄弟〉卻不明說自己的思親之
情，而是藉著自己不能參加登高的節日習俗，想到家人們對自己
應有很深的思念，反而有更深一層的思念用意。從四言、五言到七
言詩的發展過程，詩的情感表現一直是含蓄內斂的，而且在形式上
漸漸地由多句往固定的四句或八句的路走，到了七言律詩、絕句的
定型到現今，中國格律詩一直維持七言是詩行中表達高度凝煉情
感的最大容量。

　　近體詩有五言、七言兩種固定的詩句，但是又因詩句中字詞組
合的關係而分為多種句式。許清雲《近體詩創作理論》中對於五言

及七言的句式各一一舉例說明，例如五言的句式又可分為上二下三式、上三下二式、上一下四式、上二中一下二式、上二中二下一式、上一中二下二式、上一中三下一式和上一一下三式共九種，而七言句式則因字數多又更有變化的機會，所以共有十三種，「上列句式雖都可使用，但為了配合音調的節奏，唐詩人常用句式，五言是以上二下三式為主，其次是上二中一下二或上二中二下一式；七言則以上四下三式為主，其次是上二中二下三、上四中一下二、上四中二下一等式。一般而言，吾人作詩都儘可能的遵守這一規矩，只有在尋求突兀或特別強調的效果時，才偶然的使用其他罕用句式。」（許清雲，1997：35）為什麼自唐代以來詩就一直維持五言及七言的詩體？這除了其他社會因素的影響外，更是和民族心理的美感需求有極大的關係。詩以抒情和敘志為主要功能與需求，在先前提到的句式組合其實又關係到意象的配置，例如李白〈秋登宣城謝朓北樓〉中的「兩水夾明鏡，雙橋落彩虹。」（清聖祖敕編，1974：1839）；或是崔顥〈黃鶴樓〉的「晴川歷歷漢陽樹，芳草萋萋鸚鵡洲。」（同上，1329）都是在一定的字數限制上表現了詩的神韻。中國詩重含蓄，「含蓄的美，光芒內斂，溫婉深曲，自然教人感到層次重重，具有幽邃的深度。而且含蓄的美，特別適合東方人的美感與生活風範，所以自來中國的傳統詩評，沒有不以含蓄為可貴的……所謂『言有盡而意無窮』，這種含蓄蘊藉、謂之育出的美感，最能產生神韻。」（黃永武，1976：98）所以在中國，詩的好壞不在字數的多寡而是能否以有限的字數創造無限的餘意。

　　在中國柔性秩序觀下的格律詩特點有別於西方直線性邏輯思考的剛性秩序觀，除了含蓄外的另一特點是多義。「詩心文心，無

不以曲折為本色。曲折得法，可以使同樣長度的句子裡，意義加多；也可以使單一的意象，轉變為複式的意象。反之，一句平直的詩句，毫無曲折，往往一句只有一個簡單的意思，使全句的筆墨形成浪費。」（黃永武，1976：78）黃永武在《中國詩學・設計篇》中舉了李商隱〈重過聖女祠〉的「一春夢雨常飄瓦」為例，春因為有「一」而顯出時間的長度，也使春雨更有綿綿不絕的具體意象，「夢」更讓人聯想到神女「雲雨巫山」，意象也更為繁複，讓整個景象顯得如夢似幻，豐富了詩的質量。（黃永武，1976：80）這裡詩中所達到的層層推想與西方剛性秩序觀下的線性邏輯不同，西方荷馬史詩當中的人物性格和事件的發展都有生動的描寫，更進一步探討人物的情感與行為動機，「荷馬的『寫實』，有別於十九世紀的『寫實主義』（realism），他寫的是一種『理想而高超的現實』（ideal and higher reality）或『最高的現實』（super -reality）。筆法清晰準確幾近透明。例如他寫阿奇力士，既呈現出一個活生生的特殊個性，同時也刻劃出一個代表此種個性的最高典範，在凡間根本不可能存在。這種觀念正好與希臘哲學家柏拉圖的『理式』（idea）觀念相契合。」（羅青，1994：47）在尋找真理的過程中的步驟有先後順序的邏輯演繹概念，在詩的表現中常見的就是詩組的寫作方式。

　　史詩的龐大在於它是由許多的事件、人物的描寫與對話組成，故事背景多是戰爭或冒險，現舉一節中譯來看它的敘述方式：

> 上天諸神，靜靜一旁觀戰，
> 直到人神之天父回過頭來對大家嘆息道：
> 「對眼前這被追得繞特洛伊城牆而奔的人，

我心中寄予無限的同情。我為海克特悲。

他曾焚祭過不少牛腿供奉給我，或在崎嶇的艾達山上，

或在特洛伊的高城巨塔之間。可是如今

神勇的阿奇力士卻正繞著普瑞姆的城池，

全速追他趕他。眾天神們，大家動動腦筋吧，

幫我決定到底該救此人一命呢，還是讓這勇士，

就在今天死於派留斯之子阿奇力士之手。」

（引自羅青，1994：258）

「詩行的格律，都很規則，文氣一貫，甚少中斷或分節。其對白多半冗長，描述十分仔細，即使是日常所見之事物，也一一不厭其詳，以大量的靜態形容詞，交代清楚。」（羅青，1994：22）在格律上，史詩是以抑揚格五音步押頭韻寫成，頭韻的特點是鏗鏘有力，與詩中情感和戰爭情節配合起來可說是相得益彰。十八世紀將荷馬史詩翻譯成英文的格律稱為英雄偶句體或英雄雙韻體，從名稱可以猜出它兩句之間的關係。它類似中詩的對句，兩句必須要押韻。嚴格一點的，兩句的詩意和語法結構須獨立而完整，這樣的格律常出現在英國式的十四行詩的結尾。西方的敘事性傳統配合上求知的熱情，就算是在抒情詩當中也常見到剛性直線的邏輯思考，「英語詩歌以敘事體為主流，抒情體次之；英語詩歌常以時間、空間的順序開展，由景再導入情，有較強的客觀與思辨性……漢詩以抒情為主，敘事從屬，漢語詩歌的進行往往情景渾然一體而無時間先後……英語詩歌事物之間的關係明確，多以哲思見長。漢語詩歌則以意境朦朧取勝，留有很大的空白讓吟讀者營造想像。」（尤克強，2004：19-21）

現舉英國詩人狄倫‧托瑪斯（Dylan Thomas）〈別溫柔地步入那美好的夜晚〉：

Do not go gentle into that good night,

Do not go gentle into that good night,

Old age should burn and rave at close of day;

Rage, rage against the dying of the light.

Though wise men at their end know dark is right,

Because their words had forked no lightning they

Do not go gentle into that good night.

Good men, the last wave by, crying how bright

Their frail deeds might have danced in a green bay,

Rage, rage against the dying of the light.

Wild men who caught and sang the sun in flight,

And learn, too late, they grieved it on its way,

Do not go gentle into that good night.

Grave men near death, who see with blinding sight

Blind eyes could blaze like meteors and be gay,

Rage, rage against the dying of the light.

And you, my father, there on the sad height,

Curse, bless, me now with your fierce tears, I pray,

Do not go gentle into that good night.

Rage, rage against the dying of the light.

別溫柔地步入那美好的夜晚

別溫柔地步入那美好的夜晚

人到暮年更應燃燒奔放

長日將近當瘋狂地怒喊

智者雖已悟透生命盡頭的黑暗

猶未迸發如閃電般的光芒

不會溫柔地步入那美好的夜晚

善者在最後的浪濤上呼喚

微弱的善行閃動如綠灣的波光

長日將盡要瘋狂地怒喊

狂者向飛馳的太陽高歌追趕

太晚才明白這一路行來的哀傷

也不會溫柔地步入那美好的夜晚

肅者臨終睜開茫茫的雙眼

光彩生輝仍如流星一般閃亮

長日將盡也要瘋狂地怒喊

我的父親呀您在悲愁的高原

咒我佑我都好只求您熱淚盈眶

> 別溫柔地步入那美好的夜晚
>
> 長日將盡當瘋狂地怒喊

（尤克強，2004：154-155）

這是一首以田園詩體寫成的格律詩，每節以三行為一個論述單位，第一節點出了整首詩的題旨，在以智者、善者、狂者、肅者說明他們就算到了生命的盡頭仍不放棄有一番作為。在最後的詩節中，藉著祈禱，也希望自己的父親在臨終前也有這份勇氣，為他的生命作最後的努力。作者使用的格律和他所要表現的情感一致，由開始的點題及中間詩節的舉例，有一個明顯的主軸：不要一生無所為的結束，應該把握時光努力散發生命的光芒。這裡還是一樣依循著敘事論述的線性思考發展。

　　西方格律詩中以十四行詩的格律最為嚴謹，十四行詩體剛開始是以組詩的概念寫成，例如彼得拉克（Francesco Petrarca）的《歌集》表達的是對傾慕的對象勞拉的愛情組詩。「十四行組詩在英文中稱作 sonnet cycle 或 sonnet sequence，只圍繞某個特定主題或針對某位具體人物寫的一組十四行詩。在十四行組詩中，每首詩相當於長詩中的一個詩節，但與長詩詩節不同的是，十四行詩組中的每首詩都可以獨立成篇……較之中文語境中的『組詩』，這些『組詩』的篇幅通常更大，適合單獨結集成書。」（曹明倫，2008：92-93）例如莎士比亞的十四行詩集有它的故事性，在梁實秋所譯的《十四行詩》中引了 Oscar James Campbell 對莎士比亞《十四行詩》的解讀，每幾首十四行詩就表達了一個主題或事件的過程，所以每一首詩有它獨立的地位，又可看成是龐大詩作中的一個詩節，在整部詩集中又有事情發生先後順序的主軸，因此它的邏輯性就很明確。在

《全唐詩》中偶爾也見到詩人們對一個主題寫了多首詩,但是在這些詩中主要是詩人觀物感悟的主觀抒情作品,例如杜甫的〈解悶十二首〉、〈復愁十二首〉及〈承聞河北諸道節度入朝歡喜口號絕句十二首〉等,每一首是獨立的五言絕句或七言絕句,或寫景或寫物,從社會現象到詩人自身情感的表露,仍是一貫的含蓄的特色,例如〈復愁十二首〉之一:

復愁十二首

萬國尚防寇,故園今若何。昔歸鄉識少,早已戰場多。

(清聖祖敕編,1974:2518)

況且這些詩雖然也有一個特定的主題,但是卻不似西洋有的敘事傳統,注重情節與時間、空間的邏輯演進,所以看到的是一個現象而不是有時間變化的事件。因此,在類型上中西方的差別,就是一個是強調含蓄、言盡而意無窮的柔性秩序美;而一是承接敘事傳統、重秩序的剛性秩序美。

雙方到了近代的自由詩,仍是秉持著這樣的特色發展,西方文學的發展一直都是在自己文化中創新演進。這一點在圖 1-3-2 的文學的表現中可以清楚看出,西方從前現代、現代、後現代到現今的網路現代,無不是在本身社會文化當中推陳出新,這時詩的類型的一大變動就是自由詩的出現,這其中自由詩產生的社會因素我先不在此說明,這裡所要探討的是為何詩體在這麼大的變動下,仍秉持著西方的剛性秩序觀特色發展,「從語言來看,每一種詩歌都有在文人提煉中『凝固化』和在社會活動中『靈動化』兩種趨向。相對來說,便於追蹤現實社會活動的敘事性文學可能更

俗、更白、更富有時代變易的特徵,而經過反覆推敲、打磨的詩
的語言則因『凝固』而更接近傳統文化的『原型』。」(李怡,2006:
12-13)凝固化的一部分以格律詩來說,指的是格律與美感的部分。
雖然隨著現代人心理情感的需要而有了擺脫格律的自由詩,但是
在創造美感的進程中,中西雙方還是固守著各自的傳統。雖然中
國的自由詩受西方影響很大,但是受詩人及讀者喜愛的詩,仍是
以含蓄、多義及優美特徵的詩為大宗。「五十年代以來,臺灣的新
詩更曾經出入第一次歐戰以後才在西方發生的各種現代詩型,嘗
試摹仿,轉化變革,其成績斐然……然而最近十年,新詩回歸傳
統的要求又漸受重視,這特指風格和形式的反省……回歸傳統的
風格和形式絕非復古的呼聲,而是掌握古典性格和轉化古典詩型
的要求。」(楊牧,2001:8)在模仿與創新的腳步中,中詩雖然也
歷經了許多西方學派的洗禮,但是在各類型詩中的美感特徵仍是含
蓄、凝鍊的柔性美。例如受華滋華斯影響的徐志摩,在他的詩中
處處可見含蓄的美,例如:

為誰

這幾天秋風來得格外的尖屬
我怕看我們的庭院,
樹葉傷鳥似的猛旋,
中著了無形的利箭——
沒了,全沒了:生命　顏色　美麗!

就剩下西牆上的幾道爬山虎,
他那豹班似的秋色,

忍熬著風拳的打擊，

低低的喘一聲鳥邑——

「我為你耐著！」他彷彿對我聲訴。

他為我耐著，那艷色的秋蘿，

但秋風不容情的追，

追（摧殘是他的恩惠！）

追盡了生命的餘輝——

這回牆上不見了勇敢的秋蘿！

今夜那青光的三星在天上

傾聽著秋後的空院，

悄悄的，更不聞鳴咽：

落葉在泥土裡安眠——

只我在這深夜，為誰悽憫？

（徐志摩，2010）

在去除格律後的自由詩，雖然以口語入詩多了一分直接的情感表現，但是在學習西方追求真理的路上，中詩所表現或探討的問題仍是少了些。例如華萊士·史蒂文斯（Wallace Stevens）的〈兩隻梨的研究〉：

兩隻梨的研究

一

教育學小品。

梨子不是六絃琴，

裸女或瓶子。

梨子不像任何別的事物。

二

黃色的形體

由曲線構成。

鼓向梨頭。

泛著紅光。

三

它們不是平面，

而有著彎曲的輪廓。

它們是圓的，

漸漸細向梨柄。

四

它們鑄造出來

有藍色的班點。

一片乾硬的葉子

懸在柄上。

五

黃色閃耀，

各種黃色照耀著，

檸檬色，橘紅色和綠色，

在梨皮上盛開。

六

梨子的陰影

綠布上的濕痕。

觀察者沒有像他想像的那樣

看見梨子。

（引自李森，2004：187-198）

詩中探討了人的想像力、物的自然神性和語言的侷限性以及什麼是
詩。（李森，2004：197）從一步一步對梨的外形觀察中得出最後的
結論，觀察者並沒有看到被造物者創造的真面目，僅可能是自己的
想像創造出它罷了。

　　西方的自由詩仍是秉持著剛性秩序觀的美感類型發展是因為
除了格律的限定外，詩人們創作的動機仍是在追求一種真實世界
外的完美精神，它的骨子裡充滿了創新的衝動，也因此去除了格
律只是為這樣的需求開放了更多的可能性，例如被鍾玲認為在八
〇年代後現代主義的聲音，有著文字遊戲的特點的萬志為〈破
靜〉：

破靜

小屋

坐著

小路

> 躺著
>
> 小小的人
>
> 走著
>
> 風聲也聽不到
>
> 更何況落葉
>
> 直到一縷炊煙，嫋嫋娜娜
>
> 刀樣升起

（蕭蕭、張默主編，2007：712）

整首詩從小屋、小路、小小的人帶出天地的廣大與孤寂，在什麼都沒有的情境下只有一縷炊煙升起。詩情內斂，以一連串的景物讓讀者跟著詩人的腳步感受她內心的情感，雖是被歸為後現代，其實還在含蓄、柔性的傳統詩觀中徘徊。另外，黃智溶的〈我把一條河給弄丟了〉又何嘗不是如此：

> **我把一條河給弄丟了**
>
> **A.** **那當然是我的錯**
>
> 我不該離開那條河
>
> 足足有十年之久
>
> 直到我回去時
>
> 那條河　已經
>
> 消失了

B. 其實是地圖的錯

是繪圖者一時疏忽

把一條綠洲的動脈

無端地

抹掉了

我的河才傷心地

從原野上

消失了

C. 是河自己要走的

或許是　我的河

等候我太久了

才絕望地離開

D. 其實誰都沒有錯

其實

我也沒有錯

河也沒有錯

繪圖者也沒有錯

推土機也沒有錯

是童年

把我記錯

（孟樊，1998：205-251）

第二節　馳騁想像力與內感外應：
中西格律詩與自由詩形式的審美因緣

　　最美的詩是形式與內容的統一，第一節中談到類型的美感特色，西方是以敘事為長，注重邏輯的線性發展布局；中詩表現出高度凝煉的含蓄美感。接著再來談中西形成這些特色的一個重要幫手，就是詩歌的形式。趙天儀在《臺灣美學的探求──美感世界的造訪》中提到他所認為的美：美是自我與對象間的緊張關係，沒有接觸，沒有了解也就無所謂美不美的問題，「美學的重點是什麼？我們常常用『美』這個字來解釋，這是不對的，中文不應該翻譯成『美學』，英文是（Aesthetics）是感性之學，所以美學基本上是研究感性世界，研究情慾世界，如果用『美』這個字，就標明了特定對象，『美』這個字的構造，上面是『羊』，下面是『大』，康熙字典的解釋是：羊大則美。中國式游牧社會，羊是重要財產，所以說羊大則美。社會和生活方式是造成美不美的一個背景，美學上有所謂的『文化相對論』，非洲的黑人和歐美的白人，美的標準不一樣。」（趙天儀，2006：154）中西文學相對來說，對美的要求在最早的文學發展起點就不同，從趙天儀對於美所作的探源，美在中國是由一個具體形像所發展的概念，但是西方的美是抽象的思維。也因此中國的美感形成是由一物體或事件所引發的內感外應，西方的美是各樣事物的美的本質，在辯證美的本質的過程中所激發的想像力，更是影響西方詩歌形式的一項重要原因。

　　中國自古詩歌的發展就是以抒情詩為主，「西方古代興起的是史詩，到近代才轉向抒情詩。西方古代崇尚客觀、理性、理智，是

向外認知型的，因而必然導致文學或再現自然、社會和人生。儘管希伯來文化以其濃重的抒情性與象徵性進入西方文學之中，但是西方文學的模仿傳統並沒有被根本改變……西方古代的抒情詩也帶有客觀的、神的色彩，與先驗的理念論和有神論是一致的。只有在『上帝死了』之後，西方人認識到理性並非先驗存在的宇宙精神，而不過是附著在物欲、性欲、意志上面的解釋性的藤蔓，主觀的浪漫抒情才在文學大潮中成為主流。」（高旭東，2006：64-65）中西抒情詩在名稱上都是指抒發情感的詩，只是在形式上卻有不同的特徵，中國的情志思維「是指純為抒發情志（情性或性靈）的思維，它的目的不在馳騁想像力而在儘可能的『感物應事』……它僅以有『情志』才鋪藻成篇（雖然有時也不免要『為詩造情』一番），在取向上就不是詩性思維式的可以『窮為想像』。」（周慶華等，2009：12）也因為一是感物應事，一是窮為想像，表現在詩作中就有崔顥的〈黃鶴樓〉的觸景傷情的感傷：

黃鶴樓

> 昔人已乘白雲去，此地空餘黃鶴樓。
> 黃鶴一去不復返，白雲千載空悠悠。
> 晴川歷歷漢陽樹，芳草萋萋鸚鵡洲。
> 日暮鄉關何處是，煙波江上使人愁。

（清聖祖敕編，1974：1329）

或者是利用譬喻性的語言一再地推進到情感的至高點：

To Daffodils   Robert Herrick

Fair Daffodils, we weep to see

　　You haste away so soon;

As yet the early-rising sun

　　Has not attain'd hes noon.

　　　　Stay, stay

　　Until the hasting day

　　　　Has run

But to the evensong;

And, having pray'd together, we

　　Will go with you along.

We have short time to stay, as you;

　　We have as short a spring;

As quick a growth to meet decay,

　　As you, or anything.

　　　　We die

　　As your hours do, and dry

　　　　Away,

　　Like to the summer's rain;

Or as the pearls of mouning's dew,

　　Ne'er to be found again.

致水仙　　　　　　　　　　　羅伯特‧赫立克

美麗的水仙，我們悲痛地看見

你如此匆匆地離去；

如今那一早就起來了的太陽

還沒有升到他的頂點。

留下吧，

留到匆匆而去的白晝

已去到

舉行晚禱的時刻；

那時候，一起作罷禱告，我們

將會和你一起去。

我們在世間停留得和你一樣短；

我們的春天也不長；

我們匆匆地成長了就要凋謝，

像你或像萬物一樣。

每時每刻

我們像你一樣死去，

像夏雨

時時刻刻在乾涸；

又像那一顆顆珍珠似的朝露，

永遠不再有覓處。

（朱乃長，2009：95-97）

　　西方文化對美的最高理想是和諧，只是它的和諧與中國文化
不同，「西方的美的和諧……首先，是人在一個存在與虛空的宇宙
中的和諧；其次，焦點構成了人在存在與虛空構成的宇宙中的審美
視線；其三，他所看到的美是具有幾何意味和美的比例的形式，決
定美以這種比例形成這種形式的在於形式後面的對立面的鬥爭，而
對立面的鬥爭推動著一種形式向另一種形式轉化。簡言之，西方的
事物、社會、歷史都可以從內容形式二分，形式及美的比例，內容
及對立面的鬥爭。這就是西方的和諧。它既包含著靜觀，及焦點的
美的形式，也包含動態，一種美的形勢轉變為另一種美的形式。虛
空構成了西方人和西方歷史的直線性和無限性，是對立的無限性，
也是直線發展的無限性。」（張法，2004：176）詩的形式也屬於美
的範疇之中，中西格律詩的固定規律是人對於宇宙秩序的追求的一
個表現，「中國律詩，四聲平仄有規律地出現。一種因素在一個整
體中不斷重覆，就構成了整體的秩序和整一的美。而整體的基本因
素是簡單性重覆。重覆是看到了相同的東西出現，相同東西的出現
使對象變得有規律，使視覺變得穩定，使心理變得安寧，你可以預
期前面將會出現什麼，而前面果然出現了，人就感到了自信，同時
也感到了周圍世界的可靠性。」（同上，312）西方格律詩又何嘗不
是如此，在固定的音步和輕重音交互出現下，造成韻律節奏的重覆
性與生動性。中國近體詩的四句、八句所構成的形式美，也直接體
現了中國象徵抒情的特色，「象徵不同於符號，符號與其所指對象
的關係是清楚的，是能夠給予明晰定義的；象徵與其所象徵物的關
係是粗略的，是不能夠明晰定義的。符號呈現一種邏輯型關係，象
徵顯現一種藝術型關係。正因為象徵的言不盡意特徵，因此它通往

心靈深處，通向宇宙深處，引人去咀嚼、去體味、去沉思。」（同上，321）

　　內感外應一向是中詩的寫作動機與特色，「中國文化重視抽象形式的虛的一面，即重視使點、線、面得以形成的宇宙之氣，在具體的關係上，是氣形成物，由物的整體形成部分，因此如果非要用西方的語彙，那麼中國重視的是面（物的 整體性）、線（整體性結構）、點（整體性中的具體局部）。西方的數必然要體現為點、線、面，中國宇宙的氣既可以體現為面、線、點，也可以不體現為面、線、點，因此面、線、點是重要的，面、線、點周圍的與之虛實相生的空間也是重要的。因此，比較西方而言，中國雖然也注重面、線、點的『可見同一』，但更注重面、線、點後面的『內在同一』。」（張法，2004：287）氣成為中國美感的最高標準，氣的無形與美感只能心領神會，相較於西方從點的具體觀察到直線式的鋪陳考證，達到抽象思維中的物的本質，在結構大小上就有明顯的差異。西方敘事性的抒情詩就不如中國抒情詩的凝煉，詩人在選擇適當的詩體包裝他的情感時，考慮到字詞、字數、詩行長短及音律節奏等。在詩行字數上，中國格律詩有著固定的五言或七言的字數限制及詩行長短，在音律上有著四聲平仄的相間秩序，因此在一開始就已經有一明確的外形，是在這嚴格的規範下表情達意，也就是朱乃長在《英詩十三味》中所提到的固定型詩體（fixed form）在英詩當中，這類型的詩體只限於打油詩和十四行詩，其他的則歸為連續型詩體（continuous form）和詩節型詩體（stanzaic form）。（朱乃長，2009：290-291）

　　連續性詩體依照詩人的情感內容來分段，選定一種詩體的格律，例如抑揚格五音步或六音步等……在詩行的固定音步與押韻有

無的條件下，類似散文似的分節，每節詩行不等，整首詩也沒有長短的限制。而詩節型詩體則是選定一種詩體，「詩人在創作的時候可以根據詩篇的內容所需，從為數眾多的傳統詩節型詩體裡，選一種來供他使用，也可以根據自己的需要而創造出一種嶄新的詩節型詩體來。」（朱乃長，2009：290）每一詩節有相等的詩行與格律，這裡所談到的三種詩體中，英詩除了十四行詩之外，都沒有詩行的限制，這與中詩講求象徵與言盡而意不盡的美感特徵和西詩馳騁想像力有著絕對的關係。你無法固定想像力的規模，只能隨著它的需要來決定詩體的大小，例如羅伯特・彭斯的〈一朵紅紅的玫瑰〉：

A Red, Red Rose

O, my luve is like a red, red rose,
　　That's newly sprung in June.
O my luve is like the melodie
　　That's sweetly playe'd in tune.

As fair art thou, my bonnie lass,
　　So deep in luve am I,
And I will luve thee still, my dear,
　　Till a' the seas gang dry, my dear,

Till a' the seas gang dry, my dear,
　　And the rocks melt wi' the sun!
O I will luve thee still, my dear,
　　While the sands o' life shall run.

And fare thee weel, my only luve,

And fare thee weel awhile!

And I will come again, my luve,

Tho'it were ten thousand mile!

一朵紅紅的玫瑰

啊，我的愛人像朵紅紅的玫瑰，

　　它剛在六月裡邊綻放；

啊，我的愛人像一支歡快的樂曲

　　它演奏得美妙、悠揚。

你是那麼美麗，我可愛的姑娘，

　　我愛你愛得那麼深切；

我永遠永遠愛你，我的親親，

　　直到大海全都乾涸。

直到大海全都乾涸，我的親親，

　　直到岩石都被太陽消融；

我永遠永遠愛你，我的親親，

　　只要生命之流不絕。

然後我和你小別，我唯一的愛人，

　　再見吧，咱倆小別片刻；

我還會重新回來，我的愛人，

　　雖然相隔千里萬里。

（朱乃長，2009：149-151）

或者是奧登（Wystan Hugh Auden）〈我走出的一夕〉：

我走出的一夕

我將愛你，親親，我將愛你

直到中國和非洲相連

河流跳躍過山

鮭魚在街上唱歌。

我將愛你直到大洋

摺疊起來掛著晾乾

七星咯咯大叫

如飛在空中的雁鴨。

（史蒂芬斯〔Anthony Stevens〕，2006：193-194）

在詩體的選擇及詩的長度上就有許多的自由。

我在此提到英詩馳騁想像力是相對於中詩的內感外應的美感特徵的說法，並不是中詩的表現中沒有想像力的作用，中國比興的作詩方法處處可見，例如崔郊的〈贈去婢詩〉：

贈去婢詩

公子王孫逐後塵，綠珠垂淚滴羅巾。

侯門一入深似海，從此蕭郎是路人！

（清聖祖敕編，1974：5744）

把侯門比成大海，象徵侯門的權勢巨大，讓人有豐富的聯想。而是在比較之下，兩個文化顯現的美感特徵中，中西文化的想像力表現

在詩作有強與弱的差別；在中國務實的思想觀念下，詩中的情感就顯得踏實，也就是有一事說一事。例如崔顥的〈黃鶴樓〉，是從一個傳說開始到看到眼前景相的空茫，才引出最後一句的愁語。這裡想像力的運作微乎其微，好似到了第八句就應該結束似的，因為一逕地描寫景色會讓人覺得沒有變化。也因為它在適當的時候點出作者的情感，製造烘托成的餘味久久不息，成為千古絕唱。而西詩慣用譬喻的手法，因為譬喻需要考慮本體與喻體之間的關連性，也就在詩行當中看到想像力的串連，例如羅伯特·彭斯的〈一朵紅紅的玫瑰〉將他的愛人比為玫瑰、樂曲，將他的愛提升到與山、海一樣的不可動搖，或者是奧登〈我走出的一夕〉等那些不可思議的語句，都一再地讓我們看到西方詩人想像力的活躍。

就算是固定詩行的十四行詩也同樣體現西方馳騁想像力的特點，英國的十四行詩將詩分為四－四－四－二的結構，在一個主題下按照起承轉合的模式寫成，或是在前面的三個四行裡提出三個不同的事例，在最後的兩行作出結論，在第三章第一節所引莎士比亞的十四行詩中的第十八首就是符合起承轉合的作法，而提出不同事例的例子有莎士比亞的第七十三首十四行詩：

That time of year thou mayst in me behold

That time of year thou mayst in me behold
When yellow leaves, or none, or few, do hang
Upon those boughs which shake against the cold,
Bare ruined choirs where late the sweet birds sang.
In me thou see'st the twilight of such day

As after sunset fadeth in the west;

Which by and by black night doth take away,

Death's second self, that seals up all in rest.

In me thou see'st the glowing of such fire,

That on the ashes of his youth doth lie,

As the deathbed whereon it must expire,

Consumed with that which it was nourished by.

This thou perceiv'st, which makes thy love more strong,

To love that well which thou must leave ere long.

你在我身上會看見晚秋的季節，

你在我身上會看見晚秋的季節，

那時候只有幾片黃葉兒凋殘，

在枝頭搖曳著飽嘗寒風的催逼，

雖然它曾是百鳥爭鳴的歌壇。

你在我身上會看見一天的薄暮，

它在日落後逐漸消逝在西方。

死亡的化身，黑夜，把一切消除，

也定將冥冥的薄暮徹底埋葬。

你在我身上會看見將滅的火發紅，

在青春的餘燼上它一息奄奄，

就像在病榻上它一定將會命終，

焚化它的正是滋養它的火燄。

你看見了這些，對我的愛就會加劇，

即將永別的東西，你定會倍加愛惜。

（朱乃長，2009：301-302）

將自己的年齡比作秋季、一天的薄暮及將滅的火三個不同的意象，在最後兩句說出詩人最大的期望，希望對方珍惜他像珍惜即將失去的東西一樣。這當中的譬喻層層堆疊，從開始秋天的蕭瑟與無生氣到日之薄暮被黑夜消除的死亡，以及生命與青春像火終有熄滅的一天，是以直線性的思維推進，為了導出最後的結論，因為人都有同理心，聽到的人應該會為這求愛的人心生同情，進而幫助他達到夢想。十四行的形式不但沒有限制詩人的發展，反而刺激了詩人運用想像力與技巧創造更多新的概念與意象，也因此在愛情以外又引申出多方面的創作主題，詩人羅塞提（Dante Gabriel Rossetti）對十四行詩更是有一番看法：

The Sonnet

A Sonnet is a moment's monument —

Memorial from the Soul's eternity

To one dead deathless hour. Look that it be,

Whether for lustral rite or dire portent,

Of its own arduous fullness reverent;

Carve it in ivory or in ebony,

As Day or Night may rule; and let Time see

Its flowering crest impearled and orient.

A sonnet is a coin: its face reveals

The soul — its converse, to what Power 'tis due —

Whether for tribute to the august appeals

Of Life, or dower in Love's high retinue,

It serve; or, 'mid the dark wharf's cavernous breath,

In Charon's palm it pay the toll to Death.

十四行詩

十四行詩是一座片時的豐碑——

營造自心靈的永恆，來紀念

已經逝去了的永不磨滅的一刻。

無論為了純化思想還是宣示不祥之兆，

它都顯得對辛勤而得的充滿崇敬；

不管用的是象牙還是烏木，

要看當時是白天還是夜晚；讓時間看見

它頂端有個指點方向的鑽石花冠。

十四行詩是枚硬幣：它的正面顯示出

它的精髓——它的反面標誌它屬於哪個方面——

它所頌揚的是生活裡莊嚴的那些方面，

還是成為愛情的高級扈從的妝奩，

或者，就在陰暗的碼頭深沉的氣息裡

用來付給凱隆擺渡到陰間去的渡資。

（朱乃長，2009：303-304）

　　另外，韻腳的使用也影響馳騁想像力與內感外應的詩行長短。中國的格律詩押腳韻，「它『韻腳』的工作是把每行詩裡抑揚的節奏鎖住，而同時又把一首詩的格調縫緊。要舉個例子來說，它就好比是一把鎖和一個鏡框子，把格調和節奏牢牢的圈鎖在裡邊，一首詩裡要沒有它，讀起來絕不會鏗鏘成調。」（周良沛編選，1991：57）朱乃長對於英詩腳韻的用法特點是腳韻較適合詩行或詩篇較短的詩作（朱乃長，2009：252），從腳韻也可以看出為何中國格律詩會定型於五言或七言的四行絕句或八行的律詩。從中詩的發展過程來看，直到格律定型的近體詩前，中詩一直是朝著精煉字句、凝煉情感的方向走，從《詩經》四言體的每一詩節表達一個完整的情感，到了五言古詩、七言古詩是以上下兩句為一個情感單位，到了近體詩卻是以一詩句當中創造多個轉折為上品，在這一路上，韻腳的規則也隨著定型，韻腳的這一把鎖鎖住了綿長的情感，造成了中詩的精巧。西詩的押韻情形就不只是韻腳而已，「大量的英詩卻根本不押腳韻，腳韻對它們也全然並不合適。另外，每個時代都有這麼一個傾向，這就是在詩行之末不用完整的腳韻，而改用『近似的腳韻』（approximate rhyme）。尤其是現代，這個傾向更為明顯。。所謂『近似的腳韻』範圍很廣，它包括所有發音相似的詞語。」（朱乃長，2009：220）以這麼多押韻的方式配合詩人的情感需求，當中也顯示了西方對於舊有的格律的反動與詩性思維下的創造力。

　　中國格律詩的短小凝煉特點隨著中詩西化漸漸地在詩行及詩體上放大，當然這一部分是因為語言的演進，最大的原因更是因為追求情感的解放，去除格律的束縛，讓中國傳統的含蓄美感大膽地跨向

崇高／悲壯的美感範疇。傳統格律詩受制於字數的限制，表現出的悲壯感其實更屬於濃重的愁緒情感，例如杜甫的〈八陣圖〉，或者是他的〈觀打魚歌〉寫出打漁時的力與美，「漁人漾舟沉大網，截江一擁數百鱗。」（清聖祖敕編，1974：2314）到了最後兩句「君不見朝來割素鬐，咫尺波濤永相失」（同上，2314），又回到感嘆愁緒之中。中國崇高、悲壯的美感特色與西方相較之下並不鮮明，可說是在含蓄美感的範疇之中的悲與壯，很少到達崇高的範疇。而中國詩在傳統文化的影響下，雖然是向外學習了西方自由詩的形式解放，但是形式的改變並沒有徹底推翻含蓄的美感特徵，例如蕭蕭的〈風入松〉：

> **風入松**
>
> 風來四兩多
> 松葉隨風搖擺、吟誦
> 風去三四秒
> 五六秒
> 松，還在詩韻中
> 　　動
>
> （蕭蕭、白靈主編，2002：302）

或者是渡也的〈手套與愛〉：

> **手套與愛**
>
> 桌上靜靜躺著一個黑體英文字
> Glove

我用它來抵抗生的寒冷

她放在桌上的那雙黑皮手套

遮住了第一個字母

正好讓愛完全流露出來

Love

沒有音標

我們只能用沉默讀它

她拿起桌上那雙手套

讓愛隱藏

靜靜帶在我寒冷的手上

讓愛完全在手套裡隱藏

（蕭蕭、白靈主編，2002：350）

讓手套象徵愛，中國式的愛情是不明說也無法明說的，只有用一連串無聲的實際行動來表達關懷。

形式的自由並沒有讓詩人跨到詩性思維的野性想像力範疇，而是在新的表達方式中傳達舊的情感，「日常口語大規模地湧入詩的境地，它明快、清晰、鮮活，不能不對語詞固有的悠遠文化內涵形成衝擊；對西方文學邏輯性語言的譯介，也迫使中國詩歌創立了不少新的邏輯性鮮明的辭彙，連詞、介詞的顯著增加使得句子獲得了鮮明的層次感、程序感，加強了語意的線性推進效果……中國詩人需要全面、清晰地闡述自己的價值觀，需要進行有層次有邏輯的抗訴、辯駁或直書胸臆時，那些長短不齊、參差錯落的自由式、推進式句子便應運而生了，它從整體上瓦解了傳統詩歌

句式的匀齊性、並置性。為了追蹤主觀意志，有的句子還一再拉長……信息量大，邏輯嚴密，給人極大的感染力。例如管管的〈缸〉：

缸

　　有一口燒著古典花紋的剛在一條曾經走過清朝的轎明朝的馬元朝的干戈唐朝的輝煌眼前卻睡滿了荒涼的官道的生瘡的腿邊

　　張著大嘴

　　在站著

　　看

　　為什麼這口缸來這裡站著看

　　是那一位時間叫這口缸來站著看

　　是誰叫這口缸來站著看

　　總之

　　官道的荒涼上

　　被站著

　　一口

　　孤單單的

　　張著大嘴

　　看你的

　　缸

這缸就漸漸被站的不能叫他是缸

反正他已經被站的不再是一口缸的孤單

如同陶淵明不只叫他是陶淵明

他敦煌不只叫他是敦煌

有人去叫缸看看什麼也不說

有人說缸裡裝滿東西

有人說什麼也沒裝進缸

有人說裝了一整缸的月亮

一天有個傢伙走來

打破了這口缸

也是一個屁也不放

不過

這口破缸

卻開始了

歌唱。

（蕭蕭、白靈主編，2002：169-171）

這裡的缸可以是格律詩的象徵，有著美麗的外表卻是不吭一聲，直到格律毀壞之後才開始唱出自己的聲音。或也可以有其他的聯想，藉由時間地點的確定，進而有一連串的提問與回答的思辨過程，但可以確信的是缸因外力的改變而開始唱歌了，其中邏輯性的演繹就同西方的邏輯直線式思維。陶淵明已不只是陶淵明，敦煌也不只是敦煌，當然缸也不再只是缸了。

　　中西互相交流的結果，中詩在形式上改變了，但本質仍是以內感外應的象徵手法為主要創作主流；而西詩雖然也受中國格律詩的影響，而有像桑德堡（Carl Sandburg）的〈霧〉的典型意象派作品，但是二者在互相影響的過程中，西方雖然強調追求事物的本質，希望捕捉到鮮明生動的意象而嘗試中國文言式的作詩方法，但它仍是在為找到世界上萬物背後的真理服務，與中詩的本質不同。中詩雖然增加了邏輯的辯證思維，但它仍是在以物觀物、象徵抒情的路上發展，也因此渡也的〈手套與愛〉就明顯的和約翰·柏伊爾·奧萊里（John Boyle O'Reilly）的〈白玫瑰〉不同：

A White Rose

The red rose whispers of passion,
　　And the white rose breathes of love;
Oh, the red rose is a falcon,
　　And the white rose is a dove.

But I send you a cream-white rosebud,
　　With a flush on its petal tips;
For the love that is purest and sweetest
　　Has a kiss of desire on the lips.

白玫瑰

紅玫瑰低與著情欲，
　　白玫瑰透露出情愛；

啊，紅玫瑰像隻獵隼，

　　白玫瑰卻是頭馴鴿。

但我送你乳白的玫瑰花蕾，

　　花瓣的頂端有個紅暈；

因為最最純潔甜蜜的愛情，

　　嘴唇上帶著情欲的吻。

（朱乃長，2009：117-118）

〈白玫瑰〉中象徵、隱喻的手法所創造出的情感世界，當然就比內感外應式的白描手法顯得生動精采。

第三節　譬喻寫實與象徵寫實：中西格律詩與自由詩技巧的審美因緣

　　詩之所以為詩在於凝鍊的意象語言，「它在刻意要區別於其他學科時都不能缺少在相對上可以自主的特性。而這在總說上則是有意象作為詩的基本構造成分，再搭配以韻律的經營和形式的變化等條件，從此而有別於其他逕直表意且不重視修飾包裝的諸如哲學、科學等學科。」（周慶華，2008：146）意象成為詩的語言後，譬喻與象徵就成為形成詩的美感藝術技巧。周慶華對於抒情性文章有一個評論標準，這裡不妨借他的圖來當作詩的審美依據：

整體呈現

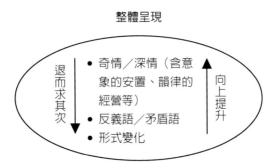

（資料來源：周慶華，2008：134）

圖 5-3-1　詩的審美圖

這裡意象的安置、韻律的經營是能夠提升一首詩的主要手段，更是詩有別於其他文學作品的重要技巧。「什麼是意象？我們不妨賦予如下的定義：意象是用語言來表現得自感官的經驗的一種修辭手法……『意象』這個詞語，也許常會讓人覺得，它指的主要是出現在心裡的圖象──心靈之眼所見到的東西。其實視覺意象是詩裡最為常見的一種意象，但是另外還有傳達聲音的意象、傳達氣味的意象、傳達滋味的意象，或者傳達觸覺的意象，譬如堅硬、潮濕或寒冷；或者內在的感覺，譬如飢餓、口渴或噁心；或者肌肉或關節活動或緊張。」（朱乃長，2009：65-67）所以在詩的表現上，作者就類似在作意象拼圖，以求達到奇情／深情的純藝特徵。

　　黃永武在《中國詩學・鑑賞篇》中說到詩的形成要素不外是內容和形式，「內容和形式，內涵與結構，往往相互依存，並不能截然分成二事……就詩的內容而言，又不外乎空間、時間、情感、理性四樣東西，時空壯闊、情理雄健典實，則形成壯美的風格；時空短窄、情理綺豔細膩，則形成優柔的風格；情理受時空的誘導，有時寧靜，

有時恣肆；時空受情理的投射，有時含悲，有時喜悅。物我交際，興會萬端，時空情理這四樣東西交互為用，便表現了一切人情景物，構成了多采多姿的詩的境界。」（黃永武，1987b：61）他將空間、時間、情感、理性在詩中的交互作用的境界分為八類：時空變化、時空交感、情景分寫、情景交融、情感改造空間、情感改造時間、情性改造理性及情感改造事物。其中對於每一類都有詳盡的舉例與解說；而他也認為這已是簡化之後的分類了，而且有時在一個類別當中再介紹詩中內容的作法，例如在時空變化中舉了杜甫的〈解悶詩〉的「一辭故國十經秋，每見秋瓜億故丘，今日南湖采薇蕨，何人為覓鄭瓜州。」（清聖祖敕編，1974：2517）中的兩個「故」字，兩個「秋」字，兩個「瓜」字的用法是「連環鉤搭」法，利用今昔的對照增添感傷的情緒，也遊戲似地以秋瓜暗喻瓜州，今人「采薇蕨」而不「采瓜」暗示現今與往昔的不同，從這裡看到連環映帶的技巧。（黃永武，1987b：62）只是他這樣的分類方法在探討技巧的審美特徵，有可能會因為每首詩的特殊表現就出現一個新的技巧名稱，因此在這一節中對中西格律詩與自由詩技巧的審美因緣，採取的是以中詩的象徵寫實與西詩的譬喻寫實來作為主要論述，因為它們能各自代表中西詩的創作源頭的美感特徵，涵蓋美學當中的各類型技巧的探討。

　　中西文化體系蘊含著不同的詩的思維，「雖然各自都有專屬的寫實傳統，但彼此的寫實性為一而所寫實的『內涵』或『質地』卻迥然不同。當中創造觀型文化中的寫實是『敘事寫實』（模寫人／神衝突的形象）；而氣化觀型文化中的寫實……是『抒情寫實』（模寫內感外應的形象）……從創造觀到敘事寫實傳統以下或從氣化觀到抒情寫實傳統以下……理當還要有一個中介的環節去『承上起

下』，才能完滿這一文學的形上的『運思之旅』。就以明顯可以取為對比的中西文學來說，西方傳統深受創造觀影響而有『詩性思維』在揣想人／神的關係；而中國傳統深受氣化觀的影響而有『情志思維』在試著縺結人情和諧和自然，馴至這裡就出現了『詩性思維VS.情志思維』這樣一組中介型概念。」（周慶華，2008：158）對於美感不同的文化原因先在此不談，留到第六章再來處理。而在這樣的思維之下，中西詩的表現特徵就成為「感物應事 VS.馳騁想像力」的各別發展。「相對於詩性的思維，情志的思維很明顯就少了那麼一點野蠻／強創造的氣勢；它完全從人有內感外應的需求去找著『文學的出路』。」（同上，159）例如在第四章第三節所舉余光中的〈迴旋曲〉，明顯的可以看到是利用《詩經》〈秦風‧蒹葭〉中對伊人的追求方式的再創作，無論是環境的險惡還是自身的努力無效，都是述說著追求不可得的落寞心傷。相對於馬維爾（Andrew Marvell）的〈致羞怯的情人〉：

To His Coy Mistres

Had we but world enough, and time,

This coyness, Lady, were no crime

We would sit down and think which way

To walk and pass our long love's day.

Thou by the Indian Ganges' side

Shouldst rubies find: I by the tide

Of Humber would complain. I would

Love you ten years before the Flood,

And you should, if you please, refuse

Till the conversion of the Jews.

My vegetable love should grow

Vaster than empires, and more slow;

An hundred years should go to praise

Thine eyes and on thy forehead gaze;

Two hundred to adore each breast,

But thirty thousand to the rest;

An age at least to every part,

And the last age should show your heart.

For, Lady, you deserve this state,

Nor would I love at lower rate.

　　But at my back I always hear

Time's wingèd chariot hurrying near;

And yonder all before us lie

Deserts of vast eternity.

Thy beauty shall no more be found,

Nor, in thy marble vault, shall sound

My echoing song: then worms shall try

That long preserved virginity,

And your quaint honour turn to dust,

And into ashes all my lust:

The grave's a fine and private place,

But none, I think, do there embrace.

Now therefore, while the youthful hue

Sits on thy skin like morning dew,

And while thy willing soul transpires

At every pore with instant fires,

Now let us sport us while we may,

And now, like amorous birds of prey,

Rather at once our time devour

Than languish in his slow-chapt power

Let us roll all our strength and all

Our sweetness up into one ball,

And tear our pleasures with rough strife

Thorough the iron gates of life:

Thus, though we cannot make our sun

Stand still, yet we will make him run.

致羞怯的情人

如果我們的世界夠大，時間夠多，

小姐，這樣的羞怯就算不上罪過。

我們會坐下來，想想該上哪邊

去散步，度過我們漫漫的愛情天。

你會在印度的恒河河畔

尋得紅寶石：我則咕噥抱怨，

傍著洪泊灣的潮汐。我會在

諾亞洪水前十年就將你愛，

你如果高興，可以一直說不要，
直到猶太人改信別的宗教。
我植物般的愛情會不斷生長，
比帝國還要遼闊，還要緩慢；
我會用一百年的時間讚美
你的眼睛，凝視你的額眉；
花兩百年愛慕你的每個乳房，
三萬年才讚賞完其他的地方；
每個部位至少花上一個世代，
在最後一世代才把你的心秀出來。
因為，小姐，你值得這樣的禮遇，
我也不願用更低的格調愛你。
可是在我背後我總聽見
時間帶翼的馬車急急追趕；
而橫陳在我們眼前的
卻是無垠永恆的荒漠。
你的美絕不會再現芳蹤，
你大理石墓穴裡，我的歌聲
也不會迴蕩：那時蛆蟲將品嚐
你那珍藏已久的貞操，
你的矜持會化成灰塵，
我的情欲會變成灰燼：
墳墓是個隱密的好地方，
但沒人會在那裡擁抱，我想。

> 因此，現在趁青春色澤
>
> 還像朝露在你的肌膚停坐，
>
> 趁你的靈魂自每個毛孔欣然
>
> 散發出即時的火焰，
>
> 此刻讓我們能玩就玩個盡興；
>
> 此刻，像發情的猛禽
>
> 寧可一口把我們的時光吞掉
>
> 也不要在慢嚼的嘴裡虛耗。
>
> 讓我們把所有力氣，所有
>
> 甜蜜，滾成一個圓球，
>
> 粗魯狂猛地奪取我們的快感
>
> 衝破一扇扇人生的鐵柵欄：
>
> 這樣，我們雖無法叫太陽
>
> 駐足，卻可使他奔跑向前

（陳黎等譯著，2005：91-94）

這裡一開始就是個假設性的語氣，如果時間與空間允許，他的愛情可以永無止盡地接受她嬌羞的矜持與拒絕，而如植物生長蔓延得更遠更長，只是在這個理想無法實現，人的生命終究有限。時間終將腐蝕年輕貌美的容貌，冰冷的墳墓裡更不會有情愛的溫暖。在這一番說理之後，緊接著鼓勵女主角及時行樂，雖然沒辦法使時間停留在享受情愛的這一刻，卻會讓生命過得更加精采。

取余光中與馬維爾的詩來比較，余光中以蓮的意象來象徵那位女子的高潔，以女神和水鬼的意象來象徵女子的崇高與兩方地位的懸殊。馬維爾則是想像自有人類以來就愛著女主角，在幾萬年的時

間當中如何仔細地愛慕她身體的每個部位。她是這麼地美好以至於值得這樣的待遇，兩相對照就可以感受到詩性思維中馳騁想像力的強氣勢，與情志思維下象徵技巧所創造出的優美和諧迥異。馬維爾是以說理式的求愛方式，先說明女主角在他心中的地位，再分析不及時行樂的缺失，在最後鼓勵她要趁著青春與靈魂充滿火燄的當下，要像發情的猛禽享受時光，用甜蜜的圓球衝破人生的障礙。整個詩境充滿了邏輯推理的想像，如果愛的濃度是可測量的，那麼馬維爾的愛就是百分百的濃稠而余光中就是加水稀釋過的。西方「早期希臘思想中，事實上愛的本質就被當作性，而伊羅斯則是希臘的性愛之神。後來拜柏拉圖作品所賜，愛的概念被闡述並重新定義。柏拉圖認為愛是人類行為和衝動中最普遍的『力量』，性愛是愛的表現。柏拉圖《對話錄》中的蘇格拉底說，愛從看上某個人開始，然後再演變到兩個人的肉體關係。然而，這份愛最後會昇華並引導某人的內在之美……柏拉圖在〈饗宴〉中清楚地表達，性愛的表現只是一個中間站，以準備迎接更高形式的愛，而這種人類的愛，是至高至美的愛，是美之極致的愛，這種愛可以超越現實。在〈饗宴〉將近結尾的部分，女祭司黛娥緹瑪說，愛無法以華麗的詞藻來定義，必須去看、去感覺、去想像、去體會。」[普利菲斯（Christopher Phillips）2005：159]從這個前提出發的愛的表現，無論它是對性愛的大膽描述或是超越現實的想像都有一個最終的目標，也就是追求精神上完美崇高的愛情。從這裡也可以了解西方愛情詩中為何常表現出強烈的追求欲望，與中國愛情詩的含蓄纏綣更是不同。

　　周慶華在〈果茶與奶蜜：中西抒情詩中愛情『濃度』的比較〉中將中國抒情詩的愛情比喻為果茶，西方抒情詩的愛情比喻為奶

蜜。中式的愛情是處在「強忍住不敢直說愛意而但有綿長的思念，就像在『熬果茶』，不論再怎麼加糖，都還是『清可見底』且酸澀如常；反觀西方詩人書寫愛情，則可以進到『癡迷瘋狂』的地步……展現出近於崇高或悲壯而讓人『兩相著魔』的情愛況味（被愛戀的人有如此繁複的麗美內蘊或外煥；而寫詩的人也有如此善於想像興感的造美手段）。而相較中國傳統詩人書寫愛情的『含蓄宛轉』該一獨特的優美風格，西方詩人在這方面的表現就格外的『揚露張狂』，直逼或挑戰人類情愛審美的極限。前者即使到了頗受西方文化浸染的當今社會，相關的『尺度』也沒放寬多少。」（周慶華，2008：211-214）中西詩的發展可區分成象徵寫實與譬喻寫實兩個主要特色，中詩在「含蓄宛轉」的優美風格下，要在五言絕句短短的二十個字或至多七言律詩的五十六個字中裝載滿滿的情感，最好的方法就是運用象徵，「所謂『象徵』（symbol），是一個另有所指的東西。它在詩裡一般仍然保持它所原有的意義，並且它還具有它原來的作用。但是除此之外，它還能夠根據上下文，代表一個或更多的意義，使人讀了以後會產生遐想而從中獲得樂趣。」（朱乃長，2009：111）在有限的字數中蘊含多層意義聯想，「象徵」就是一個最經濟的手法，更是「含蓄宛轉」的最佳表現方式，才有所謂的言有盡而意無窮的韻味。例如杜牧的〈題宣州開元寺水閣詩〉：

題宣州開元寺水閣詩

六朝文物草連空，天澹雲開古今同。

鳥去鳥來山色裡，人歌人哭水聲中。

深秋簾幕千家雨，落日樓臺一笛風。

惆悵無因見范蠡，參差煙樹五湖東。

（清聖祖敕編，1974：5964）

深秋與落日各別代表一年中美好景色與一天的盡頭，它們本身有特定的時間上的意義，但是更衍生出蕭瑟荒涼的傷感。在這首詩一連串的時間與空間交錯，由深秋與落日的意象來收束情感，更在字面外增添許多的感慨，也在詩的整體呈現上達到奇情的目的。

在馬維爾〈致羞怯的情人〉，他一連串說理的模式並沒有什麼獨創性，因為在同時期的創作當中，這樣旁敲側擊的邏輯演繹手法已成一個慣例。但是他在說明他的愛如同植物般生長的同時，並沒有具體提到女主角的美貌，而是用百年、萬年的時間來欣賞她的每個部位，這就讓讀者產生了許多遐想，因為對方必定是個上帝的完美傑作才能禁得起這樣的「審視」。這與無名氏的〈情歌〉來比較：

Madrigal

My Love in her attire doth show her wit,

　　It doth so well become her;

For every season she hath dressings fit,

　　For Winter, Spring, and Summer.

　　No beauty she doth miss

　　When all her robes are on:

　　But Beauty's self she is

　　When all her robes are gone.

情歌

我的愛人穿著打扮頗見其妙，

　　跟她的人相得益彰；

一年四季都有合適服裝可挑，

　　不論冬，春或夏天。

她沒有錯失一絲美麗，

　　如果衣服穿在她身上；

　　但當一切衣服都褪去，

她就是美自身的模樣。

（陳黎、張芳齡譯，2005：20-21）

就可以看出奇情之處，同樣是對愛人的美的描述，馬維爾的譬喻方式就讓他的情的格局更大更濃稠的展現，在美感範疇中屬於崇高美。愛情是生命中唯一的目標，沒有其他事物可與之比擬。「唐詩之感染與衝擊，往往並不藉助幅度大小或其他外在的物理修飾，反而多於小處著力，注入各種可掌握的能量，促使字裡行間一切修辭因素以有機型態交織，相生互補，牽制，抗衡，遂不斷給出美的活力。」（楊牧，2001：224）例如李白〈秋浦歌〉：

秋浦歌

百髮三千丈，緣愁似箇長。

不知明鏡裡，何處得秋霜。

（清聖祖敕編，1974：1724）

這裡只是由一個照鏡子的動作所產生的情感波動，驚疑時間消逝的飛快，自己的愁緒如同三千煩惱絲的綿長。這與馬維爾認為要因時間的流逝而盡情享樂的強勢積極比較，就顯出中詩的優美美感特色。這是中西格律詩在技巧上一個以象徵寫實而一個以譬喻寫實見長的差異。

　　中國自由詩仍承自格律詩的寫作傳統的技巧，「初期白話新詩的文法追求側重於『辨』。胡適說，『詩界革命』必須完成三件事，其中的第二條就是『須講求文法』……胡適特別看重敘述性強、語法規範明確的語言：『詩國革命何自始？要須作詩如作文。』……大約從『五四』後期開始，中國現代新詩逐漸減弱了追蹤複雜思維的努力，模糊的詩意、整體性的朦朧感受逐漸引起了人們的興趣，於是，『忘言』的文法追求開始出現了……現代漢語的堅硬結構第一次被軟化……二〇年代中期以後的新月派、象徵派詩人則進一步『忘卻』了語法的嚴密性，讓詞義、句子結構、篇章邏輯都處於鬆鬆散散、飄忽不定的狀態……現代派詩歌顯然更是精益求精地雕琢那些『並列』的詞句。通過對傳統語言的借鑒，通過對詞性的『忘卻』，通過對句子篇章的『省略』和調整，現代派詩歌較多地營造了近似於唐詩宋詞式的『意境』理想。有時，這些詩歌也繼續使用漢語中具有鮮明邏輯性的連詞、副詞，卻又別出心裁，恰到好處地消解了其中的思辨因素，顯出一種超越語言規則之後的圓潤與渾融……『明辨』與『忘言』的循環往復便是古今中國詩歌共同性的文法追求了。」（李怡，2006：162-166）推動這一循環的是中國文化中的終極信仰與現實社會環境的交互作用，這在第六章中會處理，在此先略過不談。先看簡政珍的〈當鬧鐘和夢約會〉：

當鬧鐘和夢約會

當鬧鐘和夢約會

我走進妳心情的海灘

潮汐打溼翻白的褲管

鳥聲帶走鹹溼的氣味

日子的點滴是消散的浪花

我在無止境的黑夜等待妳的笑意

鬧鐘的呼喚已瘖啞

當車身一一拋棄風景

速度和歌聲迷惑方向盤的轉向

窗外是默然無語的天色

旅途是電線丈量的心路歷程

回首是路邊拋棄的輪胎

前瞻是稻田焚燒的落日

這時妳聽到

夢中鬧鐘的呼喚嗎？

當我在夢中將心情留給童年

河川倒溯至高山的雪原

一隻飛鷹在天邊尋找歸宿

一頭犛牛在湖邊顧影自憐

一列火車開進朦朧的戰火

一張虎皮進占一個華麗的客廳

一個老鐘在沾染血跡的五斗櫃上

滴答

（白靈主編，2008：601-602）

這裡正是用這種朦朧的意境，詩中的詩句大部分是條理分明具有邏輯的句子，在並列的詩句中看到純真與人為破壞的對比，在鬧鐘和夢約會的時間點等待著女主角的出現，整首詩中過去與現在的景物交錯，營造出一種片段意象的「忘言」式的優美。

西方認為美的事物隨時都有可能消失，「只有透過文學來保存它們，將它們『凝固』在作品中，才不至於像塵世的生命那樣朝生暮死。這顯示了他們極度相信語言的堆砌就會構成意義：作家只要找到精確的語言符號，就可以教它們裝載滿盈的意義。」（周慶華，2007：176）在這前提下的技巧展現也相對地豐富。西詩在美感表現上發展的順序，是從前現代的崇高、優美、悲壯，現代的滑稽、怪誕至現今的語言遊戲的諧擬、拼貼與網路連結的多向和互動，這當中的技巧特徵是以譬喻性語言表現馳騁想像力。所謂譬喻性語言，就是以明喻、暗喻、換喻、借喻、諷喻等讓語言活了起來，產生一個具體的意象，使讀者如同親身經驗作者的情感與肉體反應。例如羅伯特‧法蘭西斯（Robert Francis）的〈獵犬〉：

The Hound

Life the hound

Equivocal

Comes at a bound

241

Either to rend me

Or to befriend me.

I cannot tell

The hound's intent

Till he has sprung

At my bare hand

With teeth or tongue.

Meanwhile I stand

And wait the event.

獵犬

生活這條獵犬

用意莫深

蹦跳而來

要麼想要咬我

要麼和我交個朋友。

我可猜不透

獵犬想幹什麼

直到牠縱身一躍

對準我的空手

用牠的牙齒還是舌頭。

在這之前，我等待著

牠的分曉。

（朱乃長編譯，2009：87-88）

就將生活的不確定性比喻為獵犬，永遠不知道它會傷害你還是當你的朋友。這就將一個抽象的概念具體化為日常所見的一個現象；生活有它野蠻的一面，也有它恬適的可能，只是未到那一刻，我們都還無法預料。又或是沃爾特・薩維基・蘭多（Walter Savage Landor）將死亡當成人來看待：

Death Stands Above Me

Death Stands Above Me, whispering low
I know not what into my ear:
Of his strange language all I know
Is, there is not a word of fear.

死亡站在我背後

死亡站在我背後，對著我的耳朵
輕輕地不知道在說些什麼；
他那古怪的話語我只懂得：
一點也沒有提到害怕。

（朱乃長編譯，2009：94）

　　在中西詩作美感上各有其所重的地方：中詩以象徵為長，西詩以譬喻性語言為特徵，雙方特徵在詩作中各占了大部分的分量。象徵性語言產生的多義性有利於中國格律詩的創作，沿襲到今，雖然自由詩在形式上放大了，但是在內質上還是以優美、含蓄為主。例如路寒袖的〈落葉〉：

落葉

昨夜

以星光寫就的詩篇

在晨曦中凋萎

一如飄零的想望

被誰踩踏著？

窸窣的低泣

細步追逐於無人的廊道

一群永不回頭的迴響

或是

水上一片

偶然流經眾人面前的

落葉

（白靈主編，2008：227-228）

跟艾密莉‧狄瑾蓀（Emily Dickinson）的〈沒有一艘飛帆比得上書本快〉同樣是在寫物，但表現出來的氣勢就明顯的有強弱的差別：

There Is No Frigate Like a Book

There Is No Frigate Like a Book

　　To take us lands away,

Nor any coursers like a page

    Of prancing poetry.

This traverse may the poorest take

    Without oppress of toll;

How frugal is the chariot

    That bears the human soul!

沒有一艘飛帆比得上書本快

沒有一艘飛帆比得上書本快，

    載送我們去到異國他鄉；

也沒有任何駿馬快得能勝過

    一頁騰躍而矯健的詩篇。

這行旅可帶領最最貧窮的人，

    不用為繳納過路費發愁；

載負著人的心靈的這輛馬車，

    它是多麼地省事又省錢。

（朱乃長編譯，2009：40-41）

讚頌書本與詩的力量，將它們比坐飛帆、駿馬及馬車的交通工具，只是這些仍快不過書本與詩滋養人們心靈的速度，這裡的技巧有漸進式的邏輯推理，與中詩的內感外應的書寫方式所呈現的圓滑優美，就有明顯的質差。

第四節　崇高感與雅致感：
中西格律詩與自由詩風格的審美因緣

　　王國維《人間詞話》的「境界」雖然是評詞的術語，不妨也可將它當成評詩的一個標準；葉嘉瑩對於王國維的「境界」以佛教梵語語義來說明它的含義，「所謂『境界』實在乃是專以感覺經驗之特質為主的。」（葉嘉瑩，1078：220）也就是說有了人的主觀意念才有「境界」的存在。花草樹木因為有人的情感作用產生接觸，才有「境界」的存在。這是由人的感官所創造出來的，也就是眼、耳、鼻、舌、身的感官刺激的感受和情感意念。詩不也是由此而生？例如：「紅杏枝頭春意鬧」和「雲破月來花弄影」的「鬧」和「弄」，就是詩中境界的所在：「其含義應該乃是說凡作者能把自己所感知的『境界』，在作品中作鮮明真切的表現，使讀者也可得到同樣鮮明真切之感受者，如此才是『有境界』的作品。所以欲求作品之『有境界』，則作者自己必須先對其所寫之對象有鮮明真切之感受。至於此一對象則既可以為外在之景物，也可以為內在之感情；既可為耳目所聞見之真實之境界，亦可以為浮現於意識中之虛構之境界。但無論如何卻都必須作者自己對之有真切之感受，始得稱之為『有境界』……故能寫真景物真感情者謂之有境界，否則謂之無境界也。其所謂『真』，其實就正指的是作者對其所寫之景物及感情須有真切之感受。這是欲求作品中『有境界』的第一項條件。」（葉嘉瑩，1078：221）也就是成就一首好詩的條件是作者真摯的情感與觀察力，才能傳達出最原始的悸動來感動讀者。

　　葉嘉瑩在論述王國維的「優美」與「壯美」的美感區別時認為，區分這兩個美感特徵在於「無我」及「有我」的差別：「『有我之境』，原來乃是指當吾人存有『我』之意志，因而與外物有某種相對立之利害關係時之境界。而『無我之境』則是指當吾人已泯滅了自我之意志，因而與外物並無利害關係相對立時的境界。我們可以試取他所舉的例證來作為這種解說的參考。他所稱為『有我之境』的詞句，如『淚眼問花花不語，亂紅飛過秋千去』、『可堪孤館閉春寒，杜鵑聲裏斜陽暮』，便都可視為『我』與『外物』相對立，外界之景物對『我』有某種利害關係之境界。至於他所稱為『無我之境』的詞句，如『寒波澹澹起，白鳥悠悠下』、『採菊東籬下，悠然見南山』，便都可視為『我』與『外物』並非對立，外界之景物對『我』並無利害關係時之境界。」（葉嘉瑩，1078：230）所以他在「優美」與「壯美」的主要區別，可說就是詩中人的主觀情感的有無：「所以說：『無我之境，人惟於靜中得知』。至於『有我之境』，則再開始時原曾有一段我與物相對立的衝突，只有在寫作時才使這種衝突得到詩人冷靜的觀照，所以說：『有我之境，於由動之靜時得之』。」（同上，231）這是他根據康德和叔本華的美學理論所導出的判別標準，利用到中西詩比較的美感區分時，我大致認為中詩的壯美較偏向在優美的範疇中。先前舉過杜甫的〈觀打魚歌〉，詩中情景交融可說是壯美的表現，但是在最後兩句對生命際遇的感嘆，讓整首詩由歡樂雄壯的氣氛轉到靜態的感觸與現實的觀照。

　　蕭立明在《翻譯新探》中對於風格的解釋是：「風格就是文學藝術的表現形式。」（蕭立明，2007：120）劉昌明《謝靈運山水

詩藝術美探微》中對於藝術風格的說明是：「所謂『藝術風格』，
即指藝術家及藝術作品上，所呈現出來的鮮明獨特的格調、氣派、
作風和個性，或指藝術創作整體上之代表性特點，是由藝術家主
觀方面的特點和題材的客觀特徵相統一，所形成的一種獨特的藝
術風貌……而形成此藝術風格之因素，則大致可歸納為主觀因素
（及內部因素）和客觀因素（及外部因素）兩個方面，所謂的主
觀因素，是指作為創作主體的藝術家自身的條件，包括藝術家的
世界觀、生活經歷、藝術素養、個人氣質、稟賦、學識等，至於
客觀因素，是指藝術家所要反映的客觀對象，對創作的制約作用
以及藝術家所處的社會環境、民族傳統、時代風尚等對創作的影
響。」（劉昌明，2007：175）我在中西格律詩與自由詩風格的審
美因緣中，所針對的是不同文化觀背景對詩人風格的影響來比
較，因此從中西詩作所表現出來具有代表性的雅致與崇高風格特
色著手。

　　中西文學的創作主題同樣有限，「我們考察古典中國文學，參
觀西方文學，知道文學的主題畢竟是有限的……嚴格說來，所有的
文學藝術都環繞著愛與死這兩件事在運作發揮──廣義鉅大的天
人對越，國族關懷，和狹義的男女間的依戀，親子孺慕，友誼，草
木鳥獸莫不有情；而渾離破散和肉腐骨枯的全盤毀滅，心靈麻痺的
絕望，愚昧無知的衰疲，莫非死亡。文學家以超越的智慧處理愛與
死的問題，並且探討不愛和無死的問題，手法雖然可以翻新，主題
始終是固定不能多所變化的。新詩運動以來，詩人所展示的作品雖
然其面貌與古典不甚統一，但基本上他們所關懷思維的主題，他們
所探討的人與社會的出路，他們的疑問和肯定，仍然繼承著傳統知

識分子的智慧和良心。」（楊牧，2001：6-7）詩的風格正是在這些固定的主題當中所呈現的差異。鍾玲在討論加利‧史奈德（Gary Snyder）的寒山翻譯中結論：「寒山詩的自然環境是崎嶇而孤寂的，但絕對沒有到敵意與暴力的程度，而史奈德詩中的自然卻是嚴苛的，具侵略性的，即對人有敵意的……簡而言之，史奈德把寒山安寧與鎮靜的心境換掉了，用一種人與大自然敵對的心境來取代，而這種心境必然是源自他自己在山中的經驗。無論史奈德在一九五〇年代與禪宗有多深刻的呼應，他仍然有一種抗爭的感覺，而這種感覺是源自西方傳統的心態。」（鍾玲，1996：196）這就是我所說的文化風格差異。

　　在本章第三節中舉的馬維爾〈致羞怯的情人〉，在情愛的表現風格上就與中國天差地別。馬維爾在詩中表現出勇於追求愛情的果敢，並對女方動之以情說之以理，與中詩隱忍的表情方式兩相對照之下，中詩的雅致（優美）風格就明顯的呈現出來了。西方的崇高感表現在馬維爾〈致羞怯的情人〉中對女主角的追求方式，他認為她值得受到萬年、百年的時間來讚揚她的美，這無疑就將她推到了極盡崇高的地位，正也是西詩在讚頌愛情時的一貫寫作風格。「亞里斯多德主張，使用譬喻文字能力的有無正足以衡量天才之大小，或根本闕如，完全不是天才。」（楊牧，2001：序 5）這也是西詩風格處於崇高美感的另一原因，這當中的文化情結留待第六章再來處理。羅伯特‧福洛斯特（Robert Frost）的〈薔薇科〉也是利用暗喻把他的妻子崇高化，在所有薔薇科中玫瑰永遠是玫瑰，在現實生活中仍是獨一無二的玫瑰暗喻她的妻子是世間的唯一：

The Rose Family

The rose is a rose,
And was always a rose.
But the theory now goes
That the apple's a rose,
And the pear is, and so's
The plum, I suppose.
The dear only knows
What will next prove a rose.
You, of course, are a rose—
But were always a rose.

薔薇科

玫瑰是玫瑰，
一向是玫瑰。
但現在卻有個理論
說蘋果是玫瑰，
梨子也是玫瑰，而且
我猜李子也是玫瑰。
下回誰會成為玫瑰
只有天知道。
但你當然是朵玫瑰——
而且一直是朵玫瑰。

（朱乃長編譯，2009：152-153）

　　在中國內感外應的傳統作詩方法，詩人是以主觀的意志來經驗這個世界，並將自我的感受記錄在詩篇當中，「中國詩歌國度裡，詩人經常反覆感懷的『懷古、感時、體物』議題，正是詩人常處於孤寂的自我獨白裡，讓自己體驗時局、江山、萬物，自我與世界對話，所滋發的精煉詩語……眾所關心的，是他是否將內心情感予以表達……而非鉅細靡遺地描繪生活事件的過程。漫篇累讀充滿了情緒性的直觀語言，不論是直抒胸臆，亦是借景抒情，同樣是被作者與讀者共同默許的，而神話想像般的詩性語言之塑造，並非必要構成傳統詩句的條件。」（周慶華等，2009：110）這是中詩雅致風格的成因，更是中西詩作風格的差異原因，同樣是寫愛情，中詩的愛情雖有意將她或他崇高化，但是在全詩的情感風格上，仍停留於含蓄欲言又止中，例如元稹的〈離思〉：

離思

曾經滄海難為水，除卻巫山不是雲。
取次花叢懶回顧，半緣修道半緣君。

（清聖祖敕編，1974：4643）

寫的是擁有過後的失去，屬於靜態式的回想與感嘆，比之將愛情視為生命的全部的西方情詩，一個熱情外放的極盡追求所製造出的崇高美感的對照，就是中詩含蓄婉約的雅致表現了，這樣的例子數不勝數。至於西詩則擅用邏輯推理在詩中的作用，使用說服對方的引證來烘托最後的主旨，例如菲莉普絲（Katherine Philips）〈致我卓越的露卡西亞，談我們的友誼〉：

To My Excellent Lucasia, on Our Friendship

I did not live until this time
Crown'd my felicity,
When I could say without a crime,
I am not thine, but thee.

This carcass breath'd, and walkt, and slept,
So that the world believe'd
There was a soul the motions kept;
But they were all deceiv'd.
For as a watch by art is wound
To motion, such was mine:
But never had Orinda found
A soul till she found thine;

Which now inspires, cures and supplies,
And guides my darkened breast:
For thou art all that I can prize,
My joy, my life, my rest.

No bridegroom's nor crown-conqueror's mirth
To mine compar'd can be:
They have but pieces of the earth,
I've all the world in thee.

Then let our flames still light and shine,

And no false fear controul,

As innocent as our design,

Immortal as our soul.

致我卓越的露卡西亞，談我們的友誼

我一直到現在才算活著

我的快活得到加冕，

我可以無罪地說

我不是你的，我就是你。

這身軀會呼吸，走路，睡覺，

以至於世人相信

有靈魂維繫著這些活動；

但他們都受騙了。

如同錶，機械地靠著上發條

才能走動，我也是如此：

但歐琳達從來沒找到靈魂，

在找到你的靈魂之前；

你的靈魂激發，治療，滋養

並且導引我黯淡的胸脯；

因為我能珍視的唯有你，

你是我的喜悅，生命，安寧。

　　任何新郎或帝王的歡愉

　　都無法跟我的相比：

　　他們有的只是幾塊土地，

　　在你身上我擁有全世界。

　　讓我們的火焰繼續燒著照著，

　　無須管任何虛假的恐懼，

　　如我們的本貌一樣純真，

　　如我們的靈魂一樣不朽。

（陳黎、張芳齡譯，2005：98-101）

這是除了愛情之外，對友情崇高化的一個例子。

　　藝術的美有它的精神性與實用性，詩在西方的發展較重於精神層面中對永恆的追求，而中詩則是可以說是實用性的實踐。「藝術的起源和發展的主要進化條件，就在與人類生存有關的那些活動中。」[埃倫・迪薩納亞克（Ellen Dissanayake），2004：99]「優秀的藝術總是保持著一種情感與理性的張力，所以『敏感的心靈在藝術中找到的不是奢華，而是他們的生命本源』。」（徐岱，2005：425）中西詩人在尋找生命的本源的過程中，其方法的使用正代表著中西文化審美的異同。詩可以有不同的形式、技巧，但是在風格表現中西各有其明顯的一致性，美國學者歐文・埃德曼（Irwin Edman）將藝術文化歸納為兩方面：理智和情感。（歐文・埃德曼，1988：8-16）中國文化受儒、釋、道三家的影響，儒家的禮制規範對於詩的影響為情感內斂，道家在莊子認為「進入坐忘境界就等於進入了審美境界，忘卻一切的有為之思本身就已重回『原生我』的自然狀

態，就具備了審美創造的原發性。因為任何一種新思想、新發現都是在不同程度地揚拋前識結構的基礎上實現的。對於獨創性、新穎性要求最強的藝術創作來說更是如此。故謂：『虛靜恬淡寂漠無為者，萬物之本也。』所以『坐忘』簡單的說就是要忘卻被給與的我。而忘卻的目的在於『忘身、忘心、忘外』，揚棄一切有為之思的負累，達到高度的單純與明淨。」（劉梅琴，2007：222）「莊子的審美超越，是以現象的描述建立美學，使中國的美學，建立在創作的經驗上，有獨特的發展，非常不同於西方純粹論理式的美學。講求虛靜寂寥，指的就是在審美觀照中，所有的內部心理活動都停止了，但是無任何特別內容的純意識和明淨感仍然存在。故心齋是由耳而心，由心而氣的修養工夫，是由外而內，由有心而無心進而以大我直接與自然對話，與大道冥同的超拔解消的心理歷程。其過程是經由生理──耳目感官，進而到心理──心意感性，在臻性理至──神志理性。」（同上，224）在這樣的審美條件下，就有別於以下荷立克（Robert Herrick）的美感展現：

Upon the Nipples of Julia's Breast

Have you beheld（with much delight）
A red rose peeping through a white?
Or else a cherry（double graced）
Within a lily? Centre placed?
Or ever marked the pretty beam,
A strawberry shows, half drowned in cream?
Or seen rich rubies blushing through

A pure smooth pearl, and orient too?

So like to this, nay all the rest,

Is each neat niplet of her breast.

茱麗亞的乳頭

你曾否看到（十分欣喜地）

一朵紅玫瑰自白玫瑰背後偷窺？

或者一顆櫻桃（雙重的優雅）

在一朵百合花內？位置正中？

或曾留意優美的光芒，

發自一顆草莓，半身浸泡在鮮奶油？

或者看過豐潤的紅寶石羞紅著臉

穿過光潔的珍珠，同樣色澤鮮麗？

就像這樣，別無它樣——

她胸前兩顆勻整的小乳頭。

（陳黎、張芳齡譯，2005：80-81）

用譬喻性語言來創造新的意象，人體的一部分經由文字的描述呈現
出它的神聖性，紅色的玫瑰、紅色的櫻桃和紅寶石相對於白玫瑰、
鮮奶油和珍珠，在色彩上的強烈對比除了讓人印象深刻外，更有明
亮生動的光潔意象，如同一項完美的藝術品展現在人們面前。

西詩譬喻寫實的語言營造出的詩境與中詩象徵寫實來比較，
一個是具體的造景，一個則著重在內心的感悟。造景時的氣勢宏
大，例如司馬特（Christopher Smart）在〈為身材短小向某女士辯

白〉一詩中，在第二節利用詢問的語句來帶出第三節中自己靈魂的高潔，強調外表的醜陋反而有利於靈魂的神聖，靈妙的比喻讓人不禁莞爾；但是一路的勸說之下，真是會讓人忍不住傾倒在他的文筆之下：

The Author Apologizes to a Lady for His Being a Little Man

Yes, contumelious fair, you scorn

The amorous dwarf that courts you to his arms,

But ere you leave him quite forlorn,

And to some youth gigantic yield your charms,

Hear him－oh hear him, if you will not try,

And let your judgement check th' ambition of your eye.

Say, is it carnage makes the man?

Is to be monstrous really to be great?

Say, is it wise or just to scan

Your lover's worth by quantity or weight?

Ask your mamma and nurse, if it be so;

Nurse and mamma I ween shall jointly answer, no.

The less the body to the view,

The soul（like springs in closer durance pent）

Is all exertion, ever new,

Unceasing, unextinguished, and unspent;

Still pouring forth executive desire,

As bright, as brisk, and lasting, as the vestal fire.

Does thy young bosom pant for fame:

Would'st thou be of posterity the toast?

The poets shall endure thy name,

Who magnitude of mind not body boast.

Laurels on bulky bards as rarely grow,

As on the sturdy oak the virtuous mistletoe.

Look in the glass, survey that cheek —

Where Flora has with all her roses blushed;

The shape so tender, — look so meek —

The breasts made to be pressed, not to be crushed —

Then turn to me, — turn with obliging eyes,

Nor longer nature's works, in miniature, despise.

Young Ammon did the world subdue,

Yet had not more external man than I;

Ah! charmer, should I conquer you,

With him in fame, as well as size, I'll vie.

Then, scornful nymph, come forth to yonder grove,

Where I defy, and challenge, all thy utmost love.

為身材短小向某女士辯白

沒錯，傲慢的美人，你大可嘲笑

那對你大獻殷勤的多情矮子，

但在你令他孤獨失意

而對某個身材巨大的猛男放電之前，

請聽他說話——聽他說啊，即便你不願，

好讓你的判斷力抑止你目光之野心。

聽著，殘殺動武才算男子漢嗎？

窮兇惡極才真算偉大嗎？

嘿，用數量和重量來衡量愛人的價值，

這豈是明智或公正之舉？

問問你的母親和奶媽，是這樣的嗎？

我想奶媽和母親會齊聲回答：非也。

外表越是不起眼，

靈魂（一如嚴密禁錮的泉水）

才得以盡情揮灑，永遠如新，

取之不盡，用之不竭；

不斷湧出有行動力的欲望，

像爐火女神的火一樣明亮，鮮活，持久。

你年輕的心是否渴望名聲：

你願是後人舉杯頌讚的對象嗎？

詩人們能使你留名青史，

他們誇耀的是「心靈」而非「肉體」的巨大。

月桂鮮少長於龐大笨重的詩人之身，

一如高潔的槲寄生鮮少生於粗壯的橡樹上。

照照鏡子，端詳那臉頰——

花神以其全數玫瑰使之嬌紅；

體態纖柔——神色溫馴——

乳房是用來輕按，不是猛壓的——

那麼，請轉向我——帶著體貼的眼光轉向我，

不要再輕視具體而微的大自然成品。

年輕的阿蒙的確征服了世界，

然而他不見得比我更體面；

啊，美人，若我非得使你臣服，

我願與他，就名聲，就體型，一較高下。

所以，態度輕蔑的美少女啊，請去那邊的矮樹叢，

我要在那兒挑戰你最大限度的愛。

（陳黎、張芳齡譯，2005：120-123）

中國新詩雖然受西方影響深遠，但是骨子裡仍然是傳統中內感外應的雅致風格，例如黃國彬的〈沙田之春〉：

沙田之春

胸中遍地江湖，

一只黑色的水禽

拍著雙翼

消失在

一片

漠

漠

的

水

光

中，

毛毛雨落在沒有行人的路上，

落在白色的田裡，

毛毛雨落在彎腰插秧的農夫

背上的簑衣，

深山的樹叢

傳來一兩聲

子規湜湜的鳴叫，

池塘生春草，

魚兒的嘴在水面開合，

漣漪散向四邊，

田裡，青蛙跳了出來，

濕黑的樹葉上，蝸牛

慢慢伸出了黏滑的觸角——

轟隆一聲我醒來，

一架黃色開土機的巨螯

又挖起了一堆山泥倒入海裡；

沙田馬場，一望無際的黃土，

正繼續聲勢洶洶向吐露港那邊掩殺——

磅磅磅磅，寂靜如水晶碎裂，

> 一艘強力引擎快艇
> 正劃開澄清的海面
> 朝我這邊全速削來，
> 後面留下一道慘白的疤痕，
> 以及一縷一縷的黑煙。

（張默、蕭蕭主編，2007：1089-1091）

就算是在控訴工業社會對環境的迫害，也不時興對景物的實況描寫
而僅止於含蓄的指控。

第六章　中西格律詩與自由詩的文化因緣比較

第一節　創造與氣化：
中西格律詩與自由詩類型的文化因緣

　　第五章所談中西格律詩與自由詩的美感類型比較，在文化系統的位階中屬於表現系統的差異，在中西文化的比較中，我將採用周慶華與其他學者所提出的文化類型著手，從中看出文學在整個文化體系所扮演的角色，並且由中西詩的美感特色，爬梳整理其文化因緣。第一章的圖 1-2-2 三大文化及其次系統圖對文化系統的五個次系統特色一一標明，周慶華更對這五個次系統作了以下一個關係圖，在圖的左邊括號部分是我為了註明本研究的文化與詩的美感表現所加上的，從中可以清楚看出文化與審美的位階關係；當中更有規範系統、觀念系統與終極信仰的層層影響。這一章的目的就在於從詩的表現特色上溯至最初的發生原因，了解文化各層次對詩的作用。

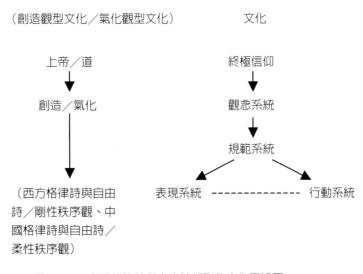

圖 6-1-1　中西格律詩與自由詩類型的文化因緣圖

　　詩在文化這個龐大的有機體的位階屬於最底層，與行動系統同樣是將文化具體化的表現，「西方詩學與文學理論的論域空間乃是在一般藝術學和一般語言學的交叉點上來劃定自己的論域空間的。這樣一來，詩（文學）一方面在藝術學的範圍內與一般藝術概念之間形成垂直的從屬關係；另一方面在與別的門類藝術概念（造型藝術、音樂）之間形成水平的差異關係，這些關係的相互限制構成西方詩學（文學理論）可能的入思空間。相比之下，中國古代文論對其研究對象的設定並沒有進行如此細密的區分，因而其論域空間是相對擴大而無所不包的……『文』是納入無所不包的宇宙自然的總體文象中來加以思考的，因而『文論』是總體宇宙自然道論的一部分，對『道』以及『道之文』的一般思考在根本上規定著文論的思想前提。同時由於『天人合一』的主導信念之規約，人文與天

文、地文、物文之間的並列性關係又主要是從同一性上來理解的。
因此，人文與天文、地文，物文之間的自然比附成為理解人文的基
本思想方法……與西方詩學相比，中國文論從來沒有納入藝術論的
視野……在中國，文與道之關係是最基本的文論論域……也沒有一
個類似西方的、最一般的藝術概念，即包括詩、造型藝術、音樂在
內的藝術概念。」（余虹，1999：59-60）中西詩的很大不同點在於
西方將詩定位於技藝的一種，而詩在中國是對於道的一種體現，是
個人德行品格的象徵。第五章第一節中西格律詩與自由詩類型的美
感差異是剛性秩序與柔性秩序美：剛性秩序講求邏輯的直線性思維
與柔性秩序非線性的思維，在文化系統下有它們各自的成因。而從
詩的美感表現上溯到終極信仰的層面，更能幫助我們對西方文化與
自我文化的了解。

在詩的類型發展上，西方史詩與中國《詩經》的四言詩是最早
的記錄，一個體積龐大，一個玲瓏小巧。一個重視結構布局具有邏
輯演進的直線性表現，一個則是以內感外應為創作動機的往復唱
嘆。拜倫對於史詩的結構有一尖刻逗趣的敘述：「我的詩是史詩，
而且打算／分成十二卷；每一卷都包含／愛情、戰爭、和海上的狂
風，／列出船隻、船長、和統治／新角色的國王；插曲有三種：／
地獄的全景正在排練，／依照維吉爾和荷馬的風格，／所以我的史
詩名字沒有取錯。」（引自 Paul Merchant，1986：98）史詩的線性
邏輯表現在它的龐大敘事結構與情節發展是無庸至疑的，只是現在
探討的是成因。吳大品（Tai P. Ng）《中西文化互補與前瞻——從
思維、哲學、歷史比較出發》對西方邏輯思維的成因從人類演化觀
點探討，他提出：「早期歐洲人專愛捕殺為數較少的大型動物，因

而集中精力發展謀略，促成了理性與分析思維。在洞穴繪畫和黏土雕刻上出現大動物的生動細節和寫實形貌，清楚表明當時的人有這種思維特質。這些圖形預告了後來古希臘人對線條、形體、形式、表情及姿態的強烈愛好，這點從幾何學及希臘早期雕刻可見……希臘藝術家傾向於一種建基於觀察生物和仔細解剖而來的表達方式。諸神不分男女，都賦以人形，比例均衡，絕無瑕疵。一絲不掛的人體，在其完美表現之一刻，是以其和諧勻稱之美為人稱道。希臘人很早就熱中於理性、邏輯的分析思考，還有希臘藝術所臻之完美，都著實令人驚嘆。希臘學者執迷於本體論及發展因果式思維，肯定從這傳統而來。」（吳大品，2009：36）

　　人與自然界的關係所形成的概念決定了一個歷史團體的世界觀，「在希臘人參與構成的西方世界中，真理被理解為知識，對什麼是真實及什麼代表那真實性之知識，追尋的是事物之永恆及實體所在。中國哲學家提的問題卻關乎『哪兒』：道在哪兒？中國人早就接受世事的變幻才是永恆的觀念，因此以尋道來適應這個變幻的現象或表面真實。」（吳大品，2009：54-55）西方創造觀型文化追求真理與永恆的過程是一連串創新成果的累積，最明顯的要屬於科學的發現，利用數學公式推算宇宙中的自然規律，這些都是抽象思維的推理發現，主要是在了解造物主的根本定律，「要建立一個有意義的假說，或提出一個新定律，並非對觀察所得之有規律現象作出被動反應，而是一個富有想像力的創造過程，往往得對大自然的真正性質獨具隻眼。」（同上，43）中國氣化觀型文化重視物體的精神而較不在意實際的外形，例如中國水墨畫中的人物只用簡單的線條勾勒出大概的外形，看不到人物表情與肢體動作的細節，這種

重視精神美感的表現深入到表現系統中的各個項目。「中國人一般講求實際，注重實用，思維通常是考慮某成分或某物件是否有用及如何應用。這種傾向延伸至中國哲學及中國的神話傳說，其跟希臘及羅馬神話傳說之區別在於總以致用為主。」（同上，57）所以在詩中的表現也以是否達到抒發情志或教化的作用為主，在意精神的表達，而不像西方的著重細部與演繹推理。

這從司馬相如寫給卓文君的情詩與馬維爾〈致羞怯的情人〉中，就能體會中西情感表現的差異：

> 鳳兮鳳兮歸故鄉。遨遊四海求其凰。時未遇兮無所將。
> 何悟今夕升斯堂。有豔淑女在閨房。室邇人遐毒我腸。
> 何緣交頸為鴛鴦。胡頡頏兮共遨翔。
> 鳳兮鳳兮從我棲。得托孳尾永為妃。交情通體心和諧。
> 中夜相從知者誰。雙翼俱起翻高飛。無感我思使余悲。

> （徐陵編，未著出版年：432）

詩中提到女子美貌與賢淑兼具，對於她的美沒有具體的描寫，可能也因為那不是最主要的部分，畢竟德性在中國比外貌還重要。而這比起馬維爾具體地說：「我植物般的愛情會不斷生長，／比帝國還要遼闊，還要緩慢；／我會用一百年的時間讚美／你的眼睛，凝視你的額眉；／花兩百年愛慕你的每個乳房，／三萬年才讚賞完其他的地方；／每個部位至少花上一個世代，／在最後一世代才把你的心秀出來。／因為，小姐，你值得這樣的禮遇，／我也不願用更低的格調愛你。」（陳黎等譯著，2005：91-94）司馬相如表愛情詩與〈致羞怯的情人〉相比較，就顯得含蓄並只點到為止。這與中國社

會的組成以家族為單位有關,「家庭在儒家文化傳統裡不是私人領域。毋寧說,不管在家庭內外,公私領域的界限並不分明,而且變化不定,彼此滲透。」(吳大品,2009:152)個人意識並不被鼓勵,就算有愛也不敢大聲說,只能藉由各種婉轉的詞句含蓄表達,因此在司馬相如的詩中可以感到作者使用鳳求凰與鴛鴦的象徵手法表達他的深情,卻看不到激情。司馬相如的愛是「交情通體心和諧」,為求一種靜態的心境滿足的和諧;而馬維爾的愛是動態的「知行合一」,「此刻,像發情的猛禽/寧可一口把我們的時光吞掉/也不要在慢嚼的嘴裡虛耗。/讓我們把所有力氣,所有/甜蜜,滾成一個圓球,/粗魯狂猛地奪取我們的快感」。(陳黎、張芳齡譯,2005:91-94)

從文化底層的表現系統往上追溯成因而得到整體性的理解,「中國傳統『含蓄宛轉』的表情方式,是因為有『他人』在的關係。向來中國社會是以『家族』為基本結構單位,每個人都受到一個緊密網路的制約,無從『自由自在』的談情說愛;偶有『膽敢』或『放肆』的去追求異性,也必定少不了『沒有這種福分』的他人(親戚兼及鄰人)『閒言閒語』的加被。」(周慶華,2008:217)這是《詩經・鄭風・將仲子》中女主角的憂慮:「人之多言,亦可畏也。」(孔穎達,1985a:161)「相對地,西方社會以個人為基本結構單位,自己事『自行負責』而跟他人不必相牽連,所以大家都可以『大辣辣』的向所愛的人表白情意(甚至連帶的不諱言對性欲的渴望),以至『痴迷瘋狂』的示愛方式在沒有阻力的情況下能夠相沿成習。」(周慶華,2008:218)這是家庭組成的社會與強調個人自主的社會在規範系統中的表現差異。中國社會的和諧狀態很多是在犧牲

個人情感特色的結果，在以禮為社會規範的同時，很多的個人行為則受到團體的制約，「禮的主要功能就是防止人與人發生衝突。禮是一種約束，一種自我修養和對別人的尊重，與一己利益攸關的行為因之而有所規範。另外，禮也能積極護持人性，使人高尚。孔子教人樹立人格，要克己復禮。因此，尊敬忍讓等態度，都是人得以在群體中自立成人的先決條件。」（吳大品，2009：146）

　　從規範系統往上溯到觀念系統，就是氣化觀和創造觀兩種不同的世界觀。氣化觀認為宇宙萬物是由精氣化生而成，每個人的場域並沒有一定的界限，由血緣分親疏遠近，「在《淮南子》中，道、陰陽和氣互為補充，是中國宇宙生成及運行學說的核心概念。道統攝陰陽，使存有得以延續，通過構成所有物質之氣，把有機、無機及人之生命形式連結起來。」（吳大品，2009：72）西方創造觀則認為宇宙萬物是上帝所造，人是上帝的創造物，「古代西方人相信永恆（真理、真正的現實、統一的原理）是理性、邏輯、永遠不變的一、整體和存有（本體論），它存在於表象及變化（多、多元生成）之後。形而上是一切知識最概括最根本的分面。真知必須是永恆、普遍並客觀的。感官經驗或經驗知識不能提供通向普遍真理的途徑。要使發自原始混沌狀態（空虛、疏離和混亂）的宇宙邏輯秩序相互協調，就需要一種超然的力量（上帝的意志）。」（同上，76）詩在這中國的道中出發，融合道家的美學思想與儒家的實用主義，在類型發展上從四言、五言到七言的格律詩，一路上都偏向小巧、凝煉的表現，反觀西方除了史詩之外，在其他類型的詩中，大部分仍呈現一貫的邏輯思維與激進的情感表達，例如 19 世紀美國詩人朗費羅（Henry Wadsworth Longfellow）的〈生命的禮讚〉：

A Psalm of Life

Tell me not in mournful numbers,
Life is but an empty dream!
For the soul is dead that slumbers
And things are not what they seem.

Life is real! Life is earnest!
And the grave is not its goal;
Dust thou art, to dust returnest,
Was not spoken of the soul.

Not enjoyment, and not sorrow,
Is our destined end or way;
But to act, that each to-morrow
Find us farther than to-day.

Art is long, and Time is fleeting,
And our hearts, though stout and brave.
Still, like muffled drums, are beating
Funeral marches to the grave.

In the world's broad field of battle,
In the bivouac of Life,
Be not like dumb, driven cattle!
Be a hero in the strife!

Trust no Future, howe'er pleasant!
Let the dead Past bury its dead!
Act, act in the living Present!
Heart within, and God o'erhead!

Lives of great men all remind us
We can make our lives sublime,
And departing, leave behind us
Footprints on the sands of time;

Footprints that perhaps another,
Sailing o'er life's solemn main.
A forlorn and shipwrecked brother,
Seeing, shall take heart again.

Let us, then, be up and doing,
With a heart for any fate;
Still achieving, still pursuing
Learn to labor and to wait.

生命的禮讚

請勿向我悲嘆：
「人生虛如夢幻！」
沉睡的靈魂形同死去
萬物有其存在的涵義

生命真實莊嚴
終點絕不是墳場
肉體雖歸於塵土
靈魂卻未必死亡

享樂或是悲傷
均非生命的方向
唯有行動！　能使明天
比今天走得更遠

藝術永恆　光陰過隙
心靈需剛強勇敢
縱使心跳逐漸低沉
也要昂然邁進墳場

世界是遼闊的戰場
生命是野宿的營房
勿甘做任人驅使的牛羊
在戰鬥中要當一名勇將

別冀圖來生的歡樂
勿留戀逝去的過往
行動吧！就在當下
滿懷熱情　蒼天為憑

偉人生平提醒我們：
生命誠可高尚

離去時應留下足印

在時光的沙洲上

這足印　也許會有一個

生命幽海的航將

在船難絕望的時候

看見了──又重新鼓起力量

行動吧！起而行

以熱情迎向命運

不斷成就　永遠追尋

耐心等待　努力耕耘

（尤克強，2004：40-43）

〈生命的禮讚〉旨在激勵人心迎向生命的挑戰，證明自己的存在，留下可供後人模範的事蹟典範，不屈服於時間的殘酷，就算正邁向死亡也要不枉此生，透過每天不停的行動才能成就一番事業。這與情感含蓄、點到為止的中詩，可說是強烈對比。在勸人珍惜時光的詩作中，最讓人琅琅上口的是杜秋娘的〈金縷衣〉：

金縷衣

勸君莫惜金縷衣，勸君惜取少年時。

花開堪折直須折，莫待無花空折枝。

（邱燮友注釋，2001：534）

或是蘇東坡〈和子由澠池懷舊〉中對於人生的看法：

和子由澠池懷舊

人生到處知何似，恰似飛鴻踏雪泥；

泥上偶然留指爪，鴻飛那復計東西。

老僧已死成新塔，壞壁無由見舊題；

往日崎嶇還記否，路長人困蹇驢嘶。

（王文誥、馮應榴輯注，1985：96）

同樣是由作者實際的生活經驗所發出的對生命的看法，對於生命消逝的不確定性採取接受的態度，「中國文化的道是陰陽合一，是一種延續的存在，連接起無機、有機及人類生命形式。這種連接靠的是所有物質的組成元素『氣』。所有這些觀念都被概念化為過程，而非實體。道不可名狀，道生一，一生萬物。當道家讚頌『與萬物為一』時，這種一體指的是和其他事物的延續，而非等同。延續使道為一，差異使道為多。道也許可被解釋為變化本身，即每一刻變化的過程。宇宙是個動態有機體，綜合了人類、社會和天地自然，在動態平衡中完全協調。」（吳大品，2009：77）儘管有「人死留名，虎死留皮」的壯志，但畢竟是對個人品行道德的勉勵之語。儒家沒有上帝與永恆的觀念，因此對於時間與生命之間的關係總是感嘆的多，例如《論語・子罕》中：「逝者如斯夫不舍晝夜。」（邢昺，1985：80）

劉若愚提出中國詩善於短篇抒情和內省，相對於西方敘事詩是屬於短小的；雖然中國也有敘事詩，只是在長度上從來就沒有超過數百句的作品，西方的史詩與悲劇並沒有在中詩出現。他認為是中文語言本身的特性，「中文充滿單音詞和雙音節複合詞，這些由於

具有固定的音調和頓音的節奏，本身不適合於長篇的詩作。況且，同音詞的豐富也不利於很長的詩，因為作者很快就會用盡了可以用的韻……其次，各個具體表現出整個人生觀的偉大史詩和悲劇之缺如，或許也由於中國人精神的流動性……中國人的精神是實際的（pragmatic）而不是教條的（dogmatic）：敏於知覺和理解，它將每一種經驗一發生即加以同化吸收，可是對於所有的經驗並不試想加以一種先入的模型。」（劉若愚，1985：252-253）這從文化體系的表現系統的文字特色，再到觀念系統中儒、釋、道三家思想的融合對人們的影響，再進一步則是到達終極信仰上對於天、道等的生命體認。人在中國氣化觀型文化中是由精氣所化生而成，精神的流動性本就是自我本身的內涵，沒有必要強分精神與形體，因為本就是一不可分的整體，「中國詩人，其中大多數並不是偉大的哲學家，他們自然有他們的哲學觀和宗教觀，可是他們時常是擇取各家之長的而不是有系統的；同時展示出儒家、道家和佛家的傾向，而不致力將它們綜合成一個一致的體系。中國詩人既不像但丁和密爾頓那樣，利用既存的宗教體系或哲學體系作為自己的詩的構架，也不像布萊克那樣創出自己的體系。」（劉若愚，1985：253）中國社會雖然容許個人的才華表現，可是那是在團體的和諧下的小小自由，「傳統中國社會以家而非個人為核心單位。家庭團結和睦，至為重要，甚至可以說中國人的世界一切都納入了家庭關係。中國文化常常被稱為『孝道文化』，家庭是中心，是個人生活所依、身分所繫、道德所立、人生意義所歸之處。」（吳大品，2009：110）從家庭推廣到團體社會結構，中國詩人受到旁人的束縛比西方詩人強大的多了。

　　劉若愚又提出中國人偏愛短詩的另一精神層面的原因是，中國
人在精神層面上強調的是事物或經驗的本質而不是細節，「中國詩
人通常是專心致力於捕捉一個景、一種情調、一個世界的神髓，而不
是描繪它的各種各樣的外表。」（劉若愚，1985：254）再者「中國
的三個主要思潮都是反衝突的：儒家勸人一切守中庸；道家主張無
為和順服自然；佛家不是宣揚意識的全歸於無，就是以通俗的方式
宣揚輪迴報應。所有這些教義使衝突變成要不得的或者不需要的，
而沒有衝突則亞理斯多德所謂的悲劇不可能發生。亞理斯多德的悲
劇概念所含的其他要素，像有『疵』（harmatia）的悲劇英雄和淨化
作用（catharsis）的理論，對中國人的思想也是格格不入的。」（同上，
255）中國自由詩一方面承接自傳統文化的觀物思想；一方面受西方
思想與學說的影響，在詩中的表現與傳統格律詩的情感抒發有著情
感強弱的差別。現代詩人也模仿西方的邏輯推理，在詩中也表現層
次分明的推理方式。這在自由詩的分節上能明顯看出，例如楊牧〈十
二星象練習曲〉，當中以中國傳統的時間計算單位配合西方的星象概
念，在明喻與隱喻之間穿插實體與形象描寫。整首詩不如西方情愛
的張狂，而是有著含蓄隱忍的不說破的美感，在性愛的肢體動作中
給足了讀者的想像空間。基於篇幅的關係，我在此引部分詩為例：

十二星象練習曲

子

我們這樣困頓地

等待午夜。午夜是沒有形態的

除了三條街以外

當時，總是一排鐘聲

童年似地傳來

轉過臉去朝拜久違的羚羊罷

半彎著兩腿，如荒郊的夜哨

我挺進向北

露意莎──請注視后土

崇拜它，如我崇拜你健康的肩胛

丑

NNE3/4E 露意莎

四更了，蟲鳴霸佔初別的半島

我以金牛的姿勢探索那廣張的

谷地。另一個方向是竹林

飢餓燃燒於奮戰的兩線

四更了，居然還有些斷續的車燈

如此寂靜地掃射過

一方懸空的雙股

（張默、蕭蕭主編，2007：1047-1048）

　　中國的宇宙觀認為天地萬物都是由氣化所形成，「中國宇宙的氣既可以體現為面、線、點，也可以不體現為面、線、點，因此面、線、點是重要的，面、線、點周圍的與之虛實相生的空間也是重要的。因此，比較西方而言，中國雖然也注重面、線、點的『可見同

一』，但更注重面、線、點後面的『內在同一』。」（張法，2004：287）也因此中西詩所呈現的秩序性也有強弱之分，西方剛性秩序觀重視點、線、面之間的延展順序，因此在情節安排上是由小而大串聯成一個整體，例如敘事詩龐大的篇幅結構就是由此產生；中國注重整體地統一表現而不在細部上斤斤計較，相對地就省去了許多解釋性的語言，而在類型表現上就一直處於五七言體的句式，再多就顯多餘了，畢竟「此中有真意，欲辯已忘言」（逯欽立輯校，1964：998）。

第二節　空間化與時間化：
中西格律詩與自由詩形式的文化因緣

空間化與時間化這個標題是取自於王建元《現象詮釋學與中西雄渾觀》，對於中西山水詩的雄渾美感在時間與空間上的探討。他認為中國山水詩的雄渾美感形成的關鍵在於：「中詩所表現的時間動力和結構，以至體認和接受時間為經驗之最終座標。時間是詩人達致一個窮極和把握到『非我』的純真存有的條件和基礎結構。」（王建元，1988：138）而西方山水詩的最終依歸是達到無時間性的、永恆的境界，因此他說明西方山水詩的傳統特色是時間空間化（to sp atialize temporality），而與西方相對的中國山水詩特色則是空間時間化。「中國山水詩人由於傳統哲學文化中並沒有純粹西方的形上架構的支持，而只在時間與空間二者相互交替的關

係中表現其反應或美感。」（同上，136）詩的開頭是對自然景物的
描寫，繼而提出時間洪流下對生命的疑問，最終體會了人在時間
中的有限，並提出一個時間與個人都無窮盡的解決方案，是典型
的由空間書寫到內心情感的表現模式，也是由具體空間到抽象的
時間感嘆的過程。這也是我將它運用到整體的中國詩原因，除了山
水詩外，很多的格律詩在寫法上也呈現出這樣的特色，例如金昌緒
的〈春怨〉：

春怨

打起黃鶯兒，莫教枝上啼，啼時驚妾夢，不得到遼西！

（清聖祖敕編，1974：8724）

同樣是從景寫起，前面兩句的劇情在第三句中給了答案，但是答案
之後並不表示結束，因為在內心中仍有夢境的時間在進行著，起床
了，夢斷了，只留下滿心的惆悵與懊惱，在最終是由「到遼西」的
時間性引出悠悠的綿長情思與感嘆。

　　王建元對西方山水詩的美感類型沒有給一個確定的中文翻譯
名詞，雖然他自己認為應是「雄渾」，但是在討論中為免於對名詞
定義的爭執，而是以英文 S 來代表，「S 經驗中的反面性是激發詩
人對自然的不可測度作出反應；它是引致最後純理智的勝利的一
個意符。其過程是由形體上的主客接觸而使詩人產生了知識論的
焦慮，進而成功地把握到將形體或外物感性遠遠拋離後面的形而上
超越性……從康德到黑格爾，S 本身（德文是 Erhaben）是拋棄外
物形體的絕對的精神超越，其涵義是把靈魂高高地提升，離開現
象世界的束縛而邁向永恆。」（王建元，1988：24）除了山水詩有

追求本體抽象的精神與永恆的美感特徵外，在其他詩作的表現上也同樣循著這個方向發展，例如斯賓塞（Edmund Spenser）的一首十四行詩：

One day I wrote her name upon the strand

One day I wrote her name upon the strand,
But came the waves and washed it away:
Again I wrote it with a second hand,
But came the tide, and made my pains his prey.
"Vain man,"said she, "that dost in vain assay,
A mortal thing so to immortalize;
For I myself shall like to this decay,
And eke my name be wiped out likewise."
"not so,"quoth I, "let baser things devise
To die in dust, but you shall live by fame:
My verse your virtues rare shall eternize,
And in the heavens write your glorious name,
Where whenas death shall the world subdue,
Our love shall live, and later life renew."

有一天，我把她的名字寫在沙灘

有一天，我把她的名字寫在沙灘，
但海浪來了，把那個名字沖掉；
我用另一隻手把它再寫一遍，

　　但潮水來了，吞噬掉我的辛勞。

「虛浮的人，」她說，「你這樣做無效，

妄想使凡俗的事物永垂不朽；

因為我自身就會像這樣毀消，

而我的名字也難逃抹滅之手。」

「不，」我說，「讓低賤的東西自求

回歸塵土之道，但你將因美名而存活：

我的詩將使你稀罕的美德長留，

並將你燦爛的名字書寫於天國，

死亡將征服這個世界，但在那裡，

我們的愛將存活，並在來生永續。」

　　　　　　　　　　　（陳黎、張芳齡譯，2005：32-33）

　　在這首詩中譯的最後一行提到「來生」，我認為是有語言上誤差的，從英文的詩句中看到的是在死後生命的永存，並且西方宗教觀中並沒有像大部分中國人所認為的「來生」。現在就我所理解的詩來說，詩人開始是描寫事件的發生，進而是男女主角對於事物終將因為時間的流逝而消毀的辯證。詩人基於對自己本身才華的肯定，認為她的名透過他的詩將永世留芳，並且就算肉體衰老死亡，他們的愛也仍會在天國（天堂）永續。這正是西方山水詩一貫地在結尾時將情感推向超脫時間限制的永恆的例子。基於以上的理由，我在中西格律詩與自由詩形式的文化因緣中採取時間化與空間化的論點來處理（如圖 6-2-1），也能同時與第五章中的美感表現作連結，更深入了解文化的影響。

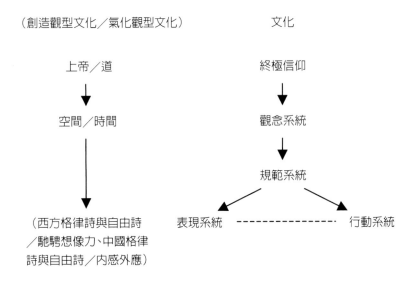

圖 6-2-1　中西格律詩與自由詩類型的文化因緣圖

　　王建元的研究以詩中的反面性來證明中西詩的崇高美感的差異。他以美國文評家偉思果（Thomas Weiskel）所提出的 S 經驗的三個內在結構的層次來說明：「（一）人們的思想意識與大自然之間的關係始於一種習慣的、和諧的狀況；其中視覺（察覺）活動和綜悟能力是正常完備的，故『意符』（signifier）與『及意念』（signified）互相湊泊而均衡（equilibrium）。（二）上述的和諧關係因一些龐然大物從外界闖進意識而崩潰，先前的領悟運作受到嚴重破壞。原因之一是『意符』超量呈現，使思想找不到意義（及意念）來作出相等的反應；其二是『及意念』超量呈現，因為這龐大事物本身的意義因太深奧太隱晦而壓倒知覺活動。（三）最後思想意識重獲平衡，理由是在第二階段造成衝突那種外間客體事物的不能企及性或『不

確定性』（indeterminacy）本身變成一個新的意符，象徵著思維通過客體事物而與一種超越性的意義層次（transcendent order）建立了新的關係。在其中，意符和及意念重新獲得平衡對稱，所不同於第一階段的，便是這和諧均衡遠遠超越原先的狀況，能使心靈得以邁向某種心往神馳，高超拔俗的溢揚境界。」（王建元，1988：18-19）這是西方山水詩的普遍結構，但是中詩並不像西詩企圖把情感提升到超越現象界的永恆，而是將主體與客體融合成一種和諧的狀態，沒有西詩的情感衝突與往上推至精神理想的掙扎，更沒有一定的上述三個結構層次。

　　余光中認為詩是一種時間與空間的藝術，「我們可知每首詩都有專屬的音調結構和意象結構。經由意象組合與意境營造，詩能在我們心中喚起畫面或情景，而收繪畫之功。另一方面，把字句安排成節奏，激盪出韻律，詩也能產生音樂美感，而收音樂之效……繪畫屬於空間藝術，音樂屬於時間藝術。在時間這方面，詩和音樂具有相同屬性，因此詩中有樂，樂中有詩；在空間這方面，詩和繪畫具有相同屬性，因此詩中有畫，畫中有詩……時間與空間的結構組合，再經由詩人主題意義加以統整，便形成詩。」（東海大學中國文學系編，2006：59）這是由詩的形式來欣賞，黃永武將詩的形式分為結構、辭采、聲律和依附在文字上的神韻去探討，在結構中明顯的是時間與空間的排列關係，例如金昌緒的〈春怨詩〉是以第一句與第二句互為因果關係，第三、四句又與第二句有因果關係，在整首詩中的現在時間與過去時間的對照，將女子內心的情感活靈活現的傳遞出來。中詩內感外應的寫作動機在辭采上的美感特色為含蓄。與中詩比較起來，西詩在馳騁想像力的作用下，剛性秩序觀的

文字修辭表達出強烈的情感，例如羅伯特・彭斯的〈一朵紅紅的玫瑰〉，直接以明喻的方式讚美：「啊，我的愛人像朵紅紅的玫瑰」、「我的愛人像一支歡快的樂曲」（朱乃長，2009：149-151）等更多的譬喻方式。這一章主要是探討美感特色在文化體系中的成因，因此除非必要，將不再對詩形式上的聲律一一說明。

　　在文化的觀念系統指的是「一個歷史性的生活團體的成員認識自己和世界的方式，並由此而產生一套認知系統和一套延續並發展他們的認知體系的方法；如神話、傳說以及各種程度的知識和各種哲學思想等都是屬於觀念系統，而科學以作為一種精神、方法和研究成果來說也都是屬於觀念系統的構成因素。」（沈清松，1986：26）對時間的認知是一個團體認識世界的起點之一，西方文化著重邏輯性，「宇宙從混沌中產生，這一觀點是西方起源觀念的根本所在。古希臘關於一與多、存有與變化、靜止與運動的爭論，都和宇宙的本質有關。因果思維傾向於認為只存在一種世界秩序，伴隨以相應穩定的法則，自始至終通行於這種秩序。相信宇宙是單一秩序，這一觀點假定了構成世界的眾多現象可依據統一原理來界定，這些統一原理又轉而決定了萬物的根本存在。真正的現實存在必須是持續、穩定、永恆而不可分割的統一體。它必須是個有限的單一秩序世界，其完美和完滿乃依照統一原理而定。」（吳大品，2009：77）這個秩序是沒有彈性的，時間的流動有它一定的法則，在詩中的時間演進的終點是朝向真理的探求，也是趨向永恆的靜止狀態。與作《神曲》的但丁（Alighieri Dante）同名的 Dante Gabriel Rossetti 有一首緬懷亡妻的詩，除了時間的觀念之外，也可以看出西方終極思想的運作：

Sudden Light

I have been here before,

But when and how I cannot tell:

I know the grass beyond the door,

The sweet keen smell,

The sighing sound, the lights around the shore.

You have been mine before,

How long ago, I may not know:

But just when at that swallow's soar

Your neck turned so,

Some veil did fall——I know it all of yore.

Has this been thus before?

And shall not thus time's eddying flights

Still with our lives our love restore

In death's despite,

And day and night yield delight once more?

驀然想起

我來過這裡

不知何時　為何而來

我記得門前綠草如茵

芳香撲鼻

風聲呢喃　岸邊的燈火點點

你曾經愛我

不知在多久以前

當燕子翩翩飛向天際

你飄然回首

面紗垂落　這一幕我曾見過

莫非往事循環？

時光如漩渦流轉

我們能否再次相愛

跨越死亡

讓前世的歡欣　在今世重現？

（尤克強，2004：106-107）

　　迄至目前為止，見到的中文譯詩在時間上的翻譯都是採取中國文化的時間觀念，例如上面這首詩的結尾，中文翻譯提到今世與前世，可是在英文詩中並沒有這樣的字眼，他是以死亡來當作生命的分界點，生前的經驗讓詩人想要超越死亡，再一次重溫愛情的美好。這在西方的宗教觀裡，死亡並不是結束，而是一個邁向永恆的過程，所以時間的發展有一線性的過程並在最後凝滯在一個時間點上。在杭特（Leigh Hunt）〈珍妮吻了我〉中，詩人慎重地將這個「珍妮吻了我」的事件記在特定的時間點上，也顯示出西方所認為的時間也和萬物一樣有著固定的形式與限制的：

Jenny kiss'd me

Jenny kiss'd me when we met,
Jumping from the chair she sat in;
Time, you thief, who love to get
Sweets into your list, put that in!
Say I'm weary, say I'm sad,
Say that health and wealth have miss'd me,
Say I'm growing old, but add,
Jenny kiss'd me.

珍妮吻了我

我們碰面時，珍妮從
椅子上跳起來吻了我
時間，你這喜歡把美事
放進你目錄的竊賊，把那記上去！
說我很疲倦，說我很悲傷，
說健康和財富都與我擦身而過，
說我日漸老去，但要加上，
珍妮吻了我。

（陳黎、張芳齡譯，2005：146-147）

吳大品以郝大維和安樂哲（Ames, Roger T. and David L. Hall）對中西時間與空間思維來比較：「在古代中國，時間滲透一切，毋容智辯。時間並非獨立於物，而是物所以存在之一個根本性質。跟其

他貶抑時間與轉變以追求永恆不變的傳統不同，在古代中國，事物總在流變，稱之為『物化』。中國傳統不會訴諸客觀性，令現象『客觀化』成為『對象』，因此不會使時間與物分離而出現只有時間而無物存在，或只有物存在而無時間，即不可能出現空洞的時間走廊或一個永恆的什麼事物（超乎時間之外）。在西方形上學傳統當中導致我們把時間和空間分隔的，是沿襲古希臘人的喜好，傾向於把世上事物視為形式固定，既具有固定邊界也有限制。要是我們不把現象的形式一面賦予本體上的優先地位，而是把現象看成在形式及變化方面同等重要，我們就可能會像古典的中國靠近，根據現象的不停變化而將之放在時間關係中，把現象當作『事件』而非『物件』。在這種注重流變過程的世界觀看來，每一現象都是時間之流內某股獨一無二的波浪或湧動。」（吳大品，2009：60-61）

　　中國的終極信仰是道，「道生一，一生二，二生三，三生萬物。萬物負陰而抱陽，沖氣以為和。」（王弼，1978：26-27）道是萬物之始，氣更是其中的精神，「夫混然未判，則天地一氣，萬物一形。分而為天地，散而為萬物。此蓋離合之殊異，形氣之虛實。」（張湛，1978：9）孔子說：「朝聞道，夕死可矣。」（邢昺，1985：37）、「天何言哉？四時行焉，百物生焉，天何言哉？」（同上，157）比之西方上帝所創的世界，中國的世界觀充滿了柔性色彩。中國古代詩人內感外應的寫詩動機讓詩的形式大不起來；孔子的道、仁、禮的主張與強調人事和諧也讓詩的情感放不開來。以萬物都為氣化所形成的信仰中，萬物都有其不定性，在時間與空間的意象書寫上也沒有特定的邏輯性，例如韋莊〈春日〉：

春日詩

忽覺東風景漸遲，野梅山杏暗芳菲。

落星樓上吹殘角，偃月營中挂夕暉。

旅夢亂隨蝴蝶散，離魂漸逐杜鵑飛。

紅塵遮斷長安陌，芳草王孫暮不歸。

（清聖祖敕編，1974：8008）

時間、空間交錯，作者寓情於景，在字詞的運用上顯出詩人未說明的情，例如：「東風、遲」、「落星、殘角」、「夕暉」等的用詞，在理應風光明媚的春日竟出現這些隱含愁緒的字詞，讓人更同情作者的離鄉心情。

以下先來看吳錫和的〈窗〉：

窗

一

我是窗

請凝視我

我是一幅畫

……

我是蒼茫

蒼茫是：一匹無形的

時空的

巨馬

二

在病中
我的窗是一隻深情的眼睛
有時明亮，讓我可以看見自由的飛越的鳥群
有時深邃，讓我可以聽見暗夜裡的一顆星
……
正以其溫暖的手掌
就像天空一般撫摩著一隻受傷的鳥兒

三

今天，想去看你
所以我就去
……
所以你醒來聽到的足音
只是一隻愛思想的螳螂
獨步在地球之上
且向著天空
霍霍揮著一把逐漸老去的鐮刀

四

……
當我熄去室裡的燈
天上的燈忽然都亮了

　　且一盞比一盞更有其慈悲的顏色

　　在盲人絕望的眼底

　　五

　　思想的弓拉動時間的小提琴

　　韋瓦第的四季

　　明媚了我窗前的風景

（張默、蕭蕭主編，2007：908-912）

這首詩在第一節中就從空間上近距離的樹推向時間的蒼茫，第二節中的窗充滿了詩人主觀的情感色彩，讓一扇窗成為溫柔的看護者，日夜陪在身邊。第三節的末句是從具體的意象到時間的流逝，螳螂霍霍地對天空揮著一把逐漸老去的鐮刀，更是對時間的一種無奈的抗議。第四節裡，詩人關了現實中的燈反而亮了盞盞的心燈。最後一節，在放逐一切思想並沉浸在音樂聲中結束。詩裡行間維持一貫的柔性秩序觀下的含蓄美感，並沒有任何衝突以產生知識性的焦慮產生，所以也沒有西方追求精神超越形體的崇高或悲壯的美感跡象。這一點和李怡所認為的古典詩歌影響現代詩歌的不完整性特徵一致（李怡，2006：16），是我們在追求西方詩藝的同時對於本身傳統文化的保留。

　　在圖1-3-2文學的表現中，中西文學各自的發展進程以中國來說有一個時期的斷層，也就是自二十世紀二〇年代以後取法於西方至今的文學演變，中詩在形式上的大改變在此不用多說（只是形式變了），但是基於傳統文化儒家的任重道遠的社會責任感，普遍詩人在創作上仍是不離對社會的關懷。西方文學雖然也受到其

他文化的刺激與翻譯介紹，既而嘗試吸收其他文化的觀物思維，
例如史奈德（Gary Snyder）採用中國男性文人之間的友誼表現方
式所成的詩：

August on Sourdough, a Visit from Dick Brewer

We lay in our sleeping bags
    Talking half the night;
Wind in the guy-cables   summer mountain rain.
Next morning I went with you
    As far as the cliffs,
Loaned you my poncho——the rain across the shale——
You down the snowfield
      Flapping in the wind
Waving a last goodbye   half hidden in the clouds
……

　　　　八月蘇竇山，狄克·布樓瓦來訪

我們躺在我們的睡袋之中
　　　　　　　傾談至半夜；
風吹電纜線　　夏日山雨。
第二天早上我送你
　　　　　　直至群崖之上
借你我的防雨披風——　　雨橫灑頁岩之上——

你步下雪原去

　　　在風中衣裳飄飄

最後揮手道別　身影扮演雲中

……

　　　　　　（引自鍾玲，1996：202-203，235-236）

但是這樣比較符合中國空間時間化的特色的詩畢竟佔西方詩歌的
少數。鍾玲在《美國詩與中國夢：美國現代詩裏的中國文化模式》
更是說明：「西方詩人對中國文明往往是推崇，但是仍有不少誤解
與歪曲」、「不論如何，布祿斯‧韋這首詩以一件中國文物為題材，
固然表現了他對中國藝術品及對中國文化的推崇；另一方面，他詩
中凸顯的其實是藝術品的永恆性，這在英美詩傳統是一個重要的主
題。」（鍾玲，1996：263-266）這也是西詩空間化的特色。

第三節　模仿與反映：
中西格律詩與自由詩技巧的文化因緣

　　在第五章第三節中的詩的審美圖，詩的最高美學表現是要達到
奇情或深情，而整個創作過程就包含意象的安置和韻律的經營等技
巧的運用，當中所蘊含的情感自然受各文化的影響而有表現上的差
異。西方的詩性思維與中國的情志思維的作用，雙方詩中的情感有
強弱之分，而造成這項結果的更是西方譬喻寫實與中國象徵寫實技
巧的運用。「西方絕大多數詠月之詩都和溫柔、清冷、思舊、愛情

293

等意象相連……但也有一些詠月詩非常突兀。戴維斯（W. H. Davies）有次望月，月亮即將被一朵看起來昏昏的雲塊遮住，他以為月光被遮住後會將雲層照成白色，誰知道月色穿不過薄雲，不白反黑，光線折射，從雲的四周發出燦美的光芒。他遂歎曰：多美的雲，幽闇如墨／散出亮麗的榮光／我心澎湃狂喜／她把雲染成了黑而不是白！」（南方朔，2001：169）在中西文化中的月亮都有它可愛溫柔的一面，而戴維斯拋除了一般的認定的情感，從實際觀察的角度描寫，雖然寫的是一個大自然的現象，但是他破除了人們所以為是的常理，反而造成了一種奇情效果。這就牽涉到一個文化團體對於事物的共同情感及觀物態度了。這節就要探討中西格律詩與自由詩技巧的文化因緣，也將利用前二節所使用的文化因緣圖來說明，從以下的圖來看文化體系中技巧的層次關係：

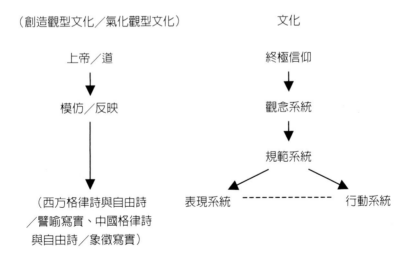

圖 6-3-1　中西格律詩與自由詩技巧的文化因緣圖

　　在第五章第三節引馬維爾的〈致羞怯的情人〉與余光中〈迴旋曲〉，同樣是對愛情的追求，馬維爾的情意就顯得積極、直接與事在必得的氣勢；而余光中所表露的情感是纏綿含蓄、不敢說破。相較起來，馬維爾的情愛是可以從肉體感官印證的，而余光中的情愛則是虛無飄渺的氣，可以感覺意會但沒有一個具體的意象。嚴格說來，大部分氣化觀型文化中的人都是秉持這樣的示愛方式。從《詩經》的四言詩、五言古詩、七言古詩、五言絕句、律詩到七言絕句、律詩，繼而到現今的自由詩，改變的是形式格律，情感表達一直都是以含蓄為主，技巧上也同樣不離象徵寫實的特色。究其原因是我們自古以來的文化傳統就是造成文學表現的本質，雖然現今社會受西方文化影響而與傳統社會不同，但是中國社會以家族為單位的觀念仍然不變；可以說因為工商社會的關係造成人與人之間的疏離，但是家族親情的倫理觀念仍像個無形的網絡僅僅約束著每個個體。這從朋友的交往更可以看清楚中國文化的社會關係：在一個團體中，必定先論年齡長幼與親疏再依這一層關係確定每個人所扮演的角色。這樣把家族的相處模式應用到社會交往中是一根深蒂固的觀念，「儒家的德性以強烈的人文關懷和實用傾向為中心，後來成為了中國文化之特色。這些德行強調人與人相交，須共同合作，相互容忍，互惠互利，彼此尊重；也注重如何使人民和睦相處，使宇宙萬物融洽共存。這些觀念長久以來成了中國思想家的重要考慮。」（吳大品，2009：144）在這樣一套機制的運行下，每一個個體相對地都犧牲了許多的自我，很多時候沒有辦法遵照自己的欲望說出心裡話。因為要維持融洽的氣氛，所以話就不能說的太直接，情就不能表達的太露骨，以免招忌而受迫害。也因此氣化觀型文化的個

體擅長以象徵的方式表達是其來有自的,並不因現代工業與網路世界的發達而消失。

在《論語‧陽貨》中的記載:「子之武城,聞弦歌之聲,夫子莞爾而笑,曰:『割雞焉用牛刀!』」(邢昺,1985:154)孔子說的話從字句來解釋與當時的情景並不直接相干,因為並不是真的看到有人正在殺雞,而是借一個比喻來說明當時對事件的想法,『雞』與『牛刀』都成了象徵,說話者的意思要從事件的整體發展來意會。這樣的說話方式成為中國文化的溝通藝術,也成為文學表現的象徵寫實技巧。中詩言有盡而意無窮的效果也要藉象徵的手法達成,「詩歌的『意象』其實包含了兩個層次:一是抽象內在,無形、不可見的感知心覺或情思意念;二是透過語言記號所勾勒,具體再現的物象、景象或事象。也就是說,透過語言文字,讀者可以『看』到某些景觀、物品或事件之類的『東西』,而透過這些『東西』,可以感知其中的情感、意念和想像。」(徐志平、黃錦珠,2009:199)也可說詩的第二層次是我們看到的文字形式,而第一層次才是判斷一首詩的關鍵,第一及第二層次互為表裡,但是抽象的意義才是詩的深情或奇情的精神所在。中國詩人的創作動機大體上遵循著內感外應的模式,從《全唐詩》的內容來看,大部分是酬答的作品或是旅遊景點的題詩,也有對自然時節的詠嘆,但是在這些詩作中很多都是詩人藉景抒情的工具。這是古代士人抒發情感的方式之一,也就是經由外在的刺激引發聯想進而書寫成詩。這也是為什麼中詩著重在現實界的描寫,少有全憑想像的詩作發生。

楊牧在《隱喻與實現》中提到詩的文化關涉,這是詩除了文字技巧外的其他因素。「論中國古典詩的文化關涉,我們必須特別檢

驗其中所包涵的傳統累積，如何構成詩的內在質理。傳統的中國詩人，沒有一個真正是孤獨處在時間茫茫的真空創作的。」（楊牧，2001：30-31）對於這點楊牧以陳子昂的〈登幽州臺歌〉：「前不見古人，後不見來者」來作時間的說明，雖然從這個時間點上看似孤單，但是他是以己身的遭遇想到古代樂毅先後受到燕王與趙王的重用，而千年後在同樣的地方，自己卻空有抱負而無伯樂賞識。就現實來說，他的確是孤獨的在那個高臺，但是在情感上，他前有古人的行誼，後有未來可能的知音，因此他並不孤單，「所以我們說，傳統的中國詩人構思執筆，志在繼承和延續，沒有一個是處在文化的真空裡創作的。」（同上，31）吳大品將中國的思維方式稱為關聯思維，「關聯思維是自發思維的一種，以非正式而臨時的類比過程為基礎，以聯想和區別為前提……中國人的思維富於關聯和隱喻意味，喜歡觀察模式、區分異同。強調的是物質、要素及事物各方面的特質、變化過程、相互關係及組織結構，而非單個要素本身……這種關聯思維模式使人非常實際地面對外部環境。」（吳大品，2009：80-81）中國傳統詩人以詩反映社會現實生活與心理活動都是因為自我個體與外物的刺激反應關係，從外在環境的刺激聯想進一步地抒發於文字。中國的象徵寫實技巧是由於個人在社會網絡下，情感表達不自由所發展出來的表情方式，象徵的多義性讓說的人有機會說出他的不滿與嘲諷，而聽的人無論聽懂或不懂都達到了說話人的目的了。因為聽懂了就等於意會了，在不直指著對方鼻子的情況下，也不會因為不給對方情面而破壞了以和為貴的美德，沒聽懂也算讓說者出了一口氣而不會惹禍上身。中國傳統的世界觀認為宇宙萬物都由精氣化生而成，「無極而太極。太極動而生陽；動

極而靜，靜而生陰。靜極復動。一動一靜，互為其根。分陰分陽，兩儀立焉。陽變陰合而生水火木金土，五氣順布，四時行焉。五行一陰陽也，陰陽一太極也，太極本無極也。五行之生也，各一其性。無極之真，二五之精，妙合而凝。乾道成男，坤道成女。二氣交感，化生萬物。萬物生生，而變化無窮焉。」（周敦頤，1978：4-14）萬物的生成演化是在和諧的狀態下融合變化，也因為這樣的觀念，讓中國傳統的人追求個人與自然、社會的和諧與道德涵養的工夫。「中國對人性的美學體驗反映出自然的美學秩序。他們強調感覺與理性、心靈與肉體、超越與內在、人類與自然、生存的超自然與自然、有形與無形等方面的統一和結合。」（吳大品，2009：79）透過內在的自我修養達到天人合一的和諧是傳統的哲學思想，從觀物思想對自然萬物的態度，間接地影響詩的內感外應寫作技巧，反映出詩人眼中的世界與當代的社會情景。

　　相對於中國的含蓄象徵的反映現實，西方的譬喻寫實就是在模仿創造另一個事物，「亞里士多德認為人有模仿的本能，而詩即是從模仿中產生的。」（徐志平、黃錦珠，2009：60）這從西方終極信仰對神／上帝的信仰產生，「西方歷來的世界觀，表面上繁複多樣，實際上確有相當的同質性，就是都肯定一個造物主（神／上帝）以及揣摩該造物主的旨意而預設世界所朝向的某一特殊目的。」（周慶華，2007：163）「西方思想的發展非常注重原子式的微觀和尋找本質的分析，這傾向可溯源至希臘早期，而一個歷史人物是否為世所重，當看其人能否立異標新，衝破前人巢臼（所謂非連續性）。笛卡兒、開普勒或愛因斯坦之所以凸出，是因為他們向現狀挑戰，和現狀形成鮮明對比。歷史把這等人物視為帶領各自領域另闢天下的開

拓者。這種歷史範例反映了西方在理解人的經驗時，通常設定了行為與動因的區分。此又與西方歷史研究觀一致，因為這種歷史研究主要關心如何確定起作用的力量，並將過去事件出現的成因歸於此一動力。」（Ames, Roger T. 引自吳大品，2009：61）這從希臘史詩的英雄和造成悲劇的因果關係可以看到西方線性的邏輯思考。古希臘的人與神的差別在於神性，他們在外形上並沒有不同，也同樣有著情感的喜怒哀樂，人的一切奮鬥都是朝向精神上的昇華以求達到神的神性，只是每每因為自我本身的人性缺陷而失敗。這樣思維的詩作，往往藉著想像力與譬喻技巧企圖掌握永恆的美與理性。

　　到了基督教上帝創造萬物及近代機械的發明，「對中古世紀的心靈來說，世界乃是一個秩序緊密的結構。在這種結構下，上帝主宰著世上每一事物，人類根本沒有什麼個人目標……人生在世的目的……在於尋求『救贖』。」（周慶華，2007：164）到了機械世界觀以後，人類旨在探索神所推動的這一龐大機器，「人類對自己在世界裡所看到的精確性身為著迷，進而冀圖在地球上模仿它的風采。因此，歷史乃是工程上的一種不斷地實習。地球就像一個龐大的『硬體庫』，它由各色各類的零件所構成，而人類必須將這些零件裝配成一種功能性的系統，並且有永遠做不完的工作。」（同上，165）人類對萬物的探索是一連串模仿上帝造物的創新過程，對於永恆真理的追求也是西方學說不斷演變更新的動力。詩自古以來的發展動力也同樣是由此而來。西方詩性思維的想像力運用，讓詩的情感鮮明強烈並且勇於探討各個面向，例如荷立克〈茱麗亞的乳頭〉等，都是利用譬喻性語言極力模仿事物的作品，用文字塑造一件不朽的藝術品——詩。

　　詩在文化體系的層次屬於底層，它表現了西方社會的規範系統、觀念系統與終極信仰，「相比之下，西方文學的宗教性特徵就尤為明顯。如果說儒教文學將關注的焦點放在國計民生上，那麼基督教文學則將關注的焦點放在人的救贖上……當然，從文藝復興之後，西方的世俗化也與現代化幾乎同步而行，但是這種世俗化並沒有動搖西方文學中原罪的觀念與來世的福樂，而確保這種觀念的就只有上帝與耶穌。這裡的關鍵，還是西方文化是注重個人的文化，能夠給孤立無援的個人以反抗群體與社會力量的源泉，仍是上帝與耶穌基督。」（高旭東，2006：51）在浪漫主義詩人對古典主義詩歌的不滿下，他們所主張的是擺脫舊有觀念對創造力的限制，讓想像力能無邊界的徜徉，詩人所關心的主題更推廣到市井小民。這樣的訴求仍是自我本身文化的另一種表現，在意的是知性的傳統下多了向內反省的感性表現，例如雪萊的詩中利用變化無常與永恆不變的意象並列，以並列層層說理的方式寫出他的愛情的永恆性：

To－[Music, when soft voices die]

Music, when soft voices die,

Vibrates in the memory.——

Odours, when sweet violets sicken,

Live within the sense they quicken. ——

Rose leaves, when the rose is dead,

Are heaped for the beloved's bed ——

And so thy thoughts, when thou art gone,

Love itself shall slumber on.

致——音樂，在柔美的聲音消逝後

音樂，在柔美的聲音消逝後，

還縈迴在記憶裡——

香氣，在甜美的紫羅蘭萎去後，

還存留在被激起的感官裡——

玫瑰葉，在玫瑰凋零後，

仍布滿在情人的床榻上——

對你的思念亦如是，當你已離去，

愛將繼續沉睡下去。

（李信明，2007：212-213）

西方宗教文化隨著科技的進步而日益衰弱，人們不再相信有一個存在於時間之外的永恆實體。對於神的信仰逐漸幻滅的過程，人的主體性與重要性也被提升，到視宇宙為一龐大的機械體而人有能力去解開運轉的迷津的現代中，這一連串地發展都是沿著創新事物和否定原有事物的腳步進行。西方的創新與西方文化中的超越現世的觀念系統密不可分，「西方文學的想像力偏於對現世的超越，因而形成了高度發達的想像力……西方文學的想像力不但不囿於現世，而且具有否定現世的世外之音。如果說希臘文學的想像力具有向外開拓而欲支配自然力的品格，那麼中古以後西方文學則具有與神溝通而向來世超越的品格。在希臘文學中，人與人鬥爭的背

後是神與神的鬥爭，但是一切神，包括宙斯，都要接受一種必然律
——命運的左右。在基督教文學中，人、神與魔鬼的鬥爭幾乎貫穿
西方文學……高度的想像力已經形成了一種傳統。」（高旭東，
2006：32-33）這也是人終極信仰對神或上帝的遙想所形成的高度
想像力、超越與模仿創新的發生原點所在。

　　西方格律詩與自由詩從前現代寫實性的模象詩、現代新寫實性
的造象詩、後現代解構性語言的語言遊戲詩和網路時代多向性的
超鏈結詩的一路發展，由最初希臘詩人認為詩是由繆思女神藉詩
人吟唱所作，這當中的創造力來自於神，「爾後（基督教興起後
收編古希臘的眾神信仰為單一神信仰）天國／塵世兩個世界對立
所帶給詩人的無止盡遙想（在根本上西方人仍可以宣稱那也是緣
於造物主的啟示）。」（周慶華等，2009：20）「現代西方對於宇
宙觀的調整，頗為繁複……所有的現代思想及藝術，由現象哲學
家到 Jean Dubuffet 的『反文化立場』，都極力要推翻古典哲人（尤
指柏拉圖及亞里士多德）的抽象思維系統而回到具體的存在現
象。」（葉維廉，1983：56）這一連串反文化的行動表現讓詩的
語言產生了很大的變化，例如意象派極力破除英文文法的限制，
使用空間切斷與語法切斷的技巧。（同上，66）儘管他們致力於
達到中國詩中的無我之境的創新意境，「很多現代英美詩人的作
法便是字與物分割，就算他們用的是物象，這些物象已非在大自
然或具體的完整現象的物象，這些抽離的物象和字都被『陌生化』
了。『陌生化』的作用便是要讀者將之看作完全新鮮的事物，然
後再讓這些新鮮的事務由作者獨特的構思製造一個絕對的與外
在現實不同的世界……由於物象獨立與鮮明，在表達程序上接近

了中國古典詩，但另一面，因與外在現象切斷，所呈現的外物還是詩人私心世界的投射，無法做到真正的無我。」（葉維廉，1983：79-80）

　　西方文學表現在各個階段的發展都是自我的「反向」質疑所引起的效應，後現代詩的解構特色是要破除對語言的迷思。前現代派的「模象」與現代派的「造象」的不同點在於：前現代詩是描寫現實世界的真；而現代派詩是以語言創造一個詩中世界的真。「解構文本的目的在要求透過不斷地重構過程，重新詮釋文本的意義，以開放其他可能的詮釋，並經由一連串的思考辯證，更深入地探討文本……換句話說，解構思考在解構現存的中心結構，破除二元對立的關係，不斷重構，已進行歷史演變和思潮接替更換的不止息過程；如此循環不已，才能在各個歷史階段裡產生新象和新知，而不致封閉和約束在現存結構的『意識型態國家機器』裡。」（楊容，2002：20）這過程是每一個階段對先前階段的超越，這當中想像力的作用是一大主因。而想像力又源自於對神或上帝的遙想，進而認為人也可以媲美上帝創造萬物的能力，運用文字模象與造象的功能達到永恆的精神層面。西方詩性思維的野性的想像力一直是中詩情志思維學習西方的鴻溝，雖然中國自由詩運用了西方的寫作技巧，例如白靈的〈真假之間〉：

真假之間

只有雲是真的，天空是假的
落日是假的，只有晚霞是真的
只有灰燼是真的，燃燒是假的

　　永恆是假的，只有瞬間是真的

　　只有謊言是真的，真話皆是假的

　　愛是假的，恨，只有恨偏偏是真的

　　只有假的是真的，如果真的，皆是假的

（李有成、王安琪，2006：250）

解構了日常生活中的常理，「『五四』文學雖然師法西方文學，但是西方文學的基督教內涵並沒有被『五四』文學所看重──一方面『五四』文學並沒有像西方傳統文學那樣透視人的深在罪惡，並且在人與上帝的對話中表現一種近乎永恆的人性；另一方面，『五四』文學也沒有感受到上帝死後那種無可皈依的荒誕與焦慮……雖然『五四』文學張揚個人的自由，但是張揚個人自由的目的卻是家國族類的繁榮富強，這仍然是傳統文學將個人納入整體之中的一種現代表現。」（高旭東，2006：134-135）也因此可以理解白靈的〈真假之間〉雖是後現代語言遊戲解構下的表現，但是它仍屬於傳統上內感外應對現世現象的抒發。

第四節　個人意識與集體意識：
中西格律詩與自由詩風格的文化因緣

　　在這一節的討論中，不免也要利用中西格律詩與自由詩風格的文化因緣圖來看各層次

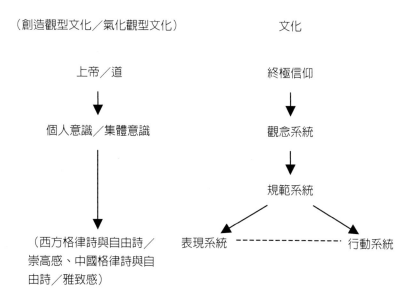

（創造觀型文化／氣化觀型文化）　　　　　　文化

上帝／道　　　　　　　　　　終極信仰

個人意識／集體意識　　　　　　觀念系統

規範系統

（西方格律詩與自由詩／　　表現系統 ------------- 行動系統
崇高感、中國格律詩與自
由詩／雅致感）

圖 6-4-1　中西格律詩與自由詩風格的文化因緣圖

創造觀型文化的格律詩與自由詩風格與氣化觀型文化下相關詩的
風格表現比較起來，是西方的崇高感對應中國的雅致感也就是優美
的美感表現。這在觀念系統中是個人意識與集體意識的差異造成
的美感特徵差異。西方社會的組成單位是個人，而中國社會的組成
單位是家族，在家族中的親疏關係網絡延伸至社會中，也更將個人
的重要性推至團體之後，而形成以團體為優先的集體意識。「個人
和整個社會的關係，是許多思想領域的關鍵問題……個體是人類
生存的主要單位；我們所經驗的意識，不管我們怎麼設法跟別人感
同身受，建立怎樣的關係，最終而言也是個人的意識。」（吳大品，
2009：135）

　　但是中西文化下的個人意識有程度上的區別，氣化觀型文化的個體與個體間遵循著由家庭倫理所引伸出的一套相處模式，「中國人所言之家既指家庭，也只學派（如諸子百家）和家世家族，可見中國哲學思想對人生的看法，一向以家為重，並以之為了解現實世界的模式。傳統中國社會以家而非以個人為核心單位……家庭是中心，是個人生活所依、身分所繫、道德所立、人生意義所歸之處。」（吳大品，2009：110）詩的「興、觀、群、怨」功用是要在這個場域中發生的，個人的修養努力是為了有機會為這個大家（國）效力的：「修身、齊家、治國、平天下」（戴聖，1985：983），也因此傳統士人眼中看到的是群體的福祉。李察・馬德森（Richard Madisen）對於中西方的家庭與倫理的討論說到：「在中國古典傳統，不可想像會有任何美好社會，讓個人與家庭分開，自由加入與家庭抱持不同原則的團體，更不會接納這些團體可以在一個美好社會互相競爭（即使是非暴力競爭）。也無法想像社會發展可以進步到個人逐漸擺脫原始的效忠關係，而自由選擇加入或離開哪個團體。浸淫於儒家傳統的人，其道德出發點就是一個最不容自由選擇和加入的機構，即家庭。對西方自由主義而言，在一個真正現代社會，甚至連家庭也得成為志願組織，容許成員自由離開，隨興之所至建立或中止關係。而對儒家來說，即使志願組織，如學會或行會，都像該家庭那樣，成員必須付出忠誠，不可輕易脫離關係。從儒家觀點來看，自由不在選擇隸屬於哪個團體，而在於將命定的責任創造性地推廣至更大層面，日益加深了解自己深為父子夫婦兄弟朋友上司下屬等種種不同角色的意義，從而可靈活變通，令某一角色與必須在世上扮演的其他角色互相協調。」（吳大品，2009：114-115）

在角色扮演上，每個角色都有他所應該遵循的行為規範，也因此在情感表現上就顯得拘謹，例如《詩經》〈將仲子〉的女主角並不是不喜歡男主角，只是怕父兄、鄰人之言，而整首詩不敢明說的含蓄情感也顯出詩的優美。

　　西方的個人自由觀念發軔於古希臘，從最早的第一位哲學家把水當成萬物的本源，將自然作為客體來觀察，從此將人與自然嚴格二分，「西方人從此就走上了對自然採取客觀研究的道路，發展了科學的態度和方法以及他們特有的哲學（或知識與智慧）……到智者和蘇格拉底才進一步發展出獨立於自然學術並與之對立的關於人本身的學術。」（楊適，1996：102-103）這是西方認識個人的開端，「他們認為人的自我意識的真正起點，在於發現自己的本質是靈魂，這是通過把人分為『不死的靈魂』和『有死的肉體』來實現的。」（同上，104）除了自我精神上的探討，社會發展也是另一個影響西方重視個人的重要原因，「在古希臘，商品經濟摧毀了氏族貴族制以至氏族制本身……在商品交換裡，雙方各有自己目的的手段，不能講什麼溫情脈脈的人倫之情，這樣人們就彼此分離成為私有者的個人，互相對立……由於交換要按價值法則行事，進入交換的人必須尊重對方的商品所有權和商品裡形成價值的勞動，並且反過來他也受到對方同等的尊重，這樣，雙方就在產品和勞動的客觀標準上承認了彼此獨立和平等的地位，建立起同人倫之愛一類全然不同的平等關係……雙方也就相互承認了各自獨立自主的自由意志，形成社會公認的契約關系。」（同上，119）這也解釋了西詩強烈地表達出個人情感的原因，在人可以明確地說出自己的權益時，是不必如中詩的含蓄不敢言的。

西方將人分為「不死的靈魂」和「有死的肉體」,並且重視靈魂勝於肉體,「華達哥拉斯派和蘇格拉底、柏拉圖把它演化為一套深刻細致的關於人的本質的學說。他們都強調:人之為人在他有靈魂;通過靈魂的淨化人才能得救、認識真理和神聖的境界;肉體和塵世使人紛擾墮落,所以它應受靈魂支配,而決不可讓靈魂受肉體的擺布;自覺到這一點的才能算作人,與動物真正有別的人,人間的正義才有可能達到。」(楊適,1996:109)這也是為什麼大多的西詩美感範疇都是不離崇高美。西方人認識自己的方式是以不斷劃分和分離的方式上進行,利用譬喻性語言進行永恆的與短暫的兩種互相對立的概念,推論出一個更可貴的不變的精神,這樣的方式提升了個體存在的地位,也將個體的精神推向最高點,例如先前提過的馬維爾〈致羞怯的情人〉與雪萊〈致——音樂,在柔美的聲音消逝後〉等,不是將被描寫的對象推向崇高的地位就是確認自己愛情的永恆不朽。西方的唯物主義、唯心主義和宗教的對立爭論從沒停過,也因為這樣西方一路的變革也時時前進,「西方人論則是在『否定』中變革,不同的觀點壁壘分明,後人總是否定前人的錯誤,各人各派也常作自我批判,在鮮明對立中去舊圖新。」(楊適,1996:126)追求真理與邏輯分析的動力也是西方文學改革的源頭。

西方創新改革與強調個人主體的原因除了源自古希臘文化外,也受基督教文化影響很大,「西方國家,長久以來就混合著古希臘哲學傳統和基督教信仰,這二者都預設(相信)著宇宙萬物受造於一個至高無上的主宰,彼此激盪後難免會讓人(特指西方人)聯想到在塵世創造器物和發明學說以媲美造物者的風采。」(周慶

華，2007：187）古希臘文化重視個體的傳統雖然在被基督教統治之後消沉了許久，但在傳統西方的批判思想作用與科學日益進步下，上帝的權威也逐漸消弱，人利用機械可以如上帝一樣創造事物，最極端的是人造羊等創造生命的行為。「西方人的一神信仰已經給自己劃定了位置：人具有雙面性，是一種可上可下的『居間性』動物。但所謂的『可上』，卻有它的限度，永遠無法神化；而所謂的『可下』，卻是無限的，而且是隨時可能的。有這種觀念，必然一面重視自由意志（緣人都帶有上帝的一點靈明而來），強調『人生而平等』；一面重視法律制度（緣人都有墮落的潛能而來），以便防範人犯罪和規範人的權利義務。」（周慶華，2007：218-219）而位在表現系統中的詩所呈現的就是這些錯綜複雜的規範系統、觀念系統與終極信仰等所組成的文化。

中西文化交流對雙方格律詩與自由詩的影響，在美學上仍不出優美和崇高兩大美感範疇。並不是說除此之外就無其他的美感表現，而是說在詩的創作中，中國自由詩的美感表現仍是以優美為主，在情感上仍是以象徵寫實的方式來抒發。新詩的形式、技巧等外在變了，可是關心的仍是舊詩人們關心的國家與人民生計等的入世情懷。就算是在瞬息萬變的網路新生代新人，他們在面對世界變化的同時，仍然是踩在傳統中體會現代。白靈認為：「不想代表這代表那，但又沒有比較冷酷，從不想被誰所阻攔，只是要把生命賦予的能量運行得更自由和更有力道罷了；可以極端自我，也無妨極度地自嘲，卻又能顯現出純潔、冷峻、閒情和幽默的心境，是年輕一代詩人越來越明顯的語言風格。」（白靈主編，2008：11-12）而內感外應的自問式創作仍很常見，例如鯨向海的〈過節〉：「我打開

鏽蝕的記憶／是朋友來信問候：你過得好嗎？／我也不知道／……
我過得好嗎？／看電視特別容易傻笑／……我過得好嗎？／我的
手還是會想觸摸那些事／……『你過得好嗎？』／朋友我終究不敢
反問你／你是我過得最好的時光裡／最最溫暖的一個場景。」（同
上，364-366）當然這不是新詩的唯一現象，但卻是主要的現象。
這是因為氣化觀型文化中的個人仍緊受家族關係網絡的影響，我們
的物質生活改變了，但是相處之道仍是僅守儒家道德規範，並沒有
也沒有辦法完全與傳統切割。

　　西方的詩從早期的人是靈與肉二分的觀念以來，自追求不朽的
精神靈魂，詩中的表現常常呈現出追求之物的崇高或是自我精神的
崇高，例如第五章第四節中所舉的詩，西方的個人權利與自由只有
越來越受立法鞏固的優勢，斷沒有走回完全受上帝教條約束之理，
人們一但享受過權利的好處，就不大可能放棄，這從古希臘時代到
現今西方社會的人權發展就可知道。在詩的風格也因為情感的外放
與對永恆性的追求而高居崇高美感的地位。浪漫主義主張文學要反
映自然與人性，詩人必須以完全自由的方式寫自己喜愛的題材。在
自然的處理上並不同於中詩的「無我」，而是將它當成一個客體進
行觀照，例如華滋華茨對於自然的觀察細微，也由此展現他的豐富
想像力，在〈報時的鐘在敲，我得去了〉的部分詩句：「報時的鐘
在敲，我得去了：／死神在等我！我又聽見他叫喚。／我可絕不抱
懦夫的希望，／也不想迴避他那怕人的嘴臉。／我滿懷著信念光榮
就義……」（黃杲炘譯，1997：11）死亡是一個常見的主題，短暫
的肉體生命結束並不可怕，因為他正要進入永恆的主的懷抱。這樣
一比較，反而顯出死亡的神聖性與崇高感。

　　崇高除了精神上的狀態之外，在詩的結構中「指形式的結構龐大、變化劇烈，可以使人的情緒振奮高揚」（周慶華，2007：252），而優美「指形式的結構和諧、圓滿，可以使人產生純淨的快感」（同上，252）。詩的形式與內容是一體的，人的精神受終極信仰影響產生不同觀念系統，也分別出不同的文化體系。創造觀型文化的文學是解決人神衝突的一種表現，重視因果關係，也因此強調情節的鋪展與安排，在詩的形式表現上以龐大為特點；氣化觀型文化強調氣的和諧與團體的和諧，詩的表現則是以勤於收斂情緒與凝煉字句的功力。氣是只可意會的無形東西，以散文小說和詩來比較，散文小說對每一個情節、人物情感精微的觀察與描寫，看完時你可以說我了解了作者的用意，但是詩以簡短、文字少的不連續結構書寫，讀者看完時領會的是它的氣韻，因而可以體會那未說明的韻味。西詩擅長敘事，也因此在詩情上就不如中詩那種文字凝煉下的含蓄優美；而中詩的結構情感也不如西詩在情節演出下的最後高潮的強烈情感。例如非馬的〈蛇〉：

　　　蛇

　　出了伊甸園
　　再直的路
　　也走得曲折蜿蜒
　　艱難痛苦

　　偶爾也會停下來
　　昂首

> 對著無止無盡的救贖之路
>
> 嗤嗤
>
> 吐幾下舌頭
>
> （張默、蕭蕭主編，2007：996-997）

以氣化觀型文化的凝煉含蓄抒寫西方的典故，讓人不禁猜想蛇的嗤
嗤究竟是不滿，感嘆還是不屑？

第七章　相關研究在現實中的應用途徑

第一節　藉為提升語文教學的功效

　　本研究從中西格律詩與自由詩進行文化及審美比較，藉以了解雙方文化體系中詩的表現特色，希望經由此研究結果對語文教學有所貢獻。「由於語文成品凡是藝術化後『都具備一定的形式；這一定的形式的構成，一般稱它美的形式。由於不是一切的形式都是美的形式，而是符合某種的條件的形式才是美的形式，所以對於這一美的條件的探討就屬於美學的範圍』……而承載或身為文學作品的美的形式卻不得不關聯『意義』（內容）。」（周慶華，2007，247-248）這也說明了詩的教學不該只注重形式或者是解釋內容等單方面。詩是文化表現系統中文學的一項，它所承載的意義當然不會只是文字本身的表面意義，「從語言學觀點看……語言最普遍的功能應該是表達、傳播思想和交換、溝通意見，就是所謂『傳訊』或『溝通』的功用。但這顯然並非文學語言的特點，『傳訊』的功用只是『實用語言』的特徵。從另一方面看，如果以詩的語言為文學語言的代表，一般直覺會以為文學語言的特徵是以『意象』代替平鋪直敘的語言（詩中多意象）……但意象在實用語言（或科學論文的語言）其實也俯拾皆是，意象並非文學語言的專利。佘

格洛夫斯基在〈以機杼為藝術〉一文中指出：『問題並不在意象本身。詩人所以為旁人所不及的，端賴他對意象乃至於一般語言材料所做的安排措置，也就是所謂『機杼』（手法）的設想和安置』。佘氏認為文學語言有它的自主性，並不為『表達思想』、『發抒感情』而服務，『意象』也只是諸多『手法』中的一項而已。」（高辛勇，1987：17-18）這當中又關係到詩人的觀物態度，這是整個文化對文學的作用。如果不從文化的角度來欣賞詩的美，那麼對詩的解讀可能只做了一半而已；只學到了文字的使用方法，卻讓更深層的思想精華埋在文字底下，對於語言教學的功效不大，也很可惜。

　　常見的詩的教學是採逐字釋義的方式讓學習者了解詩的內容，進而探討作者生長的社會環境對他的影響，例如莊坤良〈文學閱讀的三個層次：以「小孩是大人的父親」為例〉中將文學的閱讀分為三個層次：「第一個層次是 Reading the line，也就是，字面閱讀（literal reading）……第二個層次是 Reading between the lines。也就是，閱讀文句與文句之間／之內的隙縫（gap）或空白（blank）的地方。閱讀時，除了字面的意義外，讀者必須主動補白（filling in the gaps），透過對這些文句之間／之內隙縫關係的連結、填補、想像、分析、歸納與推演，來了解作者創作的意圖與整篇文章的主旨大意。第三個層次是 Reading beyond the lines。也就是，閱讀書本中沒有說的部分，或文本以外的東西。讀者閱讀時必須特別關注文本的互文關係（intertextualilty）及作者的文化背景。」（莊坤良，2010）在第二及第三個層次需要對西方文化有更深的認識才能達到閱讀的目的。他以華茲華茨的〈我心雀躍〉中的「The Child is the father of the Man」（小孩是大人的父親）為例，說明浪漫派詩人藉由大自然書寫內心情感的單純感動，唯有回到赤子之心，才能體會永恆的價值，「因此，回到童年的純真無邪，生命才有真的寧靜與快樂，赤子之心才是我們生命喜悅的源頭。小孩當然是我們的父親／源頭（英文裡的父親也具有源頭之意）。」（同上）第三個層次的作者時代背景與創作理念，浪漫派詩人主張：「詩不是對外在世界的描繪，相反地，詩是個人內心世界『強烈感情的自然流露』（spontaneous overflow of powerful feelings）。詩人多用第一人稱來敘述，並透過對大自然的觀察與描繪來表達自己的感情。詩的創作是以外在自然的景物來映照內在的心靈世界，並藉此啟動個人對生命哲學的思辨過程。因此，我們可以說浪漫詩的寫作是一種心靈的發現之旅（a spiritual journey of self-discovery）。」（同上）這當中的教學活動雖然也觸及文化的影響，但可惜的是不夠深入。他說的源頭與自我的發現之旅，以我研究的文化體系統的終極信仰來統攝，能更嚴謹的組織解釋，以利學習者了解作者為何會有這樣的表現。

　　從我的研究中，可以知道西方文化體系的終極信仰是對於上帝／神的崇拜，認為人是由永恆的靈魂及會死亡的肉體兩部分組成，浪漫派詩人相信回歸純真才能淨化靈魂與上帝相親，也才能達到那精神上的永恆。所以大自然只是一項工具，它是引領詩人探求內心情感的外物。莊坤良在第三個層次中所提到的時代背景與創作理念也同樣是從文化體系中的終極信仰及觀念系統所衍生而成，這是連貫性的發展。古希臘的哲學傳統以邏輯辯證的方式探討物的本質，認為人所以為人是因為有靈魂。基督教義中也認為

人有靈魂，唯有保持靈魂的善，才能在肉體死亡後進入天國得到永生。在這樣的解釋下，才能了解詩中「小孩是大人的父親」的重要性，小孩所象徵的是純真的靈魂，唯有回歸到未受塵世汙染的純淨的心，才能回到源頭，也就是上帝的身邊。這樣勢必能讓學習者有更深入的認識與體會。彭曉瑩以她在國小教學現場的經驗談到英詩的教學好處時列了以下幾點：「（一）提供最深層、實際的文化經驗（cultural experience）；（二）重新組織思考大腦內的字彙資料庫；（三）發揮情感、智力、想像力和創造力；（四）提高學習動機和興趣；（五）可加深加廣學習；（六）掌握語言和文字：（七）能同時加強聽、說、讀、寫等綜合能力；（八）增進人際溝通和分享能力。」（彭曉瑩，2010）但是真正看懂一首詩或學好一門語言的竅門是對學習語的文化掌握。詩是一項文字藝術，它以最精簡的文字承載最多的意義為特色，讀者有可能看懂詩中的每一個字但卻不了解詩句或全詩的意義，只有對目的語文化的掌握，才能真正的進入審美的殿堂。

　　利用英詩教學提升語文程度的研究與方法運用受到重視，但是在有限的時間下如何教與教什麼？沒有一個特定的準則，從詩的形式教起的大有人在，例如顧曉輝〈論英語詩歌教學的方法與要素〉中就認為掌握詩歌的韻律與格律是不可或缺的部分。但是這一部分研究者認為把它放在英語程度高的學生群中才有意義，畢竟英詩的韻律與格律本身就是一門專業的知識，就如說漢語的學生學習中國古詩詞時，不會一開始就強調平仄與押韻規律的道理一樣，那只會令學生昏昏欲睡與排斥學習。汪椿琪《提升高中生英詩賞析能力教學之研究》碩士論文中，提到學習英詩有利於英語

程度的提升，她也認為了解詩作背景、寫作語言及關鍵字，能完全掌握英詩欣賞的訣竅。（汪椿琪，2007）在文學探討中認為文化背景是解讀作品的重要環節，對於詩來說更是如此，在短短的詩句當中如何免於天馬行空與詩無關的聯想，並有效掌握詩的意義，最好的辦法就是從文化發展的源頭作整體的關照，才能了解西方詩人表達在詩中對於生死的描寫與精神上永恆的追求。例如布萊克（William Blake）〈天真之兆〉的部分詩句：「從一粒沙看世界／在一朵野花裡見到天堂，／用你的手掌握住無限／在剎那裡找到永恆。」（南方朔，2001：150）才能感受詩人對美的追求與表現在詩中的情感。這同樣也是西方創造觀型文化學習漢語的一項有利的方法，在了解氣化觀型文化的詩的多義現象的緣由，更能因為中國文字的形象特色與文法特點激發學習的動力。例如西方意象派詩人一開始醉心於中國詩的物我不分的特點，而加以仿作與譯介中國詩與學習中國文化。

　　語文教學是全面性的工作，我們不能也不應該只學習字面的意義就滿足，因為語文的最終目的是溝通，英語學習者可以學了大量的字彙詞句後仍無法與英語人士溝通，最大的障礙是文化隔閡，因為不知道對方的思考模式與喜好，不知如何開口與他交談，這不就是現在英語教學的最大敗筆？對於氣化觀型文化中的人，在對自身文化有深刻的了解之後才能有效地介紹自我民族特色與更正外人對我們的錯誤認識，為自我本身文學的發展注入一股活水；藉由兩方文化的審美觀互相刺激、了解、模仿、溝通，進而達到創新的目的，也更清楚知道自我的優缺點，在有知有覺地吸收下保留本身文化優點。

第二節　提供詩歌創作者與接受者的參鏡資源

　　詩歌創作在氣化觀型文化中，自從五四新文學運動以來就以自由詩為主，格律詩以賞析的方式出現在教科書與市面上的讀本比較多。詩的格律除了研究人員與格律詩的愛好者之外，已經不是詩的創作者與欣賞者必備的知識了。這並不是說近體詩的格律知識不重要了，而是在現代社會的現實環境下，要達到一個格律詩創作者的基本條件簡直緣木求魚。在許清雲《近體詩創作理論》中認為詩人的學識涵養很重要，「是古人詩集外，六經、莊子，亦不可不讀之。此外，本人以為古典詩歌，頗多反映當時史事……倘求簡明扼要，宋以前事，可讀司馬光《資治通鑑》；宋以後事，可讀畢沅《續通鑑》。至於古人清言韻事，則劉義慶《世說新語》，當熟讀之。至於《昭明文選》一書，為古來文翰之總匯，無論各體詩文，皆應熟玩。以上所舉，都是基本必讀之書。」（許清雲，1999：423）只是真正讀過這些書的人有幾位，在這些人當中，能成為詩人的又有幾人？對於格律詩所透露出的文化影響與審美觀，在於讓我們能真正地認識自我文化的本身特性，並且以此為根基，幫助新詩創作者融貫古今思潮，創作屬於氣化觀型文化下的詩。

　　江弱水在《中西詩學的交融：七位現代詩人及其文學因緣》中對於穆旦的詩的推測：「為什麼穆旦的詩中竟然充斥著如此眾多的對西方現代詩人尤其是奧登的文學青年式的模仿之作？唯一合理的解釋是：他過於仰賴外來的資源，因為他並不佔有本土的資源。穆旦未能借助本民族的文化傳統以構築起自身的主體，這使得他面對外來的影響即使想作創造性的轉化也不再可能。」（江弱水，

2009：150）這裡無意對於穆旦的詩風與技巧另外討論，而是從文化對於詩人創作的重要性來看，一個詩人的成功與否？與他能否融會傳統文化與今日社會有關，唯有從自我文化與審美需求再出發，才能贏得廣大讀者的認同。「一個欣賞者從文學作品中所經驗到的不單是知道那裡面說的是什麼，如同閱讀一篇報告或時事新聞一樣；而是能從中經驗到一種有異於現實感受的喜愛。這種喜愛，不是現實的喜怒哀樂，而是從現實的喜怒哀樂混合釀成的一種更純粹的感情品質。簡單地說，詩人文學家所以在作品中構造種種意象，其實就是在構造人人所得知解的可喜可怒可哀可樂的意象來寄託著象徵那純粹的感情品質……因此，凡是表現得完全的作品，而有資格的欣賞者就能從那作品所描述的喜怒哀樂的意象中體味出一種純粹的感情……我古人或稱它為『化境』，而今人稱它為美的經驗或美的感情或價值感情……顯然地，一個作家是把他的美感隱寓於喜怒哀樂的意象中用語言或其他記號來表達；而欣賞者就相反，從那記號上用心還原那喜怒哀樂的意象，也就自那還原的意象中體味或享受那美感」（王夢鷗，1976：249-250）構成這傳達與解讀的可能性的正是雙方文化的交流與溝通。

　　首先在詩歌創作者與接受者上要先有所定義，人們對詩歌創作者並不陌生，也就是大部分人所謂的詩人；而接受者的層面就比較廣泛，它通常包涵了學生、老師、出版者、詩歌研究者、傳播者甚至是其他的詩歌創作者等。詩歌創作者與接受者的溝通途徑主要是閱讀的行為，「閱讀客體基本上是一個對話性的結構。這首先是作者在跟外物接觸（觀感外物）時，已經涉及作者和外物的對話（理解外物、質疑外物、批判外物等等）；其次是作者在創作時，選擇

適當的語言表達所觀感的外物以及預期某些讀者群而調整表達的策略，也已經涉及作者和作品以及作者和讀者的對話……而這所用來對話的媒介，就遍及現存或想像的事體或理體；而這些現存或想像的事體或理體都反映了群體共同的『記實』或『構設』心理。」（周慶華，2003：69）這就說明了詩歌蘊含了創作者的所處的社會群體文化，而接受者的閱讀行為就是利用方法達到閱讀的目的，這當中的閱讀方法指的是從文本中整理出來的邏輯與線索。（同上，86）「在閱讀領域還有一個『群落性格』可以辨別（在其他領域理當也可以比照思維）；而這一點認知應該更加需要具備……以閱讀的目的及其前提設定的『對話徵象』來看，相關閱讀方法的選擇也很難想像它只具有個別性而不具有社會性……方法的存在是為求『知識的真』；而這種求真的先決條件就是『普遍的接受』性。既然方法的出現是為獲得可為普遍接受的知識，那麼方法在先天上就是非個別化的。這移到閱讀的方法上，也同樣為真……它除了有認知取向，還有規範取向和審美取向等等。」（周慶華，2003：88）這樣子詩的閱讀與創作完全離不開社會文化而獨立；在詩的創作與接受的過程，文化中的終極信仰、觀念系統、規範系統、表現系統與行動系統雜揉作用，成就了詩的各個面向。

孫梁在《英美名詩一百首》中說明：「本集所選四十多位英美詩人的作品，可以看出『江山代有才人出，各領風騷數百年。』（趙翼《甌北詩話‧論詩》）這些詩篇不僅反映了各派詩人的遞嬗、各種詩風的興替，並且傳達了不同時代的風貌與本質。因為詩不但是一個民族的語言中最精粹的部分，而且如麥修‧阿諾德所云：『詩乃人心之精髓；詩人正視生活，並觀其全貌；所以要了解特定時代

的精神，須從當時的詩歌中尋覓。』」（孫梁，1993：3-4）其中對中西詩歌的特徵、風格有簡短的說明，但是讓人覺得瑣碎，因為他的主要目的是「為了使讀者了解各個詩人的生平，創作概況與特色」（同上，16），也因此無法對西方文化的發展脈絡與對詩的影響有一清楚的認識。這並不是只有這本詩集如此而已，大部分的譯詩都著重在字詞及典故的解釋，主要強調情意的欣賞，但是在周慶華《閱讀社會學》當中，已經明顯指出閱讀行為與目的不單只是了解文字的表面意義而已，大部分閱讀行為的目的在於文化交換中所產生的純粹愉悅感；那麼在比較文化學的詩歌研究中，讓所有的接受者自取所需才是比較合理的介紹方式。「作為中國語言文化組成部分之一的中國新詩，它對傳統的所有背離行為終究還是在『傳統』之中進行的，剔除、刪減了某些傳統，又組合運用另外一些傳統，並且繼續形成著屬於中國詩歌文化的新的傳統，外來文化的刺激和影響最終也還是要通過『傳統』語言、『傳統』心理的涵養和接受表現出來。」（李怡，2006：109）也就是在理清中西文化的脈絡後再出發，才能更有效地吸收與再創造新意。

　　埃斯卡皮（Robert Escarpit）在《文學社會學》中說道：「所有文學活動都是以作家、書籍及讀者三方面的參與為前提。總括來說，就是作者、作品及大眾藉著一套兼有藝術、商業、工技各項特質而又極其繁複的傳播操作，將一些身分明確（至少總是掛了筆名、擁有知名度）的個人，和一些通常無從得知身分的特定集群串聯起來，構成一個交流圈。」（埃斯卡皮，1990：3）在中西詩歌的交流過程中免不了要涉及翻譯與文化了解的過程。趙毅衡在《雙單行道：中西文化交流人物》中也在介紹林語堂時間接提到，在寫作

的過程,預設的讀者是誰?「林語堂完全明白如何對付西方讀者
——在開始寫英文小說之前就懂」、「郁達夫作為中國小說大家,了
解中國讀者的『期待域』,林語堂作為用英文寫中國題材的名家,
知道西方讀者的期待域」。(趙毅衡,2004:98-99)在這裡無意談
及林語堂或郁達夫的作品,他們對於所預定的讀者群的了解才是重
點,文化的交流幫助我們了解他種文化圈的審美價值,更讓作者拓
展他們的創作面向與範圍,也讓其他接受者(編輯者與出版社)多
元化地引介中西文化的詩歌,避免造成「偏食」的狀況,反而不利
文化的溝通與了解而形成偏見。「現代中國人對西方文化的了解,
遠遠超過西方人對中國文化的了解。現代中國文學界對西方文學了
解之透徹,遠遠超過西方任何學術機構對東方文學的了解。」(同
上,100)這原是無可厚非的,只看我國教育的美語教育積極度就
遠遠高於西方國家學習漢語的意願。我的研究為詩歌創作者與接受
者增進雙方文化的深層認識,而如何提高中文詩在西方的接受度,
或是利用西方美學特色創作新的中文詩,那又是在這基礎上所要努
力思考的重點了。

第三節　回饋給詩歌傳播者改變傳播的向度

現今科技發達的社會,知識的流通是在彈指之間完成,這當中的
傳播行為牽涉到了「傳送者(sender)、通道(channel)、訊息(message)、
接收者(receiver)、傳送者與接收者間的關係(relationship)、傳播

效果（effect），以及傳播發生所在的環境（context）和訊息所意指的範圍。有時候，其中還具有去傳播或去接收的意向或目的。」（鄭翰林編譯，2003：4）傳送者可以是一個人或是團體，也相當於這裡所謂的傳播者。傳播行為的構成首要條件是有一個目的，沒有預設的目的，那麼也不需要考慮到接收者的反應，更不會有傳播通道等細節的考慮，再談傳播也就沒有意義了。「在歷史的每個時點上，傳播者的直接意圖、策略和技巧，都需要和傳播者操作於其中的脈絡產生關聯，而傳播者的操作是隨著彼此交換的訊息而進行的。」（Asa Briggs、Peter Burke，2006：6）「傳播學者麥克魯漢（Marshall McLuhan）提出的『媒體即訊息』（The medium is the message.）的說法，告訴我們：歷史上每一次有關資訊技術的改變，都會影響我們對所謂『真實』或『真理』（truth）的認知。資訊技術的改變，在此指的是我們表達媒介的演變，從早在古希臘時代之前開始的口說（oral），歷經手抄（manuscript）或書寫（written）以及印刷（printed）的時代，以迄於二十世紀晚期的電子（electronic）時代，在在都影響了我們和文學的關係。」（孟樊，1998：354-355）傳播媒介的進步並不等於文學的質也跟著提升，人們獲取知識的來源主要是電視，讀寫能力的危機常常是被討論的對象，出版商為了利益也多對通俗文藝有興趣，在出版市場以情詩為主及詩刊、詩社日益減少的情況下（同上，361），我希望也能提供一條新的讀詩方法，經由讀者而影響傳播者的傳播向度。

　　在鄭翰林編譯的《傳播理論 Q&A》當中對於影響新聞選擇的因素列出了幾個要點，其中的文化上的臨近性或關聯性（culture proximity or relevance）相信與詩歌傳播的選材的考量相同，「某事

件愈接近於所欲達到之閱聽眾的文化背景或興趣,就愈可能被選取。」(鄭翰林編譯,2003:204)這從坊間的英文譯詩主要是情詩的情況可以了解。先不談文化部分,愛情是人類的共性,也是最容易為各個文化團體所接受的主題,所以它在傳播時受到的干擾最少,「在傳播體系的來源和目的地對於訊息的意義或是引伸的含意都必須相互一致,不然就會造成相互程度之傳訊偏差,甚至於發生誤解的現象。這種訊息含意的正確性和偏差程度會隨著文化特質,社會結構和心理型態的影響而有所差異的。」(同上,6)因此除了同一文化體系外,就以描寫人類共同的情感——愛情——為跨文化詩歌傳播的工具。在同一文化或對訊息來源的文化體系有相當認識,才能完成整個傳播過程,傳播的目的是讓受傳播者了解傳播的內容並受其影響,「學者狄佛爾(Melvin L. DeFleur)指出:『傳播過程是一種具有意義的訊息(message),從傳播者經過一定的通道傳至接受傳播者,而在傳播者和接受傳播者之間有某種的同質性存在,而使得傳播者的訊息得以溝通。』」(引自鄭翰林編譯,2003:4)而這研究正是幫助中西文化的同質性的建構。

　　蔡詩萍對於臺灣文學的傳播過程的特點歸納出五點:「第一,臺灣文學的典範論述,太多帶有強烈的菁英色彩和使命感……造成他們對市場化的不重視,同時使他們的創作理念趨向『嚴肅文學』。第二,臺灣文學的傳播過程,在七〇年代以前,多以雜誌為主要媒介……第三,臺灣文學在市場化未形成主導力量之前,其傳播過程一直受到政治環境的制約……第四,由於八〇年代以前……臺灣文學的傳播過程中,居於重要地位的『守門人』(gatekeeper)角色更形暴露其被政治動員的效果……第五,八〇年代以後,臺灣文學傳

播的新里程碑……是『閱讀大眾』的興起。閱讀大眾成了主導文學書市的主要因素後，文學傳播網路中一向不重視的『回饋』，有了較大的改變，因為訊息接收者透過不購買行為所表現的『回饋』，對書市中的出版商而言，是極大的壓力。」（引自中國古典文學研究會主編，1995：91）而在電腦網路無時空限制的傳播通道中，我們更注意在全球化的腳步中，對我們本身文化是否有所傷害以及改變，「現代性和全球化的力量毫無疑問地已經改變了世界文化的面貌，並且影響了政經關係。然而，其最終效果是『多元性組織多於統一性的複製』。在面臨進口文化的影響下，在地性和地區性的思考與生活方式並未消失。雖然全球化是不可逆的，但全球性並未摧毀或取代在地性。文化的概念就是暗示著差異。」（James Lull，2004：265）

　　在文化與傳播的關係，例如：「電影、歌曲、電視、節目、書及報紙，因為經由這些媒體，視聽眾能夠學習或加強文化規範、價值、意識型態、習慣。」（中國古典文學研究會主編，1995：300）隨著科技的進步，我們不再僅限於口頭與書面的傳播方式，更可以利用數位產品的影音功能擴展傳播的面向與廣度，藉由現代科技的幫助容易將紙本的詩歌轉為有聲光效果的表現方式，增強詩歌的被接受度，更容易排除語言的隔閡，增進中西詩歌溝通的可能性。這也是研究者所期望的研究目的之一。

第八章　結論

第一節　要點的回顧

　　本研究採理論建構的方式探討中西格律詩與自由詩的審美文化因緣，在自然與愛情的主題之下，西方常把「愛」字直接寫出，而在中詩則是藏於字背後的。這不能說中國人不注重愛情，而是不同的社會環境下對愛情的需求程度不同，詩的表現就有差異性。在自然的描寫方面，中西都有山水詩。這裡所謂山水詩是指以山水為詩的主題，中國山水詩中詩人與大自然融為一體，不需要語言文字的存在，所以會「忘言」。西詩則在「當亞理士多德為維護詩人之被逐出柏拉圖的理想國，而提出詩中『普遍的結構』、『邏輯的結構』作為可以達致的『永恆的形象』，但這樣一來，仍是把人與現象分離，而認定了人是秩序的主動製造者，把無限的世界化為可以控制的有限的單元，如此便肯定人的理智命名界說囿定的世界代替了野放自然的無垠……基督教義的興起，所有關於無限的概念必須皈依上帝……山水自然景物因此常被用來寓意，抽象化、人格化、說教化。」（葉維廉，1983：167）為什麼同樣的主題會有如此大的表現差異？除了從文化的角度探討差異之外，為了避免將詩肢解的可能性，所以也從審美角度來一探中

西方格律詩與自由詩的過去與現在的成就，進而思考未來的詩的發展。

　　第一章研究目的與研究方法，首先將「中國格律詩、中國自由詩、西方格律詩與西方自由詩、中國格律詩的文化因緣、中國格律詩的審美因緣、西方格律詩的文化因緣、西方格律詩的審美因緣、中國自由詩的文化因緣、中國自由詩的審美因緣、西方自由詩的文化因緣、西方自由詩的審美因緣」的概念確立之後，接下來就以「格律詩的發展」、「自由詩的發展」、「中西方格律詩彼此的差異」、「中西方自由詩彼此的差異」、「中國格律詩的審美因緣」、「西方格律詩的審美因緣」、「中國自由詩的審美因緣」、「西方自由詩的審美因緣」、「中國格律詩的文化因緣」、「西方格律詩的文化因緣」、「中國自由詩的文化因緣」及「西方自由詩的文化因緣」來建立命題，探究中西方文化審美觀的不同，以及中西方格律詩與自由詩審美觀的形成與演變在文化體系中的特色。經由理論建構的方式從文獻回顧中去探尋中國的審美觀與西方的審美觀的生成背景，對不同時期審美觀的演變發展與詩中的表現進行分析，以期對中西方的審美觀有深刻的了解，讓中西方在討論詩的時候有一明確的基準，並藉由中西方格律詩與自由詩的作品探討中西方的文化差異。經由深度的探討將中西方的詩放在各自文化的框架中來解讀，並利用跨文化的比較以擴展詩寫作的深度與發展面向，也希望能提供詩創作者、教學者與接受者一些參考資源。讓詩創作者從異國文化中吸取新鮮的知識觀點與自身文化資源結合創作出新時代的詩；在教學者方面也希望提供他們不同的思考途徑，增加教學的趣味性與新意。而對接受者來說，更希望擴展他們欣賞不同領域範圍的詩的視界。

　　在方法運用上，由於各個章節處理的問題不同，在第二章的文獻探討中利用「現象主義方法」的「現象觀」，從他人的相關著作中進行能力所及的分析整理；除了增進讀者對研究主題的了解外，更進一步對現有研究論述的回顧與檢討。我發現西方格律詩並不如中國格律詩可以單純地分為絕句與律詩兩種，它在分類上比中詩還繁雜，除了西方十四行詩之外，其他格律詩並沒有詩行的限制。另外，在格律詩的研究上，對於文化方面的影響論述都難看到一利用完整的文化體系來比較論述，大多著作研究都從詩的格律與格律的發展演進談起，在詩的賞析上也大多是從聲韻及意象安排著手。這個方式最終只是對於個人的詩的欣賞創作有幫助，但是對於文化認識卻沒有多大助益，這也是我從文化的角度來探討中西格律詩與自由詩的原因。從這跨文化、跨時期的研究來認識中西文化更可以凸顯本研究的價值。在審美的研究上，為了跳脫前人對詩的印象式與個人情感的欣賞模式，有效認識傳統與現代文學表現上的特色，我利用周慶華對美學對象的分類來進行往後的研究。

　　要從格律詩與自由詩來探討中西文化的審美因緣，首先就要先對格律詩與自由詩作一番定義，並對格律詩與自由詩的源起與演變到現今詩壇的發展，一一探求每個發展階段格律詩與自由詩的特徵和規律性，這是第三章採取發生學方法的重點。中詩因漢語一字一音與四聲平仄的特性而自然產生一種人們的作詩規則，詩的格律，由自然至人為刻意制定。中國詩的節奏表現通常是透過四聲的變化與頓的使用；在西方，英詩的格律在節奏上的表現是以音步來凸顯，利用輕重音來表現節奏的長短強弱。自由詩方面，中國的自由詩和西方的自由詩關係密切，原因在於中國自由詩的產生的原因

之一是大量引進西方文學。其中西方自由詩的產生原因與突破舊有
規範的精神深入中國當時的需要，繼而展開了中國詩的改革而強
調打破一切作詩的格律。中國自由詩是完全擺脫格律的限制，而西
方自由詩的「自由」是相對於古典格律詩體而言的，它與古典格律
詩的質是一樣的，它在去除格律之後轉而尋求內部的節奏，並利用
排比、重覆、停頓等創作手法創造新的詩的音樂性。這一章是對中
西格律詩與自由詩的界說與發展及類型先作一番介紹，有利於往後
研究的開展。

　　第四章用到比較文學的方法探索中西格律詩與自由詩在類型、
形式、技巧及風格的差異。中西方自始至今類型特色的差異在於中
國情志思維與西方詩性思維下的想像力。中國格律詩發展從四言、
五言至七言，一路往凝煉的路子上走；而西方雖然有頭韻詩、皇韻、
斯賓賽體、十四行體、英雄雙韻體、三行體、民謠體、無韻詩、打
油詩等眾多類型，但是除了十四行體之外，並沒有詩行上的限制。
由於我做的是找出中西格律詩與自由詩的形式差異，因此不對英詩
中的各種押韻現象與方法名稱一一界定介紹。西方的詩行是以音節
數（syllables）來決定長短，由於西方文字的特性，一個詞並不一定
只有一個音節，常是兩個或兩個以上的音節構成一個詞。例如 flower
一詞就有兩個音節，而且英文又有輕重音的區別，與中詩的四聲及
一字一音節的文字特性不同。形式上，中國自由詩多模仿西詩，由
於沒有一定的作法更因為是模仿，因此從內容中才能明顯的看出不
同。在創作技巧上表現出中西詩差異的，應該就是中詩長於象徵的
手法，而西詩長於馳騁想像力的比喻。這也是中西詩篇幅上長短差
異的主要原因。在自由詩的技巧上，西詩也受中國文化影響而有意

象派的產生。在風格上，我的研究採用的美感類型分為九類，也就是「優美」、「崇高」、「悲壯」、「滑稽」、「怪誕」、「諧擬」、「拼貼」、「多向」和「互動」，是由周慶華與其他學者們對於文學美感的分類，中西詩不乏這些美感類型，但在同一美感類型中，中詩的表現偏向優美，而西詩的表現偏向崇高，這在比較中才顯現出來。

在第五章中採用比較美學方法。這裡的方法運用承接上一章的比較文學方法，只是側重在美的範疇的探討，利用平行對比的方式探究兩文化中格律詩與自由詩類型、形式、技巧和風格的差異特色。中西詩在柔性秩序觀／剛性秩序觀、內感外應／馳騁想像力、象徵寫實／譬喻寫實、崇高感／雅致感的美感表現中，西方所認為的美有很強的邏輯性與規範性。相對於中國的美，西方就顯得剛強與明確。中國的美感形成是由一物體或事件所引發的內感外應，西方的美是各樣事物的美的本質，在辯證美的本質的過程中所激發的想像力，更是影響西方詩歌形式的一項重要原因。意象成為詩的語言後，譬喻與象徵就成為形成詩的美感藝術技巧。中西詩作的美感各有所重：中詩以象徵為長，西詩以譬喻性語言為特徵，雙方特徵在詩作中各佔了大部分的分量。象徵性語言產生的多義性有利於中國格律詩的創作，沿襲到今，雖然自由詩在形式上放大了，但是在內質上還是以優美、含蓄為主。我在中西格律詩與自由詩風格的審美因緣中，所針對的是不同文化背景對詩人風格的影響來比較，因此從中西詩作所表現出來具有代表性的雅致與崇高風格特色著手。西詩譬喻寫實的語言營造出的詩境與中詩象徵寫實來比較，一個是具體的造景，一個則著重在內心的感悟。詩在西方的發展較重於精神層面中對永恆的追求，而中詩則是可以說是實用性的實踐。

從譬喻性語言構築出來的事物來追求精神上的永恆真理，與象徵語言的內心感悟，就形成了崇高與優美的對比。

第六章的研究繼而使用比較文化學方法進行。在類型、形式、技巧與風格的文化因緣上，以「創造與氣化」、「空間化與時間化」、「模仿與反映」與「個人意識與集體意識」來探討。詩在中國的道中出發，融合道家的美學思想與儒家的實用主義，在類型發展上從四言、五言到七言的格律詩，一路上都偏向小巧、凝煉的表現；西方剛性秩序觀重視點、線、面之間的延展順序，因此在情節安排上是由小而大串聯成一個整體，大部分的詩呈現一貫的邏輯思維與激進的情感表達。西方山水詩的最終依歸是達到無時間性的、永恆的境界；中詩是對自然景物的描寫，繼而提出時間洪流下對生命的疑問，最終體會了人在時間中的有限，並提出一個時間與個人都無窮盡的解決方案，是典型的由空間書寫到內心情感的表現模式，也是由具體空間到抽象的時間感嘆的過程。這是空間化與時間化差異的所在要素。並且中國傳統詩人以詩反映社會現實生活與心理活動都是因為自我個體與外物的刺激反應關係，從外在環境的刺激聯想進一步地抒發於文字；西方的譬喻寫實則是在模仿創造另一個事物，這源於古希臘時代邏輯思考的辯證思維，藉著想像力與譬喻技巧企圖掌握永恆的美與理性。而在個人意識與集體意識所影響的風格中，西方社會的組成單位是個人。西方人認識自己的方式是以不斷劃分和分離的方式上進行，利用譬喻性語言進行永恆的與短暫的兩種互相對立的概念，推論出一個更可貴的不變的精神，這樣的方式提升了個體存在的地位，也將個體的精神推向最高點；而中國社會的組成單位是家族，在家族中的親疏關係網絡延伸至社會中，也更

將個人的重要性推至團體之後,而形成以團體為優先的集體意識。從這些表現的差異尋找出最初的原點是這一章的重點。

　　第七章「相關研究在現實中的應用途徑」,主要希望藉由中西方格律詩與自由詩的審美文化因緣理論建構,提升詩運用推廣的層面,因此利用社會學方法來進行探討。在文學探討中認為文化背景是解讀作品的重要環節,對於詩來說更是如此,在短短的詩句當中如何免於天馬行空與詩無關的聯想,並有效掌握詩的意義,最好的辦法就是從文化發展的源頭作整體的關照,藉由兩方文化的審美觀互相刺激、了解、模仿、溝通,進而達到創新的目的,也更清楚知道自我的優缺點,在有知有覺地吸收下保留本身文化優點。也讓創作者從格律詩透露出的文化影響與審美觀,幫助新詩創作者融貫古今思潮,創作屬於氣化觀型文化下的詩。文化的交流幫助我們了解他種文化圈的審美價值,我的研究也為詩歌創作者與接受者增進雙方文化的深層認識提供參考資源,更讓作者能知道如何拓展他們的創作面向與範圍,也讓其他接受者(編輯者與出版社)了解多元引介中西詩歌的方向。在傳播上,文化的臨近性或關聯性是造成有效傳播的主要原因,而我的研究就是要作為讓雙方文化達到這條件的橋樑。

第二節　未來研究的展望

　　孟樊在《當代臺灣新詩理論》中雖然對臺灣新詩的現況提出了許多檢討,但是在最後仍抱著樂觀的看法,並且引向明的〈智慧的

爍爍靈光〉為證：「這個世界已經沒有了很多東西／假使再沒有了
詩，會怎麼樣／不會怎麼樣／日子還是會照樣運轉／只是，就向海
上航行看不到燈塔／生活裡會沒有智慧的靈光」（孟樊，1998：362）
真的，生活中沒有了詩，太陽一樣東昇西落，人們一樣吃飯睡覺為
生活奔波；只是有了詩，相信人們對生活中的徬徨、無奈與失落更
容易泰然接受。例如陳子昂〈登幽州臺歌〉：「前不見古人，後不見
來者。念天地之悠悠，獨愴然而涕下。」（清聖祖敕編，1974：902）
不也是詩人紓解胸懷，而讀者借來慰藉自己的代表詩作？除了自我
情感的抒發之外，詩是一種利用最精簡的文字承載多重意義的文
體，可稱為文學中的貴族，更是中西文化交流的有利媒介，經由比
較文學和比較文化學的方式，讓我們更了解詩的價值與在中西文化
交流中可以扮演的角色。劉若愚認為：「對中國詩的比較研究，不
僅使研究中國詩的學生留意他種語言的詩的傳統和批評的傳統，也
使研究西方詩的學生注意中國詩和中國詩學，將可避免文化的沙文
主義和狹隘的觀念。同時這種研究方法也會使人以比較寬廣的視野
看中國詩並貢獻新的觀念，因為由於比較，往往使人覺察以某種語
言文字所寫的詩的特徵，或其獨一無二的面貌和品質。」（引自王
萬象，2009：558-559）進而讓中西詩學的對話成為可能。

　　經由比較了解中西詩的共同性與各自的特殊性，才可能對中西
詩有更深入的了解。孫康宜認為：「今日研究漢學的學者們，在展
現中國傳統文化的『不同』特色之同時，他們更應當努力顯示中國
研究到底能給西方甚至全球文化帶來什麼樣的廣闊視野？如何才
能促進東西文化的真正對話？怎樣才能把文化中的『不同』
（differences）化為『互補』（complementarities）的關係……反而

是西方的漢學家們更能站在傳統中國文化的立場，用客觀的眼光來對現代西方文化理論進行有效的批評與修正。我認為有深度的『批評與修正』將是我們今日走向二十一世紀全球化的有利挑戰。」而互相比較了解正是批評與修正的起點，也是創造力蘊含的所在。「只有經過跨文化、跨科際的現代化多元詮釋，改變傳統詩學渾沌不足的型態，破除陳舊的思維方式與框架，我們始可展開中西詩學的對話交流。」（王萬象，2009：562）也有助於西方讀者了解中國詩歌。

　　現代學術的研究方法多樣，每一種方法都有其自身的特性與限制，本研究採用的方法僅是一種策略的運用，沒有絕對性。因此，在研究方法的選擇上依研究需要採取權宜性的更動，以求研究成果趨於完善。在詩的研究上，從古至今已經累積數不清的著作成果，歷來的詩論、詩話為數可觀。本研究無法周延的盡數搜集全部的作品，只能盡己所能在有限的時間與精力下，蒐集可利用的研究成果與有代表性的詩作，期望達到最大值的研究範圍。並且對於詩的創作技巧、詩人創作的心理因素和傳播及接受的社會背景等不予探討，即使有遺憾，也可以等日後有餘力再闢題別為探討，以致相關的限制就成了提醒我自己和有興趣的同好還有一個值得努力的方向。

參考文獻

王力（2002），《漢語詩律學》，上海：上海教育。

王珂（2003），〈論現代新詩的文體建設〉，《四川師範大學學報》第 30 卷第 2 期：86-94。

王珂（2009），〈論新詩詩形建設及詩體建設的重要性和迫切性〉，《龍岩學院學報》第 27 卷第 1 期：32-37。

王　弼（1983），《老子道德經注》，新編諸子集成本，臺北：世界。

王一軍（1997），〈近體詩聲律形式形成之過程以及由此引發的思考——兼談《十堰古今詩詞選》的編輯原則〉，《十堰大學學報》第 3 期：21-26。

王力堅（2000），《魏晉詩歌的審美觀照》，臺北：文津。

王文娟（2006），〈短暫的生命，永恆的意象——淺談美國意象派詩歌特色〉，《皖西學院學報》第 22 卷第 6 期：75-77。

王文誥、馮應榴輯注（1985），《蘇軾詩集》，臺北：學海。

王先謙（1983），《莊子集釋》，新編諸子集成本，臺北：世界。

王建生（2003），《古典詩選及評注》，臺北：文津。

王國維（1981），《人間詞話》，臺南：大夏。

王雲五主編（未著出版年），《歐陽文忠公文集》，臺北：商務。

王萬象（2009），《中西詩學的對話：北美華裔學者中國古典詩研究》，臺北：里仁。

王夢鷗（1976），《文學概論》，臺北：藝文。

王曉路（2000），《中西詩學對話》，成都：巴蜀。

王曉路（2003），《西方漢學界的中國文論研究》，成都：巴蜀。

王鍾陵（2000），《二十世紀中國文學史文論精華・新詩卷》，石家莊：河
　　北教育。

方平、屠岸、屠笛譯（2000），《新莎士比亞全集・詩歌》，臺北：貓頭鷹。

元稹（1983），《元稹集》，臺北：漢京。

孔穎達（1985a），《詩經》，十三經注疏本，臺北：藝文。

孔穎達（1985b），《周易正義》，十三經注疏本，臺北：藝文。

中國古典文學研究會主編（1995），《文學與傳播的關係》，臺北：學生。

白靈主編（2008），《新詩 30 家：臺灣文學三十年菁英選 1978-2008》，臺
　　北：九歌。

司馬遷（1985），《史記》，臺北：東華。

古繼堂（1997），《臺灣新詩發展史》，臺北：文史哲。

史蒂芬斯（Anthony Stev）著，薛絢譯（2006），《大夢兩千天》，臺北：
　　立緒。

西諦（1975），《中國文學史》，臺北：宏業。

朱光潛（1982），《詩論》，臺北：漢京。

朱光潛（1982），《詩論新編》，臺北：洪範。

利奇（Leech, G. N.）著，秦秀白導讀（2001），《英詩學習指南：語言學的
　　分析方法》，

北京：外語教學與研究。

李怡（2006），《中國新詩的傳統與現代》，臺北：秀威。

李青（2008），〈生態視角下中國古代山水詩與英國浪漫主義詩歌的比較〉，
　　《寧波廣播電視大學學報》第 6 卷第 1 期：21-23。

李有成、王安琪（2006），《在文學研究與文化研究之間》，臺北：書林。

李金坤（2009），〈物我諧和的唐詩自然生態世界〉，《國文天地》第 24 卷
　　第 10 期：28-32。

李信明著，胡菁芬譯（2007），《經典英詩賞析＝Poetic Revolution and
　　Paradigm Shifts：An Overview of English Poetry》，臺北：寂天。

李澤厚、劉綱紀主編（2004），《中國美學史》，臺北：漢京。

余虹（1999），《中國文論與西方詩學》，北京：三聯。

余光中（1992），《余光中詩選》，臺北：洪範。

余光中（1996），《安石榴》，臺北：洪範。

邢昺（1985），《論語注疏》，十三經注疏本，臺北：藝文。

何欣（1986），《西洋文學史》，臺北：五南。

汪濤（2008），〈中西詩學本體論比較研究〉，《江西社會科學》第 2008 卷
　　第 4 期：113-116。

汪椿琪（2007），《提升高中生英詩賞析能力教學之研究》，東華大學教育
　　研究所碩士論文，未出版，花蓮。

吳大品（Tai P. Ng），徐昌明譯（2009），《中西文化互補與前瞻——從思
　　維、哲學、歷史比較出發》，香港：中華。

沈清松（1986），《解除世界魔咒——科技對文化的衝擊與展望》，臺北：
　　時報。

沈清松（1990），《現代哲學論衡》，臺北：黎明。

克里斯多・佛菲利普斯（ChristopherPhillips）　，林雨蒨譯（2003），《蘇
　　格拉底咖啡館》，臺北：麥田。

克莉斯緹娜・羅塞蒂（C. G. Rossetti）（2010），〈What does the bee do？〉，
　　storyit.com，網址：classic poems for children，點閱日期：2010.04.03。

孟樊（1993），《當代臺灣文學評論大系・新詩批評卷》，臺北：正中。

林文月（2008），〈〈歸鳥〉幾隻——談外文資料對古典文學研究的影響〉，
　　《聯合文學》第 288 期：99。

林靜怡（2009），〈中西方格律詩與自由詩的文化因緣比較〉，周慶華主編，
　　《語文與語文教育的展望》，80、92，臺北：秀威。

周發祥（1997），《西方文論與中國文學》，南京：江蘇教育。

周敦頤（1978），《周子全書》，臺北：商務

周慶華（2003），《閱讀社會學》，臺北：揚智。

周慶華（2004），《語文研究法》，臺北：洪葉。

周慶華（2005），《身體權力學》，臺北：弘智。

周慶華（2007），《語文教學方法》，臺北：里仁。

周慶華（2008），《從通識教育到語文教育》，臺北：秀威。

周慶華（2009），《文學詮釋學》，臺北：里仁。

東海大學中國文學系編（2008），《2005 年文史哲中西文化講座專刊》，臺北：文津。

紀絃（2002），《紀絃詩拔萃》，臺北：九歌。

胡適（2003），《胡適文存》，合肥：安徽教育。

胡適（2010），〈希望〉，詩路：臺灣現代詩網路聯盟，網址：http://www.poem.com.tw/，點閱日期：2010.01.12。

范銘如主編（2006），《聞一多》，臺北：三民。

南方朔（2001），《給自己一首詩》，臺北：大田。

前野直彬主編，連秀華、何寄彭譯（1979），《中國文學史》，臺北：長安。

旅人（2008），〈從詩的精神本體到詩的藝術本體〉，《臺灣現代詩》，第 16 期：43-62。

徐芳（2006），《中國新詩史》，臺北：秀威。

徐岱（2005），《基礎詩學：後形而上學藝術原理》，杭州：浙江大學。

徐陵編（未著出版年），《玉臺新詠箋注》，臺北：漢京。

徐志平、黃錦珠（2009），《文學概論》，臺北：洪葉。

徐志摩（2010），〈杜鵑〉，再回首：徐志摩文學網，網址：www.zhs2008.com，點閱日期：2010.02.25。

孫梁編選（1993），《英美名詩一百首》，臺北：書林。

孫康宜（2001），《文學的聲音》，臺北：三民。

唐文標（1979），《天國不是我們的》，臺北：聯經。

袁可嘉編（1991），《歐美現代十大流派詩選》，上海：上海文藝。

高辛勇（1987），《形名學與敘事理論──結構主義的小說分析法》，臺北：聯經。

埃斯卡皮（Robert Escarpit）著，葉淑燕譯（1990），《文化社會學》，臺北：遠流。

埃倫‧迪薩納亞克（Ellen Dissanayake）著，戶曉輝譯（2004），《審美的人》，北京：商務。

陳黎、張芳齡譯（2005），《致羞怯的情人——四百年英語情詩名作選》，臺北：九歌。

麥金特（Paul Merchant）著，蔡進松譯（1986），《論史詩》，臺北：黎明。

清聖祖敕編（1974），《全唐詩》，臺南：平平。

郭美蘭，臧永紅，田俊（2006），〈從詩話角度看中西詩歌意象〉，《湖南城市學院學報》第 27 卷第 6 期：103-105。

勒弗維爾（André Alphons Lefevere）著，周兆祥節譯（1979），〈譯詩的真諦〉，《書評書目》第 18 卷第 71 期：73-75。

張湛（1978），《列子注》，新編諸子集成本，臺北：世界。

張松建（2004），〈「新傳統的奠基石」——吳興華、新詩、另類現代性〉，《中外文學》第 7 期：167-190。

張曼儀（1992），《卞之琳》，臺北：書林。

張鈞莉（2008），〈曹丕文氣說的美學意涵——美的價值自覺與審美意識的覺醒〉，《中原華語文學報》第 1 期：33-50。

張漢良編（1988），《七十六詩選》，臺北：爾雅。

張雙英（1996），《中國歷代詩歌大要與作品選析》，臺北：新文豐。

張雙英（2006），《二十世紀臺灣新詩史》，臺北：五南。

莊坤良（2010），〈文學閱讀的三個層次：以「小孩是大人的父親」為例〉http://tw.myblog.yahoo.com/kunliang2006/

曹逢甫（2004），《從語言學看文學》，臺北：中研院語言所。

莎士比亞（William Shakespeare），梁實秋譯（1999），《十四行詩》，臺北：遠東。

華滋華茨（William Wordsworth）著，黃杲炘譯（1997），《華滋華茨抒情詩選》，臺北：桂冠。

荻原朔太朗著，徐復觀譯（1956），《詩的原理》，臺北：學生。

費勇（1994），《洛夫與中國現代詩》，臺北：東大。

費雷瑟（G. S. Fraser）著，顏元叔主譯（1986），《格律、音韻與自由詩》，臺北：黎明。

黃永武（1987a），《中國詩學‧設計篇》，臺北：巨流。

黃永武（1987b），《中國詩學‧鑑賞篇》，臺北：巨流。

黃杲炘（1994），〈英詩格律的演化與翻譯問題〉，《上海外國語大學學報》第 3 期：53-64。

黃郁婷（2005），《現代詩論中「詩語言」的探討》，文化大學中國文學研究所碩士論文，未出版，臺北。

傅述先（1993），《比較文學賞析》，高雄：復文。

彭曉瑩（2010），〈Everyone Could Be Shakespeare：How I Incorporate Poetry in My EFL Classroom?〉，《英語教育電子月刊》，網址：http://ejee.ncu.edu.tw/search.asp，點閱日期：2010.04.03。

葉文福（2005），〈格律詩與格律〉《忻州師範學院學報》第 21 卷第 1 期：3-8。

葉維廉（1983），《比較詩學》，臺北：三民。

葉維廉（1986），〈東西方文學中「模子」的應用〉，《尋求跨中西文化的共同文學規律》，北京：北京大學。

菲利普‧丁‧戴維斯（原名不詳）等編，馬曉光譯（1992），《沒門》，北京：中國社會科學。

楊牧（1997），《葉慈詩選》，臺北：洪範。

楊牧（2001），《隱喻與實現》，臺北：洪範。

楊容（2002），《解構思考：讓知識動起來》，臺北：商鼎。

楊適（1997），《中西人論的衝突：文化比較的一種新探求》，北京：中國人民大學。

楊昌年（1982），《新詩賞析》，臺北：文史哲。

董恆秀，賴傑威（George W. Lytle）譯／評（2000），《艾蜜莉.狄金生詩選》，臺北：貓頭鷹。

趙天儀（1990），《現代美學及其他》，臺北：東大。

趙毅衡（1990），〈意象派與中國古典詩歌〉，李達三、劉介民主編，《中外文學比較研究》，臺北：學生。

趙毅衡（2004），《雙單行道：中西文化交流人物》，臺北：九歌。

劉小楓（2009），《昭告幽微／古希臘詩品讀》，香港：牛津大學。

劉昌明（2007），《謝靈運山水詩藝術美探微》，臺北：文津。

劉梅琴（2007），〈論《莊子‧人間世》快感‧美感‧審美境界的現代詮釋〉，《第三屆中國文哲之當代詮釋學術研討會會前論文集》：215-226，臺北大學中國語文學系。

魯爾（James Lull）著，陳芸芸譯（2004），《全球化下的傳播與文化》，臺北：韋伯。

鄭建軍選編（2000），《新詩論》，石家莊：河北教育。

鄭翰林編譯（2003），《傳播理論 Q&A》，臺北：風雲論壇。

歐文‧埃德曼（Irwin Edman）著，任和譯（1988），《藝術與人》，河北：工人。

顏元叔主編（1991），《西洋文學辭典》，臺北：正中。

鞠玉梅（2003），〈英漢古典詩格律對比研究〉，《西安外國語學院學報》第11卷第1期：21-23。

鍾偉編注（1972），《英詩習作入門》，臺北：華聯。

蕭統（1993），《文選》，臺北：正中。

蕭立明（2007），《翻譯新探》，臺北：書林。

羅青（1988），《詩人之燈》，臺北：光復。

羅青（1988），《詩人之橋》，臺北：五四。

簡政珍（2004），《臺灣現代詩美學》，臺北：揚智。

辭源編輯部（1990），《辭源》，臺北：莊嚴。

顧曉輝（2005），〈論英語詩歌教學的方法與要素〉，《徐州教育學院學報》：71-74，江蘇：徐州師範大學。

Edgar Allan Poe（2010），〈The Raven〉，Edgar Allan Poe Society of Baltimore -Works：The Collected Works of Edgar Allan Poe，網址：www.eapoe.org/ words/poems/ravevj.htm，點閱日期：2010.03.01。

語言文學類　PG0492　東大學術 27

中西格律詩與自由詩
的審美文化因緣比較

作　　者 / 林靜怡
責任編輯 / 蔡曉雯
圖文排版 / 姚宜婷
封面設計 / 陳佩蓉

發 行 人 / 宋政坤
法律顧問 / 毛國樑　律師
印製出版 / 秀威資訊科技股份有限公司
　　　　　114 台北市內湖區瑞光路 76 巷 65 號 1 樓
　　　　　電話：+886-2-2796-3638　傳真：+886-2-2796-1377
　　　　　http://www.showwe.com.tw
劃撥帳號 / 19563868　戶名：秀威資訊科技股份有限公司
　　　　　讀者服務信箱：service@showwe.com.tw
展售門市 / 國家書店（松江門市）
　　　　　104 台北市中山區松江路 209 號 1 樓
　　　　　電話：+886-2-2518-0207　傳真：+886-2-2518-0778
網路訂購 / 秀威網路書店：http://www.bodbooks.tw
　　　　　國家網路書店：http://www.govbooks.com.tw
圖書經銷 / 紅螞蟻圖書有限公司
　　　　　114 台北市內湖區舊宗路二段 121 巷 28、32 號 4 樓
　　　　　電話：+886-2-2795-3656　傳真：+886-2-2795-4100

2011 年 03 月 BOD 一版
定價：420 元

國家圖書館出版品預行編目

中西格律詩與自由詩的審美文化因緣比較 /
林靜怡著. -- 一版. --臺北市：秀威資訊科技,
2011.03
　　面 ；　　公分. --(語言文學類；PG0492)
(東大學術；27)
　　BOD 版
　　ISBN 978-986-221-706-1(平裝)

　1. 近體詩　2. 審美　3. 文化

812.14　　　　　　　　　　　　100001061

讀者回函卡

感謝您購買本書,為提升服務品質,請填妥以下資料,將讀者回函卡直接寄回或傳真本公司,收到您的寶貴意見後,我們會收藏記錄及檢討,謝謝!
如您需要了解本公司最新出版書目、購書優惠或企劃活動,歡迎您上網查詢或下載相關資料:http:// www.showwe.com.tw

您購買的書名:_____

出生日期:_____年_____月_____日

學歷:□高中 (含) 以下　　□大專　　□研究所 (含) 以上

職業:□製造業　□金融業　□資訊業　□軍警　□傳播業　□自由業
　　　□服務業　□公務員　□教職　　□學生　□家管　　□其它_____

購書地點:□網路書店　□實體書店　□書展　□郵購　□贈閱　□其他

您從何得知本書的消息?

　□網路書店　□實體書店　□網路搜尋　□電子報　□書訊　□雜誌
　□傳播媒體　□親友推薦　□網站推薦　□部落格　□其他_____

您對本書的評價:(請填代號　1.非常滿意　2.滿意　3.尚可　4.再改進)

　封面設計____　版面編排____　內容____　文／譯筆____　價格____

讀完書後您覺得:

　□很有收穫　□有收穫　□收穫不多　□沒收穫

對我們的建議:_____

_____

_____

11466
台北市內湖區瑞光路 76 巷 65 號 1 樓

秀威資訊科技股份有限公司　　　收

BOD 數位出版事業部

⋯⋯⋯⋯⋯⋯⋯⋯⋯⋯⋯⋯⋯⋯⋯⋯⋯⋯⋯⋯⋯⋯⋯⋯⋯

（請沿線對折寄回，謝謝！）

姓　　名：＿＿＿＿＿＿＿＿＿　年齡：＿＿＿＿　性別：□女　□男

郵遞區號：□□□□□

地　　址：＿＿＿＿＿＿＿＿＿＿＿＿＿＿＿＿＿＿＿＿＿＿＿＿

聯絡電話：(日) ＿＿＿＿＿＿＿＿＿＿＿　(夜) ＿＿＿＿＿＿＿＿＿＿

E-mail：＿＿＿＿＿＿＿＿＿＿＿＿＿＿＿＿＿＿＿＿＿＿＿＿